Ralf Kramp (Hg.)
Tatort Eifel 8

Vom Herausgeber bisher bei KBV erschienen:

Tief unterm Laub
Spinner
Rabenschwarz
Der neunte Tod
Still und starr
… denn sterben muss David!
Kurz vor Schluss (Kriminalgeschichten)
Malerische Morde
Hart an der Grenze
Ein Viertelpfund Mord (Kriminalgeschichten)
Ein kaltes Haus
Totentänzer
Nacht zusammen (Kriminalgeschichten)
Stimmen im Wald
Voll ins Schwarze (Kriminalgeschichten)
Starker Abgang (Kriminalgeschichten)
Mord und Totlach (Kriminalgeschichten)
Totholz
Schuss mit lustig (Kriminalgeschichten)
Ihr Mord, Mylord (Kriminalgeschichten)
Abendlied
So tot wie nie (Kriminalgeschichten)
Aus finsterem Himmel
Mord mit Eifelblick
Kurz und kopflos (Kriminalgeschichten)
Ein Grab für zwei
Noch ein Mord, Mylord (Kriminalgeschichten)

Ralf Kramp (Hg.)

Tatort Eifel 8

Kriminelle Kurzgeschichten

KBV

Dieses Buch entstand
mit freundlicher Unterstützung
der Kreissparkasse Vulkaneifel.

Originalausgabe

www.kbv-verlag.de
E-Mail: info@kbv-verlag.de
Telefon: 0 65 93 - 998 96-0
Umschlaggestaltung: Ralf Kramp
unter Verwendung von © Svetliy - stock.adobe.com
Druck: CPI books, Ebner & Spiegel GmbH, Ulm
Printed in Germany
ISBN 978-3-95441-626-4

Inhalt

Und täglich grüßt der Ranger

Guido M. Breuer

Zuerst wollte ich den Job nicht machen, als ich Eifel hörte. Bin ja erfolgreich emigriert. Dann sagte man was von fuffzigtausend, da fing ich an, weich zu werden. Aber nix aufm Campingplatz, hab ich gesagt. Nee, Bauernhof. Sturer Eifelbauer, stinkreich, muss wech. Egal wie, am besten die Leiche irgendwo vergraben. Gut, die Eifel ist weit, der Boden urbar, meine Güte, also *back to the roots.*

Von dem Job ist eigentlich nicht viel zu berichten. Bauer fährt am Nachmittag nochmal mit dem Traktor raus, mäht ne Wiese am Waldrand bei Thum – kenn ich noch gut, in der Drover Heide hab ich früher immer Pilze gesammelt. Ich mache noch ein Nickerchen, die Wiese ist groß, ich hab Zeit. Dann, als ich wieder wach werde, ist der Bauer fast fertig. Keiner sonst dabei, Kugel zwischen die Augen, Bauer kippt aus dem Sitz, alles paletti. Dumm ist halt, dass zu einem Job nicht nur der Fangschuss gehört, sondern auch die Entsorgung. Aber gut, ich bin ja Profi. Ich pack die Leiche also in einen Sack und dann ab in die unberührte Natur zum Verbuddeln.

Der Abend dämmert, schön ist die Heide. Die Hummeln brummeln, der Ziegenmelker zirpt.

Ich quäle mich schon ein bisschen mit dem Bauern, der hat wohl immer brav aufgegessen und keinen Nachtisch verpasst. Ich schwitze und fluche, kämpfe mich durchs Dickicht. Und da steht er vor mir: Eine Mischung aus Pfadfinder, *Canadian State Trooper* und Förster vom Silberblick. Gut, man soll ja die Leute nicht wegen ihres Aussehens … aber meine Güte, das macht dich kirre, wenn einer dich angeblich anschaut und du nicht weißt, wohin der Kerl guckt. Zugegeben, wenn du einen Sack mit einer brutal schweren Leiche über der Schulter hängen hast, biste da vielleicht noch was empfindlicher.

»Samma wat machste hier?«, fragt er mich dann auch noch.

»Ich werf mich wech«, blaffe ich zurück. »Du bist doch nich ausser Eifel? Kommste etwa ausm Pott?«

»Gelsenkiachen«, grinst er und schaut sowohl links als auch rechts an mir vorbei. Oder glotzt der auf meinen Sack? Jetzt hört er auf zu grinsen. Vermutlich hat er mit dem einen oder anderen Auge gesehen, dass da Blut raustropft. Quatsch, dafür ist es doch schon zu dunkel. Oder? Was weiß ich, wie scharf der schielen kann? Vielleicht ist das ja Einstellungskriterium für einen Nationalpark-Ranger. Wenn er schon kein Eifeler ist.

»Also, watt machste hier abseits des Wegs? Is verboten, weißte? Etwa Pilze sammeln?«, stört er mich in meinen Gedanken und zeigt auf den Sack. Ich schau vor mich auf den Boden, als würde ich mich schämen, so viele Pilze im Nationalpark gesammelt zu haben. Eigentlich such ich aber was anderes. Da liegt so ein schöner dicker Ast vor mir. Ich lass den Sack zu Boden sinken, heb den Knüppel auf und wiege ihn in der Hand.

»Erwischt«, sach ich und grinse jetzt zur Abwechlung mal den Ranger an.

»Ach, die Leute lernen das doch nie. Mein Freund, hier darfste nich mal ein Grashalm abreißen. Nationalpark, alles streng geschützt, verstehste?«

»Jo, glaub schon«, sach ich und meine dann noch: »Samma, wenn du aus Gelsenkiachen kommst, dann kennste doch bestimmt dat mit dem Knüppel auf die Kiasche?«

»Wat?«

Bumm! Schade um den Hut, aber das musste jetzt sein. Der Förster verdreht seinen Silberblick, so dass er fast normal geradeaus guckt, und kippt aus den Latschen.

Toll gemacht, denke ich mir, jetzt hab ich zwei Kerle zu entsorgen. Wo ist die Eifel meiner Jugend nur hin? Damals wurde hier in der Drover Heide mit Panzern gespielt, von Vogelsang runter hörte man lautmalerische Maschinengewehrsalven knattern, manchmal flogen die Tornados, wenn du oben aufm Hügel warst, unter dir durchs Tal, aber ansonsten konnte man in Ruhe Pilze sammeln oder Leichen verbuddeln. Und jetzt? Ziegenmelker und Ranger.

Ich greif mir so in Gedanken den verbeulten Hut und setze ihn auf. Cool, so einen wollt ich immer schon mal ... da spür ich seine Hände an meinem Hals. Verdammich, der war doch ausgeknockt, oder etwa nicht? Dieser Hut, vielleicht ist der stabiler als ich dachte. Und der Kerl hat Kraft. Drückt mir die Kehle mitsamt der

Halsschlagader zu, dass mir die Lampe ausgeht. Gottverdammter Filmriss.

Als ich wieder aufwache, brummt der Traktor auf der Wiese. Neben mir liegt meine Tasche, darin ein Leichensack XXL und meine geladene Wumme mit Schalldämpfer. Was für ein Traum, denke ich. Seit ich in Bochum wohne, träume ich, wenn überhaupt, nur von Bienchen und Blümchen. Kaum mach ich mal ein Powernapping in der alten Heimat, geht es um Mord, Totschlag und würgende Ranger. Du kriegst zwar den Jungen aus der Eifel, aber nicht die Eifel aus dem Jungen. Egal, der Bauer ist fast fertig mit der Wiese, ich steh auf, baller ihm eins zwischen die Augen, und zack, ist er im Sack. Dann spaziere ich mit dem Kerl (ich glaub ich hab schon erzählt, dass der echt schwer war) in die Drover Heide, es dämmert, ich kenn mich ja fast noch aus hier, hab ja früher hier immer Steinpilze, Rotkappen und Pfifferlinge … jedenfalls: Da steht er vor mir. Grinst mich an, schiebt seinen Hut in den Nacken und schaut frohgemut links und rechts an mir vorbei.

»Samma, biste aus Gelsenkiachen?«, frage ich den Ranger unvermittelt.

Das Grinsen wird noch breiter. »Woher weißte?«

Ich setze meine Last vorsichtig ab. »Ich dachte, ihr Ranger müsst aus der Eifel stammen?«, frage ich und hebe wie beiläufig den Ast auf.

»Lieben musst du die Eifel, darauf kommt es an«, strahlt der Förstersmann und staunt nicht schlecht, als ich ihm den Ast auf den Hut knalle. Fester als in meinem Traum, zur Sicherheit. Er sackt weg, ich greife nach der zerbeulten Trophäe, setze den Hut stolz auf und will den versackten Bauern wieder schultern, da spüre ich doch tatsächlich diese derben Rangergriffel an meiner Kehle, er drückt zu wie ein Berserker, und ich mach wieder den Tschüssikowski.

Leute, ich bin ja ein Profi, wie gesagt, aber als ich dann wieder neben der Wiese aufwache und den Traktor rattern höre, da krieg ich doch ein bisschen den Dadderich. Aber verdammich, ich bin ein Profi, wie gesagt, da lass ich mich doch von einem Ranger in Zeitschleifen nicht – nee, wirklich nicht. Der Bauer wird abgeknallt, da kenn ich nix, eingesackt und ab in die Drover Heide. Vorsichtshalber nehm ich nen anderen Weg, Natur ist Natur, und der Ziegenmelker zirpt und die Insekten summsummselbrummseln um mich herum – na klar, ich schwitze unter dem Bauern ja auch wie ein Teufel, da steht er schon wieder vor mir.

»Na, ist da einer beim Pilzesammeln eskaliert?«, fragt er und weist auf den Sack. »Abgesehen davon, Pilze bitte immer im offenen Korb sammeln, nie in Plastiktüten, und bei der Menge … da muss ich Ihnen aber eine tüchtige Verwarnung …«

»Ich scheiß auf Gelsenkiachen!«, brülle ich, lasse den Bauern fallen und fasse dem Kerl dreißig Zentimeter unterhalb der Hutkrempe an die Gestalt. Pah! Würgen kann ich auch. Er zappelt, röchelt, gleich hab ich dich, du Waldschrat! Da fühle ich von hinten einen eisenharten Griff an meiner Gurgel. Leckopfanni, ein Ranger kommt selten allein! Ich lasse los, gehe vom Angriff in die Verteidigung über, aber es hat keinen Sinn, meine

Beine knicken ein, und ich küsse den feuchten Grund der Drover Heide.

Als ich wieder die Augen aufschlage, will ich sofort aufspringen, den Bauern vom Traktor schießen und – Mist, es ist aber kein Traktor und keine Wiese und kein Bauer da. Dafür reicht der Platz nicht, denn ich befinde mich in einer Zelle. Das bemerke ich sofort, denn ich bin ja, wie gesagt, Profi. Der Job bringt es mit sich, ab und an etwas Zeit in solchen Räumlichkeiten zu verbringen. Jetzt würde ich gerne an den Gitterstäben rütteln und herumschreien, aber das geht nicht. Mein Verlies ist zeitgemäß mit einer Stahltür ausgestattet, an der sich nicht rütteln lässt. Aber das mit dem Schreien geht schon.

»Hey, Ranger!« brülle ich die Tür beziehungsweise das kleine Glasfenster darin an. »Komm her, krisse mit die Mofakette auffe Schnauze!«

Die Drohung ist hohl, vor allem weil ich momentan nicht im Besitz einer Mofakette bin, aber irgendwie muss ich den Feind provozieren.

Und es funktioniert. Na ja, nicht so ganz. Das ist kein Ranger, der da kommt, sondern ein ganz normaler Bulle. Sogar zwei. Reden was von Kripo und mordverdächtig und Körperverletzung. Mir schwirrt der Kopf, es kommt so das Übliche mit Verhör, mitten in der Nacht, die haben ja auch einen Scheißjob, ich sach gar nix. Irgendwann reicht es mir, ich meine, was soll das, wenn ich was sage, dann nur dem Ranger. Weil klar, das sach ich natürlich nich, nur der kann mir hier raushelfen. Ich werde wieder in die Zelle verfrachtet und soll mich gedulden. Und das tu ich, was bleibt mir denn schon anderes übrig? Na ja, vielleicht schrei ich was rum, während ich warte, trete gegen die Tür und so Sachen. Aber wer sollte mir das krumm nehmen, immerhin bin ich ein Profi, und die ganze Geschichte ist doch maletiz. Und dann kommt er tatsächlich.

Er taucht am Guckfenster auf. Grinsend, behutet, quietschfidel offenbar. »Na, wat machste denn für Sperenzkes in dein Kabäusken?«

»Mann, du bist Ranger im Nationalpark Eifel. Sprich ordentlich!«, herrsche ich ihn an, so als ob ich gerade etwas zu befehlen hätte. Manchmal wirkt das. Hier nicht.

»Mein Sprech ist hier nicht von Belang. Aber Ihr tätlicher Angriff auf mich, die unerlaubte Begehung des Nationalparks abseits der markierten Wege, noch dazu mit einer Leiche im Gepäck, darüber wird zu sprechen sein.«

Nun ja, immerhin kann er auch richtiges Deutsch. Aber was er da vorbringt, hat natürlich einiges für sich, also besser gesagt gegen mich. Ich bin mit meiner Gesamtsituation ziemlich unzufrieden, und das muss ich ändern. Stimmt doch wohl, dass dieser Job total falsch läuft. Ich hätte nicht hier aufwachen dürfen, sondern am Rande einer Wiese bei Thum, wo der Bauer mit seinem Traktor friedlich Runden dreht. Kann man sich denn hier auf gar nichts mehr verlassen? Was ist nur aus meiner schönen Eifel geworden? Nicht einmal ordentliche Zeitschleifen bekommt man mehr hin. Was habe ich nur falsch gemacht? Ich muss mich erst einmal beherrschen und vernünftig mit dem Mann reden.

»Ich möchte Sie würgen«, sage ich dann. »Und Sie würgen mich, und dann werde ich bewusstlos, dann wache ich wieder auf und ich kann den Bauern vom Traktor schießen und alles wird gut.«

»Boah, Sie reden vielleicht nen Killefitt«, grinst der Ranger wieder. »Was glauben Sie, bringt Ihnen das?«

»Fuffzichtausend«, antworte ich wahrheitsgemäß in dem sicheren Glauben, dass er das eh nicht versteht.

»Nee«, meint er, und grinst immer weiter. Seine Freundlichkeit erscheint mir der Situation nicht angemessen. Langsam dämmert mir, dass sowas wohl zur Jobbeschreibung eines Rangers gehört. Klar, wenn du ständig Leute in deinem Nationalpark antriffst, die dort herumlärmen, Pflanzen abknicken, Pilze sammeln oder Leichen verbuddeln wollen, musst du nicht nur ein Natur-, sondern auch ein Gemütsmensch sein. Und dann musst du genau in dem scheißfreundlichen Ton reden, denn er jetzt weiter anschlägt:

»Nee, das meinte ich nicht. Warum wollen Sie ausgerechnet mich jetzt sprechen, und der Polizei sagen Sie nichts?«

Jo, jetzt hat er mich da, wo ich mich nicht haben will. Wie soll ich ihm das nun erklären? Ich muss raus aus der Schleife, den Bauern entsorgen und meine Eifelemigration für immer abschließen.

»Ich muss schlafen«, höre ich mich dann sagen. »Verstehen Sie? Sagen Sie bitte der Bullerei, dass ich Ruhe brauche. Ich bin durch. Seit Tagen versuche ich, hier einen einfachen Job durchzuziehen. Und was passiert? Täglich grüßt der Ranger. So geht das nicht weiter.«

»Mehr wollen Sie nicht? Ich soll einfach sagen, dass Sie schlafen wollen?«

»Jupp.«

»Na dann.« Er tippt an seine Hutkrempe und geht. Nach einer Minute kommt die Bullerei und schleppt mich wieder in den Verhörraum. Das hat ja toll geklappt. Und noch mal durch die Geschichte. Was ich im Wald mit der Leiche gemacht habe. Ich weiß von keiner Leiche, bin hundemüde, muss schlafen. Ob ich vorhatte, ein Mordopfer zu vergraben? Nichts hatte ich vor. Mit bloßen Händen, oder gab es noch einen Komplizen, der eine Schaufel dabeihatte? Was für ein Komplize? Wieso Schaufel? Da durchzuckt es mich. Natürlich. Ich hatte das Werkzeug zum Verbuddeln vergessen. So geht das doch mit den Zeitschleifen. Du machst es wieder und wieder durch, bis du den Fehler findest. Ich bin so dankbar für die sachdienlichen Hinweise, was ich den Bullen auch sage, die verstehen natürlich nichts, wie auch, ich muss schlafen. Irgendwann wollen die das anscheinend auch, und ich darf wieder in meine Zelle. Ich bin so zappelig, dass erst mal nicht an Schlaf zu denken ist. Aber irgendwann beruhige ich mich, bin ja Profi, wie gesagt, und die Natur wie auch der Fortgang der Geschichte fordern ihren Tribut.

Ich bin ganz schön dösig, als ich die Augen wieder aufmache. Klar, bei dem ganzen Stress, die Sonne ist gewandert, steht schon ziemlich tief und mir direkt im Gesicht. Der Traktor dröhnt, der Bauer zieht seine Bahnen. Wunderbar, ein paar Minuten wird er noch brauchen. Ich werf mich ins Auto und fahre Richtung Nideggen in das nahegelegene Gartencenter, wo ich einen wunderprächtigen Spaten erstehe. Zurück am Ort des geplanten Geschehens, treffe ich auf eine Szenerie wie bestellt. Der Bauer ist abgesessen und fummelt an der Maschine herum, kein Mensch ansonsten weit und breit zu sehen. Ich grüße freundlich und knall ihm ein Neun-Millimeter-Weichmantelgeschoss zwischen die Augen. Ab in den Sack, den Spaten dazu geschultert, und los gehts in die Heide. Was soll ich sagen, der Kawenzmann fühlt sich sogar irgendwie leichter an, obwohl ich mehr Gepäck dabeihabe als bei den letzten Versuchen. Das erhebende Gefühl der überlegenen Vorgehensweise, die dem Profi zu eigen ist, trägt die Last des arbeitenden Mannes. Sicherheitshalber gehe ich einen ganz anderen Weg als vorher. Hauptsache der Ziegenmelker zirpt, das Insektenvolk summt umeinander, sogar ein munteres Rehlein stöbere ich auf, und endlich entdecke ich den perfekten Platz in einem Wäldchen, in dem ich früher stets prächtige Steinpilze gefunden habe. Beim ersten Spatenstich durchbohrt mich seine Stimme:

»Holla, mir wurden hier gar keine Bauarbeiten angekündigt!«

Ich blicke auf. Der Ranger steht da, natürlich grinsend, schaut rechts und links an mir vorbei, und tippt freundlich grüßend an die Krempe des unvermeidlichen Hutes. Welche Tücke! Die Enttäuschung schießt mir ins bislang so sonnige Gemüt. Jetzt war doch alles richtig! Was sonst als der Spaten fehlt denn jetzt noch? Das ist doch nicht fair.

»Sie sehen aus, als würden Sie wissen, dass Sie das hier nich dürfen«, spricht er weiter. Eigentlich ein netter Kerl. Ich ringe nach Worten, aber eigentlich suche ich nur fieberhaft nach dem Fehler. Der Spaten, dieses undankbare Ding, er liegt schwer in meiner Hand. Natürlich! Meine Güte, auch ein Profi ist manchmal schwer von Begriff. Der Spaten ist für den Bauern zwar nützlich, aber wirklich wichtig ist er für den Ranger. Warum zu Ästen greifen, wenn man das richtige Werkzeug schon in der Hand hat?

Mal schauen, wo ich das nächste Mal aufwache.

So oder so, das ist definitiv mein letzter Job in der Eifel. Denke ich zumindest in dieser Zeitschleife. Oder, falls ich aus der Nummer trotz Spaten nicht herauskomme – vielleicht hänge ich meinen Job an den Nagel und schule um. Zum Ranger. Allein schon wegen dem coolen Hut. Und ja, auch wegen der Eifel.

Am Abend kommen die Wölfe

VERA BUCK

Das Pilzmeer umspült uns wie brauner Schaum, und ein Flugzeug donnert über unsere Köpfe hinweg. Oma blickt auf. Sie hat noch nie in einem Flugzeug gesessen, aber sie stellt sich gerne vor, was die Menschen von dort oben alles sehen können: Dass sie meine Oma auf der Waldlichtung sehen, mit dem braunen Kopftuch und der ockerfarbenen Jacke über dem Rock, ein Pilz unter Pilzen. Dass sie die verlassene Siedlung sehen und in der Ferne vielleicht schon den Mann, der einen reparierten Generator im Bollerwagen über den Feldweg zerrt. Opa sollte jeden Moment wieder zurück sein, hat Oma gesagt, aber es ist ein weiter Weg bis nach Hause, bis dahin, wo sich auf der Landkarte früher einmal ein Ort mit Postleitzahl befunden hat.

Das Flugzeug hinterlässt einen weißen Streifen, der sich wie ein Spinnenfaden von einem Baumwipfel zum nächsten wölbt. Oma widmet sich wieder ihrer Arbeit. Sie durchtrennt die gummiartigen Stiele mit dem Messer und lässt die Köpfe in die Schürze fallen. Wie Schwarzbrot krümelt die Erde auf ihren Rock und ihre Finger. Als sie sich aufrichtet, gibt es nichts, worauf sie sich abstützen könnte, nichts außer einem schmerzenden Knie und den Pilzköpfen, die unter ihrer Hand zerbrechen. Und ich eile ihr zu spät zu Hilfe, weil ich mich noch nicht daran gewöhnt habe, wie alt sie geworden ist. Es ist zehn Jahre her, seit ich das letzte Mal hier war.

Sie sagt: »Die Pilze sind groß und stehen hoch in diesem Jahr. Man könnte sie mit der Sense mähen. Man könnte sie mit ausgestreckten Armen durchstreifen wie ein Kornfeld.« Und sie zeigt mir, wo es die hier früher gegeben hat: gleich dort hinter den Bäumen, bei den verfallenen Baracken. Ich nicke, doch meine Gedanken sind woanders. Sie sind bei den Jugendlichen, die spurlos in diesem Wald verschwunden sind, der zweite Vermisstenfall innerhalb eines Jahres. Ich mache mir Sorgen um meine Großeltern.

Ich sage: »In der Stadt habe ich ein betreutes Wohnen für euch gefunden. Es ist sehr hübsch dort, und du müsstest nicht einmal kochen.«

Zerrissene Herbstsonne leckt an ihren Augenlidern. Sie wendet sich blinzelnd ab. Ich setze noch einmal an: »In der Zeitung steht, dass wieder zwei Jugendliche in der Region verschwunden sind. Sie haben wohl einen Blog über verlorene Orte geschrieben, darum wollten sie nach Staudenhof. Hast du sie hier vielleicht gesehen? Habt ihr was mitbekommen?«

Ihr Blick hängt an der aufgewühlten Erde neben uns, die wahrscheinlich das Werk von Wildschweinen ist. Oma weiß nicht, was ein Blog ist. Alles, was sie kennt, ist hier und im drei Kilometer entfernten Dorf, zu dem es keine intakte Straße mehr gibt. Sie lässt den Inhalt der

Schürze in die Plastiktüte fallen, und ich folge ihr aus dem Wald hinaus.

Ein Wolf steht am Eingang der Siedlung. Er steht dort, wo eigentlich Opa mit dem Bollerwagen herkommen sollte, und blickt Oma an wie eine alte Bekannte, bevor er sich zwischen den Häusern trollt. Die Naturschützer sind froh, dass es wieder Wölfe in der Eifel gibt. Sie haben keine Ahnung, dass meine Großeltern hier unter ihnen leben, wie eine eigene bedrohte Art.

Die Siedlung ist ein Geisterdorf aus verlassenen Baracken. Die Türen und Fenster sind ausgebrochen. Verkohlte Balken liegen zwischen den Mauerresten. Es sieht alles trostlos aus, wie nach einem Krieg.

Oma zeigt auf ein schwarz verbranntes Gebäude. »Vorletztes Frühjahr haben sie das Weber-Haus angezündet. Seitdem haben wir den Schlachtbolzen neben dem Herd.«

»Was?«, ich bleibe entsetzt stehen. Meine Großeltern haben kein Telefon, um Bescheid zu geben, wenn so etwas passiert. Wenn Randalierer kommen, Brandstifter oder ein Rudel Wölfe, sind sie auf sich allein gestellt. Ich eile ihr nach, bitte sie wieder, mit mir in die Stadt zu kommen. Das betreute Wohnen ist so nah von meiner Wohnung, dass ich sie öfter besuchen könnte. Doch sie schüttelt nur lächelnd den Kopf.

»Hier hast du mich doch auch nie besucht«, sagt sie, und ich schweige beschämt.

Das Haus ist klein. Es duckt sich zwischen einen verfallenen Stall und einen toten Garten. Oma schließt die Tür hinter uns und schüttelt die Pilze in eine Schüssel, die sie auf die Spüle stellt. Durch das gesprungene Fenster kann man die aufgeplatzte Straße sehen, auf der der Wolf gestanden hat, und auf der Opa nach Hause kommen sollte. Doch die Straße sieht aus, als habe die Zeit sie eingesargt.

Oma sagt: »Ich weiß nicht, was sie ausgerechnet an diesen Ort verschlagen hat, wo doch außer Pilzen nichts überlebt.«

Ich bin verwirrt, weil ich nicht weiß, ob sie die Wölfe meint, die Brandstifter oder die Jugendlichen. »Ihr habt überlebt«, widerspreche ich, und sie lächelt zahnlos und reibt die Ernte mit einem Tuch ab. Einen Teil gibt sie in den Kochtopf. Den Rest wird sie später einlegen, so macht sie es immer.

»Der Wald ist großzügig zu uns«, sagt sie, »jedes Jahr ein bisschen großzügiger.« Und dabei streifen ihre Fingerspitzen die weißen Pilzlamellen, die so dicht stehen wie die Seiten eines aufgefächerten Buchs. Ich blicke auf die vielen Einmachgläser, die dick in den Regalen der Küche hocken. Sie zündet den Herd an und setzt die Suppe auf. Als das Feuer zu knistern beginnt, klingt es, als würden sich müde Tiere schwerfällig im Stroh bewegen.

»Die Polizei wird herkommen, Oma. Du weißt schon, dass du und Opa hier offiziell gar nicht lebt, oder? Das hier ist eine Geisterstadt, seit das Eisenwerk dicht ist.«

»Dann sind dein Opa und ich wohl Geister.« Sie blickt aus dem Fenster, wo die Dunkelheit einen Kreis bildet und sich um das Haus zusammenzieht. Wir wissen beide, was die Dunkelheit bringt. Dass sie die Plünderer und die Verrückten bringt, die die Häuser entkernen und sich zwischen den Ruinen fotografieren. Sie zerren die Möbel auf die Straße und posieren im Sessel auf dem Feld, in ausgebrochenen Fensterrahmen oder auf dem skelettierten Bagger neben der Siedlung. Dieses Haus ist das einzige, das sie noch nicht ausgeschlachtet haben, und Oma die Einzige, die daran glaubt, dass das auch so bleibt. Mein Blick fällt auf das Schlachtschussgerät neben dem Herd.

Der Suppentopf ist riesig und randvoll, es sind Portionen für Familien. Vielleicht hofft Oma, dass noch weitere Kinder und Enkelkinder zu Besuch kommen. Aber sie kommen nie. Oma bietet das Zuviel an Suppe also mir an, und ich esse schuldbewusst, bevor ich ihr durch die Abenddämmerung zum Stall folge, wo sie mir die Kuh zeigen will.

Der Verschlag hinter der quietschenden Stalltür ist nicht mehr als ein schwarzes Loch und stinkt so sehr, dass ich die Luft anhalten muss, als ich mich ins Innere ducke. Ich suche die Kuh, doch da sind nur die Metallstangen, an denen früher das Vieh festgemacht war, und in der Ecke dahinter ein Misthaufen. Ich wünschte, ich hätte meine Taschenlampe aus dem Auto mitgenommen, als ich den Wanderparkplatz verlassen habe.

»Hier gibt es keine Kuh, Oma«, ich wende mich um. Omas Silhouette zeichnet sich schwarz im Stalleingang ab, und plötzlich bekomme ich Angst, was die Einsamkeit und das Alter mit ihrem Kopf gemacht haben könnten. Sie könnte dement geworden sein – oder verrückt.

»Sie haben deinen Opa auf die Straße gezerrt. Mitsamt dem Sessel. Sie haben ihn gequält, und dann haben sie ihn umgebracht.«

Ich schrecke vor ihren Worten zurück, vor ihrer Stimme, die plötzlich fremd klingt, und mache einen Schritt nach hinten. Wieder weiß ich nicht, ob sie die Wölfe meint, die Randalierer oder die Jugendlichen. Sie hatte doch gesagt, Opa wäre nur fort, um den Generator reparieren zu lassen!

»Kadaver sind die beste Düngung, pflegte dein Opa zu sagen. Darum haben wir die Schlachtreste immer neben dem Wald vergraben. Im Herbst kommt der Tod dann in aller Lebendigkeit zu uns zurück.«

»Oma, wovon redest du? Wo ist Opa?«, meine Stimme ist panisch, sie kiekst ein bisschen.

»Es kann schon mal passieren, dass jemand nicht gleich stirbt, wenn man mit dem Bolzen nicht richtig trifft. Das ist beim Schlachten so, vor allem wenn die Tiere zappeln. Es ist nicht schön, aber es passiert.«

Ich weiche noch weiter zurück, schüttele den Kopf. »Du kannst nicht hierbleiben, Oma. Du redest wirr! Du musst zu einem Arzt!«

»Was soll ich denn bei einem Arzt? Kannst du nicht sehen, wie gut dein Opa dort auf der Lichtung für mich sorgt?«, an ihrer Stimme kann ich hören, dass sie lächelt. Sehen kann ich es nicht. In der Dunkelheit ist ihr zahnloser Mund schwarz. Sie macht eine Geste in Richtung Wald, und mir wird schlecht, als ich begreife. Die Pilze mit ihren außergewöhnlichen Farben und Formen, ihrer Größe, ein ganzes Meer davon. Ich habe mich gefragt, warum sie in einer solchen Fülle wachsen.

»Du hast ihn im Wald verscharrt? Aber … wann?«

»Na, vor zwei Jahren, als sie das Weber-Haus angezündet haben!«, sagt sie, so verwundert, als habe sie mir all das längst erzählt. »Jeden Herbst kommt dein Opa dann in schönster Farbenpracht zurück. Er war schon immer ein großzügiger Mann. Er weiß, dass ich hier für uns beide die Stellung halte.«

Ich greife mir an die Stirn. Mir fallen die Jugendlichen und die frische Walderde ein, die ich für die Spuren von Wildschweinen gehalten habe. Kadaver sind die beste Düngung, hat sie gesagt.

»Die Jugendlichen, Oma. Sie waren hier, oder?« Mein Kopf fährt herum, zu dem Haufen hinter dem Gitter, den ich für einen Misthaufen gehalten habe. Ich stolpere hin, versuche in der Dunkelheit auszumachen, was da aufgeschichtet ist: Kleidung, Rucksäcke, ein zusammengebrochenes Zelt. »Was hast du getan?« Sie antwortet nicht, doch ich kann es mir zusammenreimen. Aus ihren Erzählungen von den Verrückten, den Plünderern und den Pilzen, die dort wachsen, wo sie die Schlachtreste vergräbt, kann ich es mir zusammenreimen. Daraus, dass ein Schlachtschussgerät neben ihrem Herd steht, mit dem sie sich vor Eindringlingen verteidigt. Aber fassen kann ich es nicht.

»Die Polizei wird herkommen, Oma«, sage ich wieder. Sie reagiert lange nicht. Meine Verstörung gleicht sie mit einer Ruhe aus, die mich nur noch mehr verwirrt. Schließlich tritt sie in den Stall und hebt die Hand, um einer Kuh den Rücken zu streicheln, die es hier schon lange nicht mehr gibt. Die Geste löst eine Gänsehaut bei mir aus. Sie ist so alt. Sie hat getan, was nötig war, um zu überleben. Wer weiß schon, was sie erlebt hat, seit wir sie alle verlassen haben? Ich zögere, dann nehme ich ihre Hand, die streichelnde, knochige. Sie ist so blass, dass sie im Dunkeln leuchtet. »Komm, Oma«, sage ich. »Komm, wir gehen jetzt.«

Sie blinzelt, lässt sich zögernd von mir mitziehen. Aber als wir zurück im Haus sind und ich ihr beim Packen helfe, wehrt sie sich. Sie besteht darauf hierzubleiben, sich um die Kuh zu kümmern, die es nicht mehr gibt, und auf Opa zu warten, den es auch nicht mehr gibt. Und als ich ihr das sage: »Es gibt hier keine Kuh, Oma. Und Opa kommt nicht mehr, du hast es mir selbst erzählt, weißt du noch?«, da weint sie, weint um Opa und den Ort, der zu lange ihr Zuhause war, und besteht darauf, alle Pilzgläser mitzunehmen. Es sind mehr als wir tragen können.

»Wir holen die anderen Gläser nach«, verspreche ich, gehe nach draußen und zünde den Stall an. Ich werfe das Schlachtschussgerät in die Flammen und warte, bis ich sicher bin, dass alles brennt. Dann gehe ich zurück ins Haus. Oma steht mit gesenktem Kopf am Küchenfenster. Doch als ich ihre Hand nehmen will, entzieht sie sie mir.

»Wir müssen gehen, Oma.«

»Wohin denn.«

»Nach Hause, zu mir. Die Polizei wird kommen.«

Sie schüttelt den Kopf. »Ich bin hier zuhause. Und Opa wird heimkommen. Mit dem Bollerwagen wird er kommen, und dem reparierten Generator. Ich muss hier die Stellung halten.«

»Wir müssen los, Oma. Siehst du nicht, die Plünderer haben schon den Stall angezündet«, ich deute nach draußen, auf das lichterloh brennende Feuer, dessen Schein in der Küche tanzt. In Omas Augen tanzt es auch. Es sind vorwurfsvolle Augen. Sie weiß genau, wer dieses Feuer gelegt hat. Als sie sich abwendet und zum Herd geht, bin ich mit einem Mal froh, dass das Schlachtschussgerät nicht mehr in ihrer Reichweite ist. Als müsste ich Angst vor meiner eigenen Oma haben. Ich greife sanft nach ihrer Schulter. »Oma, ich …«

Sie fährt herum, der Schürhaken in ihrer Hand zischt knapp an meinem Kopf vorbei, als ich mich ducke und zur Seite stolpere. Ich stoße gegen den Tisch, auf den wir die Tüten mit den Einmachgläsern gestellt haben. Er verschiebt sich krachend, und als ich falle, reiße ich eine der Tüten mit mir. Der Inhalt geht klirrend zu Boden, die Gläser zerbersten. Oma schreit. Die Pilze sind jetzt überall. Essig, Öl und Senfkörner schwemmen den Fußboden, ein ganzes Meer davon. Oma schreit noch einmal, und als sie erneut mit dem Schürhaken ausholt, rolle ich mich entsetzt zur Seite, wälze mich in den Pilzen und komme irgendwie auf die Füße. Ich stürze zur Tür, stolpere aus dem Haus, wo die Nacht vom brennenden Stall erhellt wird. Noch im Laufen bemerke ich die zwei Schatten neben mir, zwischen den leerstehenden Häusern. Wie ich huschen sie in Richtung Straße, um diesen Geisterort zu verlassen. Mein Kopf fliegt herum. Es sind die Wölfe, die vor dem Feuer fliehen.

Das Buffet

CAROLA CLASEN

Durch das offene Holztor fiel ein wenig Tageslicht in die Scheune. Ein hechelnder mittelgroßer Hund baute sich auf der Schwelle auf. Ein Gewehr lehnte in der Ecke neben der Türangel. Licht spendete auch eine von Spinnweben überzogene 20-Watt-Birne an einem Dachbalken. Ein Traktor warf einen Schatten an die Wand, und Gerümpel stand überall herum.

»Platz!«, herrschte der Mann den Hund an.

Er hatte sich als »Schlink« vorgestellt, stapfte durch die Scheune, an Kisten, Eimern und Gestänge vorbei und zog endlich eine mit Malerflecken überzogene Filzdecke herunter.

»Seit dem Tod meiner Mutter«, brummte er, »steht das da rum.«

Magda hielt wie vom Blitz getroffen inne. Vergaß den Hund, vergaß das Gewehr, den unangenehmen Mann. Verstaubt, zugemüllt, misshandelt, ein Bild der Schande und doch einst der Traum jeder Hausfrau.

Mit so einem Buffet war sie aufgewachsen. Es hatte in ihrem Elternhaus gestanden, solange sie denken konnte. Sie wusste noch, wie stolz ihre Mutter gewesen war, als es Einzug in ihre Küche hielt. Wie sie die Böden der Fächer mit geblümtem Schrankpapier auslegte.

Mit viel Fantasie konnte man noch erahnen, dass die Türen dieses vernachlässigten Schatzes mit Schleiflack behandelt waren oder aus geriffeltem Glas bestanden. Hinter einer Scheibe baumelte der Rest einer vergilbten Häkelgardine.

»Funktioniert alles noch«, behauptete Schlink, öffnete Türen und Schubladen und Fächer zum Beweis. Sie ächzten und knirschten und hakten. »Ein bisschen Fett«, knurrte er, »und ist wieder wie neu.«

Der Stummel seiner Zigarre, kurz, dick und schwarzbraun und vor langer Zeit erloschen, klebte in seinem rechten Mundwinkel wie ein Geschwür. Magda verstand nur die Hälfte. Er sprach noch dazu diesen robusten Eifel-Akzent.

»Handbetriebene Brotmaschine, sogar Kühlfach, Glasschütten«, hörte sie Schlink aufsagen. »Alles da.«

In den Glasschütten klebten noch Reste von Mehl, Reis, Zucker.

Magda reckte den Hals und zählte sechs große Schütten und darüber zwölf kleine für Gewürze, Backpulver, Tortengelee, Gelatine, Puddingpulver …

Aus den Fächern drang der Duft ihrer Kindheit, bildete Magda sich ein, alt und neu zugleich, Aufbruch, die 50er Jahre.

Sie fuhr mit dem Finger über die Arbeitsplatte. Wurzelholz-Imitat aus Resopal, dachte sie und blies in den Staub.

»Kein Wunder, nach zwölf Jahren«, erklärte Schlink.

Nein. Magda nickte. Kein Wunder.

Ein Schlüssel hing schief im Schloss. Ein verrosteter Riegel ließ sich nicht mehr schließen. Sie bückte sich und entdeckte in Bodenhöhe zwei breite, aber flache Schubladen für Tischwäsche, mit geblümtem Schrankpapier ausgelegt.

Sie waren leer. So leer wie alle Fächer. Leer bis auf die paar Krümel der Vergangenheit. Zumindest hockte nirgendwo eine verschreckte Maus, krabbelte nirgendwo eine Ameise, Spinne, Fliege, Assel, Silberfischchen, flatterte keine Motte erschreckt auf.

»Was ist denn nun? Wollen Sie es haben oder nicht?«, drängelte Schlink und knallte alle Fächer wieder zu, so dass eine Wolke aus Staub aufwirbelte. Das Gewehr fiel um, das Hecheln des Hundes schien näher zu kommen.

Magda sah erschrocken auf. Schlink war zwei Kopf größer als sie und sicher hundert Kilo schwerer. Er war ungepflegt. Er roch auch nach Vergangenheit, aber nicht auf die romantische Weise. Hatte er keine Dusche in seinem heruntergekommenen Bauernhaus? Keine Frau, die ihm die alte Zigarre aus dem Mund riss und frische Wäsche herauslegte? Seitdem seine Mutter gestorben war … Vor zwölf Jahren?

Natürlich wollte Magda das Buffet trotzdem. Es würde fantastisch in ihrer hochmodernen hochglänzenden Einbauküche aussehen. Ein Stück aus dem Museum. Ein Exot. Sie sah ihre Freundinnen schon vor Begeisterung in die Hände klatschen.

»Eigentlich schon. Ja, aber …«

»750«, bellte Schlink.

Dieser Preis hatte in der Anzeige gestanden. Im *Wochenspiegel,* dem kostenlosen wöchentlichen Werbeblatt. Verhandlungsbasis. Eigentlich war Magda auf der Suche nach einem Ohrensessel gewesen. Ein Ohrensessel stand nicht zum Verkauf. Das Buffet war ein Zeichen des Himmels, es sollte und wollte zu ihr. So sah Magda es jedenfalls. So wollte sie es sehen.

Wenn Schlink nett gewesen wäre, wäre sie mit dem Preis sofort einverstanden gewesen, das Buffet war es wert, und die Hoffnung, er käme ihr beim Transport entgegen, wäre berechtigt gewesen. Aber so ...

»Nein. Auf keinen Fall. Bei diesem Zustand vierhundert.«

»Sechshundertfünfzig«, knurrte er widerwillig.

Sie schüttelte den Kopf. »Vierhundert.«

»Sechshundert.«

Magda presste die Lippen zusammen.

Er stemmte die Hände in die Hüften. Der Hund knurrte. »Okay. Fünfhundert. Weil Sie es sind. Aber keinen Cent weniger. Ich habe noch andere Interessenten.«

Sie lächelte ihn an. »Gut. Einverstanden. Und der Transport ...?«

»Wo wohnen Sie denn?«, wollte Schlink wissen.

»Na ja, auch hier in Euskirchen, aber eher ...«

»Ja, ja, ja.« Er unterbrach sie ungeduldig und winkte ab. »Bringe ich Ihnen.«

»Echt?«, rief sie ungläubig aus. Ein unerwartetes Angebot.

Er ahnte nicht, worauf er sich einließ.

Diese Garage mit dem Buffet stand in Kuchenheim, einem Stadtteil von Euskirchen. Magdas Zuhause hingegen befand sich nicht in der Stadt Euskirchen, auch nicht in einem Vorort, sondern im *Kreis* Euskirchen, genauer gesagt in der am weitesten entfernt liegenden Gemeinde: Hellenthal. Knapp fünfzig Kilometer von hier.

Aber hatte Schlink sie ausreden lassen?

Wenn er nett gewesen wäre, hätte Magda ihn selbstverständlich sofort aufgeklärt.

Er wies auf einen grünen Traktor mit Anhänger, der im Hof stand und nicht gerade vertrauenerweckend aussah, jedoch breit genug, um ein Buffet liegend zu befördern.

Das liebte Magda unter anderem an der Eifel. Da war immer irgendwo ein Traktor in der Nähe, um Sperriges zu transportieren. Man musste nur Zeit mitbringen. Viel Zeit. Magda hatte sie.

»Ist im Preis drin.«

Sie lächelte ihr schlechtes Gewissen weg. »Ich zahle 250 Euro heute, die andere Hälfte bei Lieferung.« Sie zog den Reißverschluss ihrer Handtasche auf. »Okay?«

Er knurrte irgendetwas. Es war kein Nein.

»Wann liefern Sie?«

Schlink blickte in den Himmel, als verwalte dieser seinen Kalender, und sagte: »Übermorgen.«

»So schnell?«

»Bin froh, wenn es weg ist. Das scheußliche Stück. Nimmt nur Platz weg. Erst mein ganzes Leben lang in der Küche, jetzt hier. Meine Mutter war eine … ach, lassen wir das.«

Er war kein guter Sohn gewesen, das war offensichtlich. Aber vielleicht war seine Mutter auch keine gute Mutter gewesen. Magda würde ihn von der Last der Erinnerung befreien. Und sich ein Juwel aus der Vergangenheit gönnen. Eine Win-win-Situation.

Sie streckte ihm zweihundertfünfzig Euro entgegen. Er stopfte die Scheine ungezählt hinter seinen Hosenbund. Sie wandte sich zu ihrem Auto, einem flachen Zweisitzer, als ihr einfiel, dass sie ihm ihre Adresse nicht genannt hatte. Ein delikater Moment. Sie fingerte eine Visitenkarte aus dem Portemonnaie und hielt sie ihm hin. Hellenthal war darauf deutlich zu lesen. Aber er stopfte sie zu seinem Geld, ungelesen, und Magda beeilte sich.

Zwei Tage später gegen Abend knatterte ein grüner Hanomag mit qualmendem Auspuff auf der B 265 durch Hellenthal. Hinter ihm auf einem Anhänger lag unter einer Plane verdeckt ein Gegenstand, groß wie ein Schrank. Hinter diesem wiederum hatte sich eine beachtliche Autoschlange versammelt.

Ein ganz normales Phänomen. Auf den zweispurigen. kurvenreichen Bundesstraßen stellen landwirtschaftliche Fahrzeuge ein bekanntes, ungeliebtes Hindernis dar. Schlink war offensichtlich nicht der Typ, der in eine Haltebucht fuhr, um Autos an sich vorbeiziehen zu lassen. Er war der sture Traktorfahrer, der weder nach rechts noch nach links blickte und hoch oben auf seinem gefederten Sitz thronte, wie der König von Euskirchen.

Magda wohnte mitten im Ort, kurz vor dem Kreisverkehr, in einem zweistöckigen Haus, dessen Giebel verschiefert waren. Sie hatte zwei Nachbarn gebeten, beim Transport des Buffets in ihre Wohnung im ersten Stock behilflich zu sein. Ein Brüderpaar, Ernst und Bruno. Sie waren im Besitz eines Transportwagens und zweier

Möbelroller, mehrerer Gurte und einer Filzdecke. Das Haus lag ein wenig zurück, die Autos der Bewohner waren am Straßenrand geparkt, so dass ein gebührender Platz für die Ankunft des Buffets geschaffen war. Magda stand wartend vor der Haustür, eingerahmt von Ernst und Bruno.

Hinter ihnen, auf der Fensterbank im Erdgeschoss, stand ein Tablett mit Thermoskanne, Kaffeebechern und einem geöffneten Karton Gebäck, Haselnuss-Ringe von Coppenrath & Wiese.

Ernst hatte zwar gemeint, ein Bier würde Schlink auch nicht ablehnen, oder einen Schnaps, aber damit konnte sich Magda nicht anfreunden. Schließlich musste Schlink auch wieder zurück. Sie war nervös. Sie konnte sich vorstellen, dass Schlink ungehalten darüber war, mit einer Höchstgeschwindigkeit von 40 Stundenkilometern einmal quer durch die halbe Eifel rattern zu müssen.

Ungehalten war nicht das richtige Wort.

Als Schlink vorfuhr, winkte sie ihm freundlich entgegen. Sie hatte Ernst und Bruno angewiesen, ebenfalls zu winken und zu lächeln. Sie hätten eine weiße Friedensfahne gebraucht. Oder weiße Tauben. Schlink verzog keine Miene, er rangierte so lange vor und zurück bis Traktor und Anhänger komplett auf der Parkfläche standen. Er nahm den Gang raus, zog die Handbremse an und ließ den Motor laufen. Runter stieg er nicht.

Magda und die Brüder wedelten die Qualmwolken beiseite.

»Wartet besser hier«, sagte Magda leise und legte jeweils eine Hand beruhigend auf jeweils einen Bruder-Arm.

Dann trat sie neben die Fahrerkabine und blickte zu Schlink empor.

»Herzlich willkommen«, schrie sie gegen das Knattern des Traktormotors an. »Schön, dass Sie da sind. Wir haben schon auf Sie gewartet. Wie war die Fahrt?«

Schlink schnaubte, sodass seine Zigarre aus seinem Mundwinkel flog und über die Motorhaube rollte.

»Erst einmal einen Kaffee?«, bot Magda an.

Schlink fluchte, lief rot an, und seine wulstigen Finger krallten sich um das Lenkrad.

»Hören Sie«, schrie Magda. »Mir ist schon klar, dass jetzt ein Aufpreis für den Transport fällig ist. Tut mir leid. Ist einfach dumm gelaufen. Ich mache Ihnen keine Vorwürfe. Ist allein meine Schuld.«

Schlink räusperte sich, hustete und spuckte. Knapp neben Magdas Schuhen landeten die weißlichen Schlieren. Sie sprang beiseite.

»Hundert Euro zusätzlich zu den zweihundertfünfzig Euro, die ich Ihnen sowieso noch schulde, wäre das okay für Sie?«, rief sie.

Schlink verzog keine Miene.

»Zweihundert Euro?«

Unbeeindruckt zog Schlink eine kleine Dose aus der Brusttasche seiner Arbeitshose, fummelte eine Zigarre heraus und steckte sie sich zwischen die Lippen.

Das war Wucher, das war unverschämt, das war … Trotzdem hörte sich Magda rufen: »Dreihundert! In Gottes Namen!«

Er streckte ihr seine grobe, dreckige Hand entgegen.

Magda reichte die Scheine hoch, fünfhundertfünfzig Euro. Sie hatte vorsorglich mehr eingesteckt als verabredet, falls es zum Äußersten kam.

Endlich bewegte sich Schlink. Es war eben doch alles eine Frage des Preises. Er stieg herab. An der Kupplung des Anhängers bückte er sich und betätigte einige Hebel und Knöpfe. Langsam hob sich die Ladefläche an. Hoch und höher stieg sie.

»Ein Heckkipper«, murmelte Ernst ehrfürchtig.

»Hydraulisch«, fügte Bruno hinzu. »So einen müssten wir haben.«

Es ging unerwartet schnell. So schnell, dass niemand eingreifen konnte. Das Buffet unter der Plane rutschte an die rückwärtige Bordwand. Bei einer gefühlten Neigung von etwa fünfzig Grad klappte die Bordwand auf. Das Buffet bekam Übergewicht, überschlug sich und knallte auf das Pflaster.

Holz splitterte, Glas zerschellte, Leisten flogen, die fleckige Rückwand aus Hartfaser zerbrach und sank ein.

Per Knopfdruck ließ Schlink den Anhänger wieder in seine normale Position zurückkehren und verschloss die Bordwand. Er kletterte auf seinen Fahrersitz, löste die Handbremse und legte den Rückwärtsgang ein. Er rangierte auf die Straße und trat den Heimweg an.

Fünfzig Kilometer bis Euskirchen-Kuchenheim. Er hatte schon eine Autoschlange hinter sich, bevor er außer Sichtweite war.

Wie in Trance starrten Magda, Ernst und Bruno auf den Haufen Holz. Magda hatte das Atmen während der Aktion eingestellt, und nun war ihr schwindlig. Ein Kloß im Hals. Ein Druck hinter den Schläfen. Ein Albtraum. Fassungslos drehte sie sich zu Ernst und Bruno um.

»Was war das denn?«

Die Brüder verzogen die Gesichter und hoben ratlos die Schultern.

Ernst kam vorsichtig näher, als könnte die Ladung noch nachträglich explodieren. Er umkreiste sie und stieß mit dem Fuß gegen hervorstehende Holzsplitter. Bruno folgte ihm und hob einen Schlüssel auf, drehte ihn in seiner Hand hin und her und sagte: »Wir könnten versuchen, den Schrank zu reparieren.«

Magda war den Tränen nahe. Sie hatte in ihrer Küche Platz für das Buffet geschaffen. Sie hatte ihren Freundinnen davon erzählt. Sie wollten morgen kommen und es besichtigen. »Das hat doch alles keinen Zweck.«

»Wir könnten es in die Garage tragen und Stück für Stück wieder zusammensetzen«, schlug Bruno vor und reichte ihr den Schlüssel.

»Nein! Nein!«, entschied Magda. »Ich bestelle einen Container. Schluss. Aus.«

Den Schlüssel würde sie behalten zur Erinnerung an den Kauf eines Scheiterhaufens. Sie legte ihn aufs Tablett auf der Fensterbank.

Eine Woche verging, ehe der Container geliefert wurde. Am frühen Morgen, als Bruno und Ernst auf der Arbeit waren, stieg Magda in ihre Arbeitshose und die Gummistiefel, zog Gartenhandschuhe an und machte sich an die Arbeit. Die großen, schweren Teile wollte sie den Brüdern übriglassen.

Stück um Stück landete im Container, und Magda sparte nicht mit Flüchen. Sie drehte eine Schranktür um und legte einige Regalbretter und Schubladen frei, die wiederum zwei Holzkisten unter sich begraben hatten, groß wie ein DIN-A 4-Blatt, fast unversehrt, mit messingfarbenen Schlüssellöchern, ohne Schlüssel. Magda schüttelte sie. Kein Geräusch. Kein Gewicht. Leer.

In hohem Bogen flogen sie in den Container zu den anderen Bruchstücken eines stolzen Buffet-Lebens.

Aber jedes Mal, wenn Magda sich bückte, schoss ihr der Gedanke in den Kopf: Waren die Holzkisten wirklich leer?

Liebesbriefe? Testament? Fotos? Totenschein? Gold? Silber? Lottoschein? Scheidungsurkunde? Vaterschaftstest? Aktien?

Papiere wie diese wogen nichts und flogen durch Magdas Phantasie, wie rastlose Fliegen.

Sie hielt inne, legte die Gartenhandschuhe ab, ging ins Haus, um einen Schraubendreher zu holen, mit dem sich die Holzkisten aufbrechen ließen.

Mit einer Trittleiter schaffte sie es, in den Container zu steigen, wühlte in den Holzresten herum, bis sie die Kisten sicherstellte. Sie kniete sich in den Staub und setzte den Schraubendreher an wie ein Brecheisen.

»Was ist mit dem Schlüssel?«

Magda zuckte zusammen.

Bruno spähte über den Containerrand. Seine Hände neben seinem Kopf. Seine Stirn gerunzelt. Seine Augenbrauen hochgezogen. Gegenüber das gleiche Schauspiel. Aber mit Ernst.

»Welcher Schlüssel?«, fragte sie und ließ den Schraubendreher sinken. »Ach, der.« Den Schlüssel hatte sie mit in die Küche genommen und in die Schale gelegt, in der sie Kleinigkeiten sammelte, die ihr begegneten und die sie nicht zuordnen konnte.

»Er liegt in der Küche. In der Schale auf dem Tisch. Die Tür ist offen.«

Bruno stob davon.

Ernst kletterte zu Magda in den Container, nahm die andere Holzkiste an sich, legte sie über sein Knie und brach sie mit beiden Händen auseinander, als wäre sie aus Pappe.

»Leer«, sagte er und betrachtete stolz die beiden Hälften.

»Das hab ich mir schon gedacht«, seufzte Magda.

Da kam Bruno mit dem Schlüssel.

»Leer«, verkündete Ernst noch einmal.

»Mensch Ernst«, Bruno verdrehte die Augen. »Wenn da jetzt war Teures drin gewesen wäre.«

»War aber nicht.«

Magda und Ernst kletterten aus dem Container. Sie reichte Bruno die verbliebene Holzkiste. Er legte sie auf die Fensterbank des Küchenfensters und versuchte behutsam, den Schlüssel ins Schloss zu stecken. Er ruckelte, passte, ließ sich aber nicht drehen.

»Siehste«, knurrte Ernst.

»Hol lieber mal Öl.«

»Ok.«

»Öl an einem Schloss wirkt Wunder«, klärte Bruno Magda auf.

»Wunder gibt es immer wieder«, sagte sie.

»… wenn sie dir begegnen, musst du sie auch sehen«, ergänzte Bruno flüssig und in einem bärigen Singsang.

Magda verkniff sich ein Lachen. Das war nicht der richtige Moment. Denn Ernst erschien mit einer kleinen Flasche. Außerdem hatte Bruno recht, und die Holzkiste ließ sich mit einem Tropfen Öl im Schlüsselloch öffnen.

»Was seh' ich denn da?«, rief er aus.

»Ein Wunder«, hauchte Magda.

»Lange nicht gesehen«, freute sich Ernst.

Die Holzkiste war randvoll gepackt mit Geldscheinen. Deutsche Mark. Blaue, rote, braune Scheine, ungeordnet. 100 DM, 200 DM, 500 DM.

»O mein Gott«, Magda knallte erschrocken die Kiste zu.

»Ziemlich viel«, meinte Ernst.

»Sehr viel«, fand Bruno.

Magda nickte.

»Ist aber nichts mehr wert, oder?« Ernst kratzte sich am Kopf.

»Doch, 2 DM gleich 1 Euro«, sagte Bruno in einem Ton, der keine Zweifel ließ. »Wollen wir zählen?«

Es waren fünfzigtausend Deutsche Mark. Glatt.

»Fünfundzwanzigtausend Euro«, rechnete Bruno fix aus.

»Egal«, sagte Magda. »Es gehört mir nicht. Es gehört diesem … schlechten Menschen.«

Ernst widersprach: »… diesem widerlichen Vollpfosten.«

Bruno schnaubte: »… dieser abscheulichen Hackfresse.«

Sie blickte von einem zum anderen: »War bestimmt die Spardose seiner Mutter. Ist irgendwie rührend.«

Ernst: »Ich finde, er hat es nicht verdient.«

Bruno: »Genau.«

Wenn Schlink nett gewesen wäre, hätte sie keinen Augenblick gezögert und ihm die Holzkiste zurückgegeben. Aber so rang Magda eine Woche lang mit sich um die Wahrheit, ob sich nicht eine höhere Gerechtigkeit anwenden ließe. In diesem besonderen Härtefall.

Es half alles nichts. Wie sie es auch drehte und wendete, Schlink war der Eigentümer, auch schlechte Menschen können Eigentümer von viel Geld sein. Oft ist es so.

Ernst und Bruno hatten mitfahren wollen, aber in dem Zweisitzer war nur noch ein Platz frei. Sie konnten sich nicht einig werden. So blieben beide zuhause. Und neben Magda lag stattdessen die Geldkiste.

Wenn sie bedachte, dass Schlink insgesamt achthundert Euro für ein nicht mehr existierendes Buffet eingestrichen hatte, packten sie wieder Zweifel an dieser Reise. Und an der einen oder anderen Kreuzung zögerte sie auch, bis das Hupen eines nachfolgenden Fahrzeugs sie vorantrieb.

Als ihr Zweisitzer am Ortseingang von Kuchenheim auf den schmalen Weg zu Schlinks Hof einbog, fiel ihr ein Verkehrsspiegel auf, der in der Kurve stand. Sie hatte ihn beim ersten Mal nicht bemerkt. Über dem Spiegel war eine Kamera angebracht, die Magdas Wagen erfasste und verfolgte. Als er auf den Hof rollte, sprang das Scheunentor auf, der Hund preschte hinaus, bellte geifernd, mit Schaum in den Lefzen, steuerte im Galopp und mit Tunnelblick auf das Auto zu. Magda bremste scharf, der Hund flog mehr, als dass er sprang, auf die Motorhaube. Seine Schnauze knallte gegen die Windschutzscheibe, und er sabberte sie blind. Magda ließ sich gegen die Kopfstütze fallen.

Im Hoftor stand breitbeinig mit dem Gewehr im Anschlag: Schlink. Nein!

Er würde es doch nicht wagen … sie duckte sich hinter das Lenkrad, hörte die Pfoten und Krallen des Hundes auf der Motorhaube.

Ein Schuss.

Pfeifend jagte er über das Autodach hinweg. Magda drückte aufs Gaspedal, riss das Steuer herum, der Hund rutschte von der Motorhaube, sie setzte sich auf, die Reifen drehten durch, und in einer Wolke von Sand und Steinen schoss sie mit ihrem Wagen wieder vom Hof.

Als Magda den Verkehrsspiegel und die Kamera passierte, winkte sie und lächelte freundlich.

Sie hatte alles versucht. Sie musste sich nichts vorwerfen, wenn sie sich jetzt ein neues Buffet kaufte und Ernst und Bruno einen hydraulischen Heckkipper.

Flutopfer

Moni Reinsch

»Herr Lentes, gut, dass ich Sie telefonisch erreiche. Die Postanschrift kann ich leider nicht entziffern, ist das eine fünf oder eine sechs?«

Nico Lentes lacht auf. »Sie rufen von der Hera Versicherung an, richtig?«

»Genau, Kerzmann, Florian Kerzmann, wir kennen uns noch nicht. Sie haben einen Antrag auf Flutopfer-Beihilfe im Fall von neun Häusern eingereicht in …« Nico hört, wie er Papiere durchblättert.

»Das ist korrekt, aber das sind natürlich nicht alles meine Häuser. Rastweiler ist nur eine winzige Siedlung. Also war. Neun Häuser waren das, direkt an der Ahr. Aber die sind komplett weggeschwemmt worden. Onkel Heribert wird seither vermisst, Frau Gerber wurde in eine geschlossene Anstalt eingewiesen. Meine Eltern sind dement und nicht geschäftsfähig. Der alte Jakob war schon vorher der, na ja, sagen wir es ruhig salopp, der Dorfdepp. Seit der großen Flut ist er völlig durch den Wind. Dann ist da noch das Haus von …«

»Entschuldigen Sie bitte, wenn ich Sie unterbreche, Herr Lentes, aber ich würde gerne mit den Betroffenen direkt sprechen. Und vor allem möchte ich mir ein Bild von den Schäden machen. Aber mein Routenplaner kann Rastweiler leider nicht finden«, erklärt der Versicherer.

Nico blickt auf die Uhr, es ist vierzehn Uhr, in rund drei Stunden wird es dunkel sein.

»Von Köln brauchen Sie eine knappe Stunde. Ich wollte heute sowieso noch in die Eifel fahren, was halten Sie davon, wenn ich Sie abhole?«, schlägt Nico vor. »Anschließend fahre ich wieder zurück nach Köln, Sie könnten sich also die Sucherei sparen.«

Sein Gesprächspartner zögert kurz, aber der Verweis auf noch immer unpassierbare Straßen und fehlende Brücken, die im Routenplaner nicht umfahren werden, scheint ihn zu überzeugen.

Nico verspricht, Kerzmann gegen fünfzehn Uhr abzuholen. Das gibt ihm genug Zeit, sich an sein Laptop zu setzen und den Film, den er gestern fertig gemacht hat, auf Instagram, Facebook und mehreren anderen Plattformen hochzuladen.

Er scrollt auf seinem Smartphone durch die Fotos, die er in den vergangenen Wochen gepostet hat. Seine Ausbildung zum Fotografen hat sich bezahlt gemacht, die Bilder sind wunderbar. Wenngleich seine Fortbildungen in Photoshop an der Volkshochschule vielleicht wichtiger waren.

Kerzmann sieht genau so aus, wie Nico sich einen Versicherer vorgestellt hat. Die rahmengenähten Lederschuhe glitzern feucht vom Regen. Er fingert an seinem Kragen herum, den er zum Schutz hochgeschlagen hat.

Beim Versuch, etwas aus seiner Aktentasche zu nehmen, die er sich zwischen die Beine geklemmt hat, ächzt er hörbar.

»Vielleicht warten Sie mit den Unterlagen, bis wir aus der Stadt raus sind, bei dem ständigen Stop-and-go-Verkehr wird einem erfahrungsgemäß nur übel. Möchten Sie vielleicht einen Schokoriegel? Ich war gerade noch an der Tankstelle.«

Nico hält Kerzmann eine glänzende Verpackung hin, der dieser nicht widerstehen kann. Seine wulstigen Finger nesteln an dem Papier, und er schiebt sich den halben Riegel in den Mund, ohne abzubeißen.

»Erzählen Sie mir von Rastweiler«, bringt er mühsam hervor und wischt feuchte Schokobröckchen vom Armaturenbrett.

Nico erzählt, dass Rastweiler vor der Flut eine beschauliche Siedlung gewesen sei. Jetzt sei es in Vergessenheit geraten, weil eben außer ihm niemand mehr da sei, der auf die Belange der Bewohner aufmerksam machen könne. Die Kamerateams würden sich in den immer gleichen Orten tummeln, aber wo nichts mehr sei, käme auch kein Politiker hin.

»Ich habe im Internet fast nichts über Rastweiler finden können«, brummt Kerzmann und schnäuzt sich laut.

Nico lacht auf. »Stimmt, viel mehr als einen Wikipedia-Eintrag gibt es auch nicht. Ein Foto von Onkel Heriberts restauriertem Traktor vermutlich noch und zur goldenen Hochzeit meiner Eltern gab es ein Foto in der Tageszeitung, das ist vermutlich auch zu finden. In anderen Gemeinden gibt es ja immer wieder Probleme mit

Schulbussen oder so, aber Rastweiler ist alt und autark, wir sind keine Meldung wert. Umso wichtiger, dass Sie uns helfen, unsere Häuser wieder aufzubauen.«

»Wenn es nichts mehr gibt, wo wohnen Sie dann jetzt?«, fragt Kerzmann und hält sich in einer scharfen Linkskurve am Türgriff fest.

»Ich bin in Köln bei Freunden untergekommen, weil ja alles verloren ist. Vorsicht, Schlagloch«, warnt Nico, und der alte Passat holpert über eine Buckelpiste.

»Geht es vielleicht ein bisschen – langsamer?«, presst der Versicherer hervor und blickt starr geradeaus, statt sich die zerstörte Landschaft ringsumher anzuschauen.

Nico entschuldigt sich, die Strecke sei ihm so vertraut, dass er schon mal vergesse, dass die Kurven und Schlaglöcher nicht jedermanns Sache seien.

Endlich hält er den Wagen an. Man sieht noch, wie hoch das Wasser der Ahr einmal stand. Es bietet sich ein Bild der Verwüstung. In den Wipfeln der Bäume hängt noch immer Unrat, der Acker, neben dem sie stehen, ist tief zerfurcht vom abfließenden Wasser.

»Sehen Sie sich um, Herr Kerzmann, das war einmal Rastweiler«, sagt Nico und zeigt auf einen Schuttberg aus Steinen und Holz.

»Hier standen einmal wie viele Häuser?«, fragt Kerzmann und öffnet den obersten Hemdknopf unter seiner Krawatte.

Nico zeigt ihm, wessen Haus wo gestanden hat. Dazu händigt er Kerzmann die Vollmachten und die Fotos der Häuser aus.

Der Versicherer schüttelt ungläubig den Kopf. »Davon ist ja«, er blickt sich argwöhnisch um, »nichts mehr übrig, gar nichts. Warum hat man in den Medien nichts davon gehört?«

Nico wischt sich über die Augen. »Weil nur zehn Personen betroffen sind, keine große Wirtschaftskraft, keine Bahnstrecke, kein Gastwirt oder Hotelier. Man hat uns einfach übersehen, vergessen …« Seine Stimme bricht.

Kerzmann sieht sich die Fotos im schwächer werdenden Licht genau an. »Das kommt mir aber irgendwie bekannt vor. Mir ist, als hätte ich diese Bilder schon einmal gesehen.« Er kramt umständlich sein Handy aus der Jackentasche und versucht, die Fotos zu scannen, aber sein Handy hat keinen Empfang. Er flucht, als er auf der Suche nach einem kleinen Balken auf seinem Display in eine Pfütze tritt und ihm die schlammige Brühe in die Schuhe schwappt.

»In der Eifel hat man nur die Wahl zwischen Funkloch und Matschloch, tut mir leid«, sagt Nico und tritt nah an Kerzmann heran. Der wischt noch immer über den Bildschirm seines Telefons, hält es dann über seinen Kopf und strahlt, als sich mit einem Geräusch eine Nachricht ankündigt.

»Hier scheint es zu gehen, warten Sie mal, Herr Lentes. Das haben wir gleich«, sagt Kerzmann. Er hält sein Handy quer, damit die Tasten größer sind und er die Buchstaben zuverlässiger trifft. Dabei fällt sein Blick auf Nicos Auto.

»Warum haben Sie eigentlich ein Kölner Kennzeichen, wenn Sie nur kurz bei Freunden untergeschlüpft sind?« Er kneift die Augen zusammen.

Nico zögert einen Moment mit der Antwort. »In Ihrer Liste der verlorenen und zerstörten Güter müssten Sie auch einen SUV neueren Baujahrs finden, außerdem einen nicht mehr zugelassenen Oldtimer, einen Traktor, einen …«

»Das beantwortet nicht meine Frage«, unterbricht ihn der Versicherer.

»Dieses Auto gehört auch meinen Freunden, sie haben es mir zur Verfügung gestellt, bis die Versicherung, also Sie«, er tippt Kerzmann auf die Brust, »endlich zahlen.«

Kerzmann tritt an einen Schuttberg heran, der am Rande des Ackers aufgetürmt ist, dann blickt er wieder auf die Fotos in seiner Hand. »Die Bilder zeigen Naturstein-Häuser, das hier ist Ziegel. Sind Sie ganz sicher, dass Sie mich zur richtigen Stelle gebracht haben?«

Nico sieht, wie er Rastweiler im Routenplaner eingibt, den er auf Satellitenbild eingestellt hat.

Kerzmann kramt in seiner Tasche und hält Nico einen Block und einen Stift hin. »Zeichnen Sie mir bitte mal auf, welches Haus an welcher Stelle stand. Mit der Bezeichnung, welches Haus wem gehört hat, damit ich die Gebäude den Anträgen zuordnen kann.« Sein Ton ist fordernder geworden, weniger kooperativ oder bedauernd, er scheint in einem neuen Modus zu sein.

»Zeichnen ist gar nicht meine Stärke, mein räumliches Vorstellungsvermögen war noch nie besonders ausgeprägt. Aber es müsste eine Drohnenaufnahme geben, die der Dachdecker erstellt hat, ich stelle Ihnen die von Köln aus gerne zur Verfügung«, bietet Nico an.

»Von welchem Dachdecker?«, bedrängt ihn der Versicherer.

Nico denkt nach. »Schwierige Frage, den hatten Gisela und Hermann beauftragt.«

»Eheleute Schuster?«

»Korrekt.«

»Im Antrag stehen die Namen Gudrun und Heinz Schuster. Herr Lentes, ich brauche genauere Unterlagen. Bauzeichnungen, Registerauszüge, Ausweisdokumente. Ihren Ausweis habe ich auch noch gar nicht gesehen. Darf ich bitten?«

Nico tastet seine Taschen ab und hebt bedauernd die Schultern. »Ich habe meinen Geldbeutel wohl nicht dabei, den muss ich Ihnen nachreichen. Was benötigen Sie sonst noch von mir?« Er tippt mit dem Stift auf den Block, bereit, aufzuschreiben, was Kerzmann benötigt.

»Die genauen Anschriften, wo sich die bisherigen Bewohner der Häuser derzeit aufhalten. Außerdem Fotos, damit wir den Zustand der Häuser beurteilen können. Grundbuchauszüge, falls vorhanden Bankunterlagen ... Herr Lentes, ich bekomme allmählich meine Zweifel.« Kerzmann hat sein Handy eingesteckt und wischt sich mit einem großen Taschentuch den Schweiß von der Stirn. »Ich brauche auch die Rentenbescheide der Personen, die Sie als vermisst gemeldet haben. Ich werde wohl mal mit dem Hausarzt sprechen müssen, mit dem Lebensmittelgeschäft in der Nähe, mit der Kfz-Werkstatt. Verstehen Sie mich bitte nicht falsch, aber ...«

Nico tritt immer näher an den Versicherungsmann heran, der in der hereinbrechenden Dunkelheit vor ihm zurückweicht.

»Haben Sie Formulare dabei, um die Zahlungen anzuweisen?«, raunt Nico dicht vor Kerzmanns Gesicht.

»Wie stellen Sie sich das vor? Das ist ein aufwändiger Prozess. Da kann ich höchstens Empfehlungen aussprechen, Entscheidungen werden da auf einer ganz anderen Ebene getroffen«, empört sich der Versicherer.

»Und welche Empfehlung werden Sie aussprechen?«, möchte Nico wissen.

»Ich denke, das muss alles geprüft werden.« Kerzmann sieht sich hektisch um. Der Lauf der Ahr ist in der Dunkelheit kaum noch auszumachen, aber das Wasser rauscht hörbar nah.

»Ich bin sicher, Sie werden das wohlwollend prüfen. Möchten Sie eigentlich mit mir nach Köln zurückfahren oder möchten Sie sich noch ein wenig genauer umschauen?«, haucht Nico grinsend.

Kerzmann flucht, als er von einer Lehmscholle abrutscht und bis zum Knöchel in einem Schlammloch versinkt.

»Das muss ich mir aber überlegen, ob ich Sie so in mein Auto lasse. Ich dachte ja nicht, dass Sie sich wie ein Wildschwein eine Suhle suchen«, sagt Nico provozierend.

Der Versicherer beteuert, er würde die Schuhe ausziehen, auch die Socken, wenn Nico das wünscht. Der zögert einen Moment, dann bittet er darum, weil es ja schließlich nur ein geliehenes Auto sei. Mühsam bückt sich Kerzmann und streift Schuhe und Strümpfe ab, bevor er sich ins Auto setzt. Nico richtet die Lüftung auf die Scheibe und lächelt, als er sieht, wie Kerzmann die Füße aneinander reibt, um sie einigermaßen zu wärmen.

»Wie lange wird eine Zusage der Wiederaufbauhilfe dauern?«, fragt Nico scheinheilig.

»In aller Regel …«

Nico unterbricht ihn: »Mich interessiert nicht die Regel, mich interessiert das Schicksal aller Einwohner von Rastweiler. Diesem einstmals entzückenden kleinen Ort, über den Sie durchaus Informationen im Internet finden können, wenn Sie sich ein bisschen Mühe geben. Da brauchen Sie keine Gespräche mit dem Tante-Emma-Laden zu führen, denn ich habe schon immer das ganze Dorf mit Lebensmitteln direkt vom Bauern versorgt. Und manchmal auch aus dem Discounter, das gebe ich ja zu. Wir sind hier nicht so hinterwäldlerisch, wie Sie sich das als Kölner vorzustellen vermögen. Wir sind global orientiert. Und wir brauchen Geld für den Wiederaufbau. Also halten Sie sich mal ran. Wofür haben wir denn jahrelang Beiträge bezahlt?«

Nico schlingert um eine Kurve, woraufhin sich Kerzmann mit zwei Händen am herabklappbaren Griff über der Tür festkrallt.

»Genau diese Beiträge werfen Fragen auf«, stammelt Kerzmann.

»Seien Sie versichert, hier wirft gar nichts Fragen auf. Hier fließt bald Geld, und zwar viel Geld, ist das klar? Ich bringe Ihnen alle Unterlagen, die Sie brauchen. Und zwar bald, sehr bald. Wenn es sein muss, auch zu Ihnen und Ihrer entzückenden Frau nach Hause«, raunt Nico.

»Was, äh, was wissen Sie von meiner Frau?«, stottert Kerzmann und knetet seine Hände, an denen ein breiter, goldener Ring glänzt.

»Nächste Woche komme ich vorbei zum Unterschreiben. Meine Kontonummer habe ich Ihnen auf Ihrem Block notiert, dahin lassen Sie das Geld für alle

Versicherungsleistungen fließen. Ich verlasse mich auf Sie.«

Kerzmann hat gar nicht gemerkt, dass sie schon in Köln vor dem Büro seiner Versicherung angekommen sind. Er wippt im Gurt nach vorne, als Nico scharf bremst. Kerzmann reißt die Tür auf und schwingt sich für seine Körperfülle behände aus dem Sitz. »Bis bald dann«, ruft er und schlägt die Tür zu.

Nico lässt das Beifahrerfenster herab. »Ich glaube, Sie haben etwas vergessen«, ruft er und wirft die nassen Socken und die schlammverkrusteten Schuhe hinter Kerzmann auf den Bürgersteig, bevor er hastig abfährt.

Jeden Tag erhält Kerzmann neue Fotos, Grundbuchauszüge und Bankbestätigungen aus Rastweiler. Er lässt sich immer abstrusere Unterlagen einfallen, die er anfordert, aber trotzdem erhält er einen halben Tag später von Lentes alles, was er zuvor verlangt hat. Die elektronische wie auch die Papierakte wird immer umfangreicher. Nach einer Woche schließlich steht Nico Lentes tatsächlich an Kerzmanns Schreibtisch und beharrt darauf, er solle ihm endlich die Auszahlungsanweisung zeigen.

»Benötigen Sie auch einen Zuschuss zur Beisetzung Ihres Onkels Heribert?«, fragt Kerzmann.

»Ja natürlich«, erklärt Nico.

»Obwohl der vermisst wird und bislang nicht aufgefunden wurde?«

Nico stutzt kurz. »Na ja, irgendwann werden alle Leichen identifiziert sein, dann müssen Sie wieder von vorne anfangen. Aber Sie können das natürlich gerne abwarten. Aber alles andere …«

Kerzmann hebt bedauernd die Schultern. »Wir müssen noch einmal nach Rastweiler fahren. *Ich* fahre heute und nehme *Sie* gerne mit.«

Nicos schwacher Protest endet sofort, als Kerzmann ihm einige Papiere über den Schreibtisch schiebt. »Unterschreiben Sie schon mal, ich kann das dann morgen alles weiterleiten, sobald ich aktuelle Fotos an die Akte anhefte. Kommen Sie, mein Wagen steht in der Tiefgarage.«

Der tiefergelegte Sportwagen scheint so gar nicht zu dem biederen Versicherer zu passen.

»Ausgeliehen«, erklärt Kerzmann nur und fährt zügig, aber umsichtig den gleichen Weg, den sie beim letzten Mal genommen haben.

»Ich bin verblüfft, wie gut Sie sich den Weg merken konnten«, sagt Nico anerkennend.

»Ich habe mich inzwischen so viel mit Rastweiler befasst, es ist mir sehr vertraut geworden«, erklärt Kerzmann und nimmt eine letzte Kurve, bevor er das Auto auf eine geteerte Fläche neben der Fahrbahn lenkt. Aus einer Plastiktüte zieht er ein Paar Gummistiefel und schlüpft hinein.

»Wer hat Ihnen diese Boote denn geliehen, die sind aber nicht Ihre Größe«, scherzt Nico und klappt die Kapuze über seinen Kopf.

»Ich habe dazugelernt«, sagt Kerzmann mit einem undefinierbaren Grinsen. »Und Sie zeigen mir jetzt bitte, wo dieser Anleger war, an dem angeblich auch noch ein Boot festgemacht war.«

Gemeinsam waten sie durch den matschigen Acker. Beide hinterlassen tiefe Löcher auf ihrem Weg bis zur vorderen Kante, an der die Ahr als schlammiger Strom vorbeizieht.

»Hier?«, fragt Kerzmann und zeigt auf eine Stelle unter sich.

»Vielleicht etwas weiter links, ich sagte ja schon, ich habe eine ganz schlechte Orientierung«, murmelt Nico. »Wozu das alles überhaupt?« Er schlingt die Arme um den Oberkörper. Seine dünne Jacke war nur für einen kurzen Besuch im Büro ausgelegt, nicht für eine Fahrt in die Eifel, wo es schüttet und ein eiskalter Wind bläst.

Kerzmann greift mit zwei Händen einen Steinbrocken und markiert damit die Stelle, an der sie stehen.

»Manchmal kommen Sie mir etwas unbedarft vor, lieber Herr Lentes«, sagt Kerzmann schmunzelnd. »Ich habe in den letzten Wochen viel von Ihnen gelernt. Wie man Fotos bearbeitet, wie man Wikipedia-Artikel lanciert, wie man über soziale Medien Informationen streut. Sie haben mich wirklich beeindruckt. Es war fahrlässig, Fotos zu nehmen, die man in den Medien wiederfinden konnte, darüber bin ich gestolpert. Ich war ganz nah dran, zu glauben, dass es dieses ominöse Rastweiler tatsächlich einmal gegeben hat. Aber ein kurzes Gespräch mit dem einen oder anderen Lkw-Fahrer und ich wusste, dass an dieser Stelle nur Schutt abgeladen wurde. Es liegt an mir, was ich der Versicherung jetzt weitermelde.«

Nico wird blass, seine Hände zittern. »Was soll das heißen?«, stottert er.

»Das soll heißen, dass Ihr Größenwahn Sie zu Fall bringen wird. Hätten Sie erzählt, da stand Ihr Ferienhaus, hätte ich das vielleicht geglaubt. Aber eine ganze

Siedlung, die es nicht mehr gibt, von der niemand weiß und von der Sie der einzige geschäftsfähige Überlebende sind? Das war eine Nummer zu groß für Sie.«

Nico schlägt die Hände vors Gesicht und lässt sie kraftlos wieder sinken. »Und jetzt? Wollen Sie mich anzeigen?«

»Erst mache ich noch ein paar Fotos, aber vielleicht ohne den Stein. Moment«, sagt Kerzmann, greift den Stein abermals und haut ihn dem verblüfften Nico gegen die Stirn, dass dieser rückwärts in die reißende Ahr stürzt. Nicht einmal mehr schreien kann er mit seinem gespaltenen Schädel.

»Auch wenn man sich seiner Sache sicher ist, sollte man die Kontonummer prüfen, bevor man unterschreibt«, ruft Kerzmann ihm lachend hinterher, wirft die zu großen Gummistiefel in den Kofferraum des geliehenen Autos und summt ein Lied auf dem Weg zum Flughafen, wo er die Schuhe unterwegs in einem Müllcontainer entsorgen wird.

Der Bauch des Mannes lappt über seine Badehose, während er an einem Trinkhalm nuckelt. Er zwinkert der Frau im knappen Bikini zu, die sich unter dem nächsten Sonnenschirm auf einer Liege ausgestreckt hat und gelangweilt zu ihm herüberblickt. Geschäftig verstaut er sein Handy in der Ledertasche zwischen Bauch und Badehose und ordert zwei weitere Cocktails, dann watschelt er zu der Blondierten hinüber.

»Darf ich?«, fragt er und hält ihr die ausgehöhlte Kokosnuss mit dem Minzezweig entgegen. »Ich bin der Florian.«

»Wichtige Geschäfte in der Karibik? Ich habe Wortfetzen mitbekommen«, sagt sie.

»Auch aus Deutschland? Wie schön. Ja, meine Jacht ist verschwunden, die Versicherung braucht Fotos. Ich muss noch ein wenig daran arbeiten, bis die endlich zahlen. Und Sie?«

»Ich bin die Gudrun, Gudrun Schuster. Ich komme aus Rastweiler an der Ahr. Bestimmt haben Sie davon gehört, ein kleines Dörfchen, das bei der Flut komplett ausgelöscht wurde. Wir haben alles verloren, haben unsere Ersparnisse aufgelöst und haben hier noch mal ganz neu angefangen. Da kommt mein Mann.« Sie winkt einem sportlich aussehenden Mann in den Sechzigern. »Heinz, bring dir auch einen Cocktail mit, hier ist noch jemand aus Deutschland.«

Schnapsidee

Henrietta Hartl

Mit zitternden Händen schloss Gerd die Wohnungstür auf. Die Wunde am Oberarm schmerzte höllisch. Zum Glück wohl nur ein leichter Streifschuss, aber eklig viel Blut.

Er ging ins Bad, suchte den Verbandskasten. Sehnsüchtig starrte er die Packung mit den Schmerztabletten an. Aber jetzt musste er erst mal klar im Kopf bleiben und die nächsten Schritte planen.

Der Überfall war gründlich schiefgelaufen. Der eine Bulle hatte ihn womöglich auch noch erkannt. Das mit der Maske war heutzutage ja super, aber trotzdem – da hatte etwas im Blick des Cops aufgeleuchtet …

Mann, in letzter Zeit ging irgendwie alles schief. Nach dem vermasselten Deal im Club waren auch Henk und Laurens hinter ihm her.

Er musste jetzt unbedingt die Füße stillhalten. Sich verkriechen. Diese winzige Wohnung hinterm Münsterplatz, seine sichere Höhle, die kannten weder die Polizei noch die anderen. Noch. Und das sollte auch so bleiben.

Aber sobald er rausging, einkaufen oder spazieren,

lief er womöglich jemandem über den Weg, der ihn kannte, es konnte sich rumsprechen …

Er musste weg. Aufs Land, irgendwohin, wo es ruhig war, weitab von der Aachener Polizei und Unterwelt. Irgend so ein Eifeldörfchen, ein kleiner Gasthof. Ende Oktober war da ja kaum noch jemand. Da konnte er in Ruhe abwarten, bis sich die Wogen geglättet hatten, und überlegen, wie er Henk und Laurens bequatschen würde.

Nachdem er seine Wunde verarztet hatte, warf er ein paar Sachen in eine Reisetasche.

Er zögerte kurz – nein, nicht das Auto, damit zog er ja eine offizielle Spur hinter sich her.

Also lief er rüber zum Bahnhof, nahm den nächsten Zug Richtung Düren. Von da aus würde er einen Bus nehmen, egal wohin, irgendwo weit raus.

Es dauerte viel länger, als er gedacht hatte, und kostete Nerven. Sogar ohne festes Ziel und mit der Bereitschaft, einfach den nächstbesten Bus zu nehmen, stand er sich an jeder Umsteigestation die Beine in den Bauch. Finster starrte er auf die ausgedruckten Fahrpläne, die nichts mit der Realität zu tun hatten. Am liebsten hätte er den viel zu späten Busfahrer angemeckert. Doch dann schoss ihm durch den Kopf: Vorsicht, nicht auffallen! Unterm Radar bleiben. Wer meckerte, fiel auf. Also: Klappe halten, Fahrschein zahlen und sich nach hinten verdrücken.

Schließlich sah er eine etwas schäbig wirkende »Pension garni« am Rand eines kleinen Dorfes. Der Bus hielt nicht allzu weit davon entfernt. Er atmete erleichtert auf: Hier würde er bleiben.

Nach langem Klingeln öffnete ein stämmiger, grauhaariger Mann die Tür. Auf die Frage nach einem Zimmer zögerte er, nickte dann mürrisch. Er schlurfte in Richtung eines alten Schreibtischs, der als Rezeption diente.

Zur Seite ging eine Tür ab – vermutlich Toiletten, er merkte plötzlich, dass er dringend musste.

»Ich geh mal kurz …«, begann er. Doch der Wirt fuhr herum und zischte ihn an: »Das ist privat, können Sie nicht lesen?«

Jetzt sah er das Schild auch.

»Oben im Zimmer ist 'ne Toilette«, knurrte der Wirt.

Nicht wirklich gastlich. Aber so eine abgelegene Absteige mit einem Knurrkopf als Wirt, das war das, was er jetzt brauchte.

Er trug sich ein als »Thomas Fischer« – Allerweltsname, schwer nachzuverfolgen. Der Wirt würde hoffentlich nicht nach dem Ausweis fragen.

Der schien sowieso abgelenkt, seine Finger trommelten nervös auf der Tischplatte. Er drückte seinem Gast den Schlüssel in die Hand. »Oben links, Nummer 4. Frühstück ist morgen um acht im Frühstücksraum vorne.«

Das ist mir zu früh, dachte Gerd ärgerlich. Aber dann erinnerte er sich: Nicht auffallen! Nicht meckern, keine Extrawünsche.

Also nickte er stumm und verzog sich.

Das Zimmer war recht groß, aber schmuddelig. Na ja.

Nun fing sein Magen zu knurren an. Durst hatte er auch, und der angerostete Wasserhahn neben dem schimmligen Duschvorhang wirkte nicht sonderlich verlockend. Er würde ein Gasthaus finden müssen, oder wenigstens eine Kneipe, oder einen kleinen Laden …

Es dämmerte ihm, dass er ziemlich im Abseits saß. Kein Auto, das nächste Dorf sonst wie viele Kilometer entfernt, und in dem Kaff gab es vermutlich nicht viel. Falls die Wunde an seinem Arm Probleme machte, war der nächste Arzt sicher auch sonst wo.

Seufzend stiefelte er die Treppe hinunter. Der ungastliche Wirt war nirgends zu sehen, also klopfte er an die Tür mit dem Schild »Privat«.

Erstaunlich schnell war der Wirt da, machte die Tür einen Spalt auf und sah Gerd misstrauisch an: »Was ist?«

Auf die Frage nach etwas zu essen schüttelte er den Kopf. »Nee, wir haben da nichts mehr im Dorf, lohnt sich nicht. Im Sommer mache ich manchmal was, aber um die Jahreszeit …«

Der Wirt starrte seinen enttäuschten Gast nachdenklich an, entschied dann plötzlich: »Okay, 'ne Platte mit Schinken und Wurst und so, kann ich machen.«

Und so saß Gerd schließlich im Frühstücksraum, vor sich eine erfreulich üppige Wurstplatte. Der Wirt holte zwei Flaschen Bier aus dem Nebenraum und setzte sich dazu.

»Eifeler Zwickel«, nuschelte er, »nich' so viel Blubber drin, gut für'n Magen.«

Damit hob er die Flasche und murmelte etwas, das wie »Ernst« klang.

Einen Moment lang Panik – wusste der, wie ernst seine Lage war?!

Dann kapierte er: Ernst war der Name des Wirts.

Erleichtert hob er seine Flasche: »Ich bin der Gerd.«

Stirnrunzelnd sah der Wirt ihn an: »Ich dachte, Thomas?«

Siedend heiß fiel ihm ein, dass er sich ja als Thomas Fischer eingetragen hatte.

Er lachte gekünstelt. »Ja, eigentlich Thomas, aber da gibt es schon so viele, also nehme ich meinen zweiten Namen, Gerd.«

Ernst zuckte nur gleichgültig die Achseln. Er trank mehr als die Hälfte seines Biers in einem Zug, rülpste und starrte trübsinnig auf die Flasche.

Auf das Lob für die Wurstplatte hin brummelte der Wirt: »Schon klar. Bist ja sonst aufgeschmissen hier ohne Auto. Lappen weg?«

Stimmte zwar nicht, aber beiläufiges Nicken war wohl das Beste. Naheliegend, unauffällig.

Ernst schwenkte trübe die Bierflasche: »Jaja, ist schon beschissen hier draußen. Nix los – aber jeder quatscht dir in dein Leben rein – jeder weiß immer alles, will immer alles wissen, weiß immer alles besser. Null Privatsphäre. Keinen Rülpser kannst du hier machen, ohne dass es gleich jeder weiß, und dann reden sie auch noch blöd daher.«

Er trank den Rest seines Biers und stapfte nach nebenan, um weitere Bierflaschen und eine Flasche Schnaps zu holen.

Mehrere Biere und Schnäpse später sah Ernst seinen Gast von der Seite an. Nach langem Lamentieren über das »beschissene Dorf« schien er bereit für weitere Enthüllungen. »Meine Frau, die Bella«, sagte er langsam, »die ist weg. Ist abgehauen. Hat mich sitzengelassen. Und wenn die das spitzkriegen, im Dorf – dann hab ich keine Ruhe mehr. Die blöden Witze, das ganze Gerede …«

Alkoholbeschwingt kam Gerd eine brillante Idee. »Du musst mal raus hier aus dem Kaff«, verkündete er, »und ich weiß auch wohin: Nimm einfach meine Wohnung in Aachen. Oder hast du noch andere Gäste?«

»Nee, ich wollte eh schon für den Winter zu machen, du bist der letzte.«

»Na, dann machen wir das doch einfach so. Ich wohne 'ne Weile hier, und du in der Stadt, da quatscht dich keiner blöd an.«

Ernst schlug Gerd begeistert auf die Schulter: »Bist'n Superkerl!«

Dann gab es noch mehr Bier und Schnaps.

Am nächsten Morgen wachte Gerd mit einem Riesenkater auf. Während er gierig aus dem rostigen Wasserhahn soff, erinnerte er sich langsam wieder an den Vorabend.

Im nüchternen Morgenlicht erschien ihm die Idee mit dem Wohnungstausch nicht mehr ganz so brillant – andererseits, was konnte es schon schaden. Wenn er hier seine Ruhe hatte, und Ernst in Aachen, dann war das doch Win-Win, oder?!

Er machte sich auf, um nach Ernst zu suchen. Den Schlüssel und die Adresse hatte er ihm gestern schon in die Hand gedrückt, erinnerte er sich vage.

Aber hinter der »Privat«-Tür rührte sich nichts. Auf der Schreibtischplatte lag ein Zettel mit hingekritzelten Infos, wo er in der Küche was zu essen finden konnte. Ernst war wohl schon weg.

Gerade freute Gerd sich über die Notiz zu mehreren Kästen Bier, da klingelte es.

Er hatte eigentlich nicht vor aufzumachen.

Aber wer auch immer da an der Tür war, bediente ebenso hartnäckig die Klingel, wie er das gestern getan hatte.

Schließlich ging er müde zur Tür und öffnete sie: »Die Pension ist leider geschl…«, er erstarrte.

Draußen standen zwei Polizisten in Uniform.

Sein erster Gedanke: Flucht.

Aber selbst sein katerbenebeltes Hirn kapierte schnell, dass das zwecklos war.

Während er tief durchatmete, keimte Hoffnung in ihm auf: Vielleicht wollten sie ja gar nichts von ihm?

»Suchen Sie den Wirt?«, fragte er hoffnungsvoll.

Die Polizisten nickten, und ihm fiel ein Riesenstein vom Herzen.

»Ja, der ist leider nicht da«, er zuckte die Achseln und hoffte, dass die beiden wieder gehen würden.

Aber sie starrten ihn an. »Wo ist er denn?«, fragte der ältere der beiden.

Was sollte er sagen? Bloß nicht zu viel …

»Ich – ich weiß nicht, er musste wohl weg.«

»Sind Sie ein Bekannter von Ernst?«

»Nein, überhaupt nicht, ich bin nur Gast – gestern erst angekommen.« Auf die prüfenden Blicke hin stammelte er etwas von Ausspannen.

Die beiden Polizisten sahen sich an. Dann zuckte der eine die Achseln: »Egal. Wir haben einen Durchsuchungsbeschluss. Wenn Sie uns bitte reinlassen würden.« Sie streckten ihm ein Papier entgegen.

Jetzt sah Gerd, dass neben der Pension mehrere Autos parkten, und Menschen in weißen Overalls kamen auf das Haus zu.

Er schaffte es nicht ganz, das Zittern in seiner Stimme zu unterdrücken: »Was ist denn los?«

Der eine Polizist schob sich einfach an ihm vorbei, gefolgt von den forensischen Kollegen.

Der andere wandte sich an Gerd: »Ich nehme jetzt mal Ihre Personalien auf, Herr …?«

»Ich weiß doch nichts«, stammelte Gerd verzweifelt. »Worum geht es denn?«

»Das erfahren Sie schon noch. Erstmal bitte Ihren Ausweis.«

Wenn er vorgab, den vergessen zu haben, dann würden sie ihn mit auf die Wache nehmen – nein, es hatte keinen Sinn.

Während er den Ausweis aus seinem Zimmer holte, überlegte er fieberhaft, wie er fliehen konnte.

Aber zu Fuß würde er nicht weit kommen, und bevor ein Taxi kam, oder der Bus – nein, das konnte er vergessen. Und im Haus wimmelte es vor Polizei.

Unten hielt er dem Polizisten stumm seinen Ausweis hin. Der sah sich den Namen an – und stutzte. Stirnrunzelnd starrte er Gerd an.

Dann rief er in der Wache an, gab die Daten durch und wartete.

In dem Moment, als sein Gesichtsausdruck sich verhärtete und er nach seinen Handschellen griff, rief eine laute Stimme aus Ernsts Privatwohnung: »Wir haben sie! Liegt im Schlafzimmer unterm Bett.«

Nach einer kurzen Pause, gedämpfter: »Ja, sie ist wohl schon seit ein oder zwei Tagen tot.«

»Tot?«, japste Gerd entsetzt. »Wer – was?«

»Bella, Ernsts Frau. Da hat er sie also wirklich umgebracht ... Er hat behauptet, sie wäre abgehauen, aber man hat im Dorf geredet. Ernst und Bella hatten vor ein paar Tagen einen schlimmen Streit, danach war sie spurlos verschwunden.«

Der Polizist schüttelte verwirrt den Kopf: »Also, ich muss Sie jetzt festnehmen, wegen der Fahndung aus Aachen. Aber ein möglicher Zeuge sind Sie auch, wegen Bella. Oder – ein Komplize – oder – was haben Sie mit Ernst gemacht?«

Rasch schloss er die Handschellen. Dann starrte er Gerd resigniert an: »Sie wollen wahrscheinlich nicht reden?«

Gerd seufzte tief. »Doch«, sagte er müde, »ich will reden.«

Erdbeeren

Ralf Kramp

Sie mag eigentlich keine Erdbeeren. Jedenfalls macht sie nicht so ein Gedöns um die leuchtend roten Früchte in den grauen Pappschalen, wie die Kunden, die aus ihren Autos steigen, das Portemonnaie zücken und immer einen großen Tanz aufführen, ob die Schalen auch alle gleich gefüllt sind, ob es da Druckstellen gibt, oder ob die Früchte zu groß oder zu mickrig sind.

Erdbeeren sind Obst, und Obst ist ihr schon immer egal gewesen. Wenn man es schälen muss, ist Obst sogar echt lästig.

Der Verkaufsstand steht in der Spätnachmittagshitze in einer Haltebucht zwischen Hellenthal und Schleiden. Der Asphalt glüht, und selbst in ihrer Holzbude ist es stickig. Bullenhitze, Abgase und dummes Gequassel, genau mein Ding, denkt sie fast jeden Tag.

Der Feierabendverkehr ebbt langsam ab, und nur noch wenige Leute halten an, um Erdbeeren mit nach Hause zu nehmen. Viel zu tun hat sie jetzt nicht mehr.

Nee, nee, ich werde jetzt nicht noch die faulen, matschigen Dinger rausfummeln, denkt sie. Den Schimmelgestank kann sie überhaupt nicht vertragen, und das übrig gebliebene Zeug fliegt sowieso in den Müll. Morgen früh wird der Chef neue Ware bringen.

In der letzten Viertelstunde haben nur noch zwei Fernfahrer angehalten, von denen einer sie sogar angemacht hat. Das passiert immer mal wieder. Sie steht hier im knappen Top mit Spaghettiträgern und Shorts, aber hier gibt es Erdbeeren, sonst nichts. Und die Typen sehen meistens aus wie die letzten Henker. Der hier hat sie allen Ernstes gefragt, wie viel sie verdient und hat ihr vorgerechnet, welcher Stundenlohn für sie rausspringt, wenn sie mal kurz mit ihm in sein Führerhaus klettert.

»Schönen Gruß an die Frau Gemahlin!«, hat sie ihm hinterhergerufen, als er dann mit seinem Schälchen Erdbeeren abgedackelt ist. Sie hat ihm den letzten zerdellerten Mist angedreht. Selber schuld, Arschloch. Sie steigt zu keinem ins Auto, auch wenn es ihr Traummann wäre. Man kann nicht vorsichtig genug sein.

Sie hat mal angefangen Apothekerin zu lernen, hat aber abgebrochen, als sie mit achtzehn zum ersten Mal schwanger wurde. Wurde aber nix draus. Zwei Jahre später geheiratet, wieder schwanger. Diesmal hat sie das Kind großgezogen, einen Jungen, der vor zwei Jahren mit sechzehn aus der Eifel abgehauen ist, zu seinem Vater nach München. Ihre Wohnung in Blumenthal ist ein Loch, und sie würde auch gerne abhauen, aber dafür reicht die Kohle vorne und hinten nicht.

Beim Job in der Bäckerei hat sie sich wenigstens zwischendurch immer mal ein paar Teilchen reinschieben können, und damals am Hähnchenwagen fiel auch nicht auf, wenn mal einer von den Flattermännern fehlte, aber hier … Erdbeeren bis zum Kotzen, nee danke.

Sie denkt gerade, dass der Tag nicht gut gelaufen ist, und dass sich jetzt wohl nichts mehr tun wird, als der Alte mit dem Käppi auftaucht. Der ist ihr jetzt schon seit zwei Wochen aufgefallen. Kommt alle drei, vier Tage mit seinem ollen dunkelblauen Corsa an und holt was »für nach dem Abendessen«. Kichert viel, macht aber keine blöden Witze, zickt nicht rum bei den Erdbeeren und lässt ihr meistens die Kupfermünzen liegen.

Er trägt eine beige Hose mit kurzen Beinen, weiße Socken und Sandalen, dazu ein blassblau kariertes Hemd mit kurzen Armen. Rentneruniform. Und das bunte Hütchen ist aus Frotteestoff. Seine Brille hat dicke Gläser, und sie hat noch nicht rausgefunden, ob sie seine Augen größer oder kleiner aussehen lässt. Findet sie immer schwer, sich Augen ohne die Brille vorzustellen.

»Guten Abend«, sagt er fröhlich und tippt sich schelmisch an die Krempe seines Käppis. »Das sieht ja so aus, als wäre da noch was für nach dem Abendessen übrig.« Er hat mindestens zehn Varianten von diesem Spruch. Aber sie will nicht ungerecht sein. Er ist nett, und so einen wie ihn hätte sie als Kind gerne zum Opa gehabt. Für ihn lächelt sie sogar. Vorige Woche hat er ihr ein Foto von einer jungen Frau mit einer Gänseblümchenkette im Haar gezeigt. »Sie haben dasselbe Lachen wie unsere Manuela.« Stimmt gar nicht, aber das sagt sie ihm natürlich nicht. Haarfarbe und Augen und so hauen hin, aber sie hat viel bessere Zähne als die.

Und die zeigt sie ihm jetzt. »Ach, guten Abend, wie schön! Irgendwie hab ich gewusst, dass Sie heute noch kommen.«

»Jaja, meine Frau hat mich noch mal hergeschickt«, sagt er mit einem verlegenen Kichern. »Gestern habe ich es auch schon mal vergessen. Aber heute will sie unbedingt noch mal Erdbeeren, bevor die Zeit wieder zu Ende ist. Ich weiß gar nicht, wie sie es mit so einem Schussel wie mir aushält.« Er blickt suchend über die restliche Ware. Das sieht alles nicht mehr sehr überzeugend aus.

»Für Sie habe ich ein paar besonders leckere beiseite gestellt«, sagt sie und greift unter die Theke.

Ja, er wird sie kriegen! Eigentlich ist er ideal. Garantiert wohnt er ganz in der Nähe, und jemand Besseres wird heute sowieso nicht mehr kommen.

Seine Augen hinter den Brillengläsern leuchten, als er die Schale entgegennimmt. »Oh, wie wunderbar. Die sehen ja prächtig aus!«, haucht er.

»Extra für Sie und Ihre Frau.«

»Die wird sich freuen!« Er legt ihr fünf Euro hin. »Stimmt so.« Dann verabschiedet er sich mit einem zufriedenen Nicken.

Jetzt muss es schnell gehen. Er ist alt und bewegt sich langsam. Während er die Erdbeeren umständlich in seinem Auto verstaut, schließt sie hastig die Klappe der Verkaufsbude. Eigentlich muss sie noch knapp zwanzig Minuten arbeiten, aber selbst wenn der Chef das irgendwie merken sollte, wird er ihr keine Frechheiten machen. Für den Hungerlohn kriegt er sowieso kein Personal.

Das Vorhängeschloss schnappt ein, der Schlüssel wandert in ihren kleinen Rucksack, und mit ein paar schnellen Schritten ist sie bei ihrem Auto. Der mintgrüne Mitsubishi springt manchmal schlecht an, aber heute gibt es Gott sei Dank keine Probleme.

Läuft alles wie am Schnürchen. Und sie verbietet sich, zu denken: Fast ein bisschen zu glatt. Sie hat eben einfach mal Glück ... obwohl, nein, sie hat es einfach gut vorbereitet. Sie hat die günstige Gelegenheit beim Schopf gepackt. Muss man auch erst mal können.

Der Alte hat seinen Corsa mühsam in den Verkehr in Richtung Schleiden eingefädelt und im Nu vier Autos hinter sich, in denen die Fahrer jetzt bestimmt fluchen, weil es keine Gelegenheit gibt, zu überholen. Der wird ihr nicht wegfahren.

Mitten in Schleiden wird er noch langsamer, obwohl das fast schon gar nicht mehr geht. Dann biegt er links ab und fährt den Berg rauf. Es fällt ihr schwer, den Abstand groß genug zu halten. Das Verkehrsschild weist in Richtung Bronsfeld. Da ist sie noch nie gewesen. Sie kennt auch keinen, der da wohnt, obwohl man in der Eifel irgendwie immer irgendwen kennt, der in irgendeinem Kaff wohnt. Es geht über Serpentinen den Berg rauf, bis sie schließlich auf der Höhe den Ort erreichen.

Groß ist das Dorf nicht. Irgendwann, als der Ortsausgang schon wieder in Sicht ist, biegt er unvermittelt rechts ab. Sie nagt an der Unterlippe. Jetzt keinen Fehler machen! Es ist an der Zeit, den Wagen irgendwo abzustellen und zu Fuß zu gehen. Sie fährt noch etwa hundert Meter weiter geradeaus, passiert das Ortsschild und lenkt den Wagen rechts in einen Feldweg. Geschützt von einer großen Weißdornhecke fällt er kaum auf.

Als sie zurückgeht, wärmt die Abendsonne ihre nackten Schultern.

Sie findet sein Auto gleich. Es steht in der offenen Garage neben einem überaus langweilig aussehenden kleinen, eingeschossigen Häuschen. Zwischen genau so langweilig aussehenden Blumen stehen ein Gartenzwerg in Jägerkluft und ein Rehlein. Sehen auch beide gelangweilt aus. So sehr, dass ihnen überall die Farbe abblättert. Alles an dem Haus und am Vorgarten ist gepflegt und akkurat arrangiert, atmet aber unverkennbar den schalen Mief der Fünfziger.

Als der Alte plötzlich aus der Haustür kommt und laut mit jemandem im Hintergrund spricht, verbirgt sie sich rasch hinter einem Sommerflieder. Er schließt das Garagentor und geht wieder ins Haus. Sie hört gerade noch Geschirr klappern, bevor sich die Tür mit der Aluminiumfassung hinter ihm wieder schließt.

Geschirr ist gut. Abendessen. Sie hat keine Lust, die halbe Nacht hier zu verplempern.

Es gibt daneben noch zwei weitere Häuser, bevor die kleine Straße in einen unbefestigten Wirtschaftsweg übergeht.

Garantiert kann ich mich von hinten anschleichen, denkt sie. Die Gärten werden an die Felder und Wiesen grenzen. Und genau so ist es. Irgendwo in der Ferne knattert ein Trecker. Die Wiese ist abgemäht, und drei Greifvögel ziehen ihre Kreise und spähen, ob sie im stoppelkurzen Gras Beute machen können.

Beim Garten kann sie sich nicht vertun. Sie zählt ab. Eins, zwei, drei ... Ja, das ist er. Zwischen Dahlien und Hortensien entdeckt sie die Verwandten von Jäger und Rehlein: Ein Zwerg mit Mandoline und einer mit Schubkarre. Beide haben üble Hautprobleme.

Sie steigt fast mühelos über den niedrigen Jägerzaun und pirscht sich vorsichtig näher ans Haus heran.

Das Geschirrklappern kommt unter einem Vordach mit hässlichen gelben Wellplatten hervor. Leise Gesprächsfetzen, Lachen. Als sie sich ein wenig vorbeugt, kann sie jetzt auch die Frau sehen. Ein rundes Gesicht mit Brille und roten Bäckchen, dunkel gefärbte, kleine Löckchen, fleischige Oberarme. Ja, die passt, die sieht freundlich aus. Gegen so eine als Oma hätte sie auch nichts einzuwenden gehabt.

Sie sucht sich einen Platz, an dem sie warten kann, bis das Abendessen vorüber ist. Von jetzt an muss sie sich auf ihr Gehör verlassen. Diese Nummer kann sie nur im Sommer durchziehen, wenn überall die Terrassentüren offenstehen. Von der Unterhaltung versteht sie so gut wie nichts. Nur das Wort »Erdbeeren« glaubt sie irgendwann herauszuhören. Alles wird glatt laufen. Das Zeug wirkt schnell, in etwa zehn bis fünfzehn Minuten. Wenn es still wird, kann sie gleich loslegen.

Sie schließt die Augen und lauscht. Die Abendsonne hat immer noch viel Energie, ein Windhauch prickelt auf ihrer Haut. An den Haarwurzeln spürt sie, wie sich ein zarter Schweißfilm ausbreitet.

Die Geräusche im Hintergrund wirken einschläfernd.

Wach bleiben, ermahnt sie sich. Penn hier jetzt bloß nicht ein, sonst war alles umsonst. Kann ja nicht ewig dauern.

Sie denkt an die K.o.-Tropfen und daran, als sie zum ersten Mal schwanger wurde. Es war verdammt gut, dass sie es verloren hatte, denn wahrscheinlich hätte sie nie den Mut aufgebracht, es wegmachen zu lassen.

»Hätte mir damals einer sagen sollen, dass ich das Dreckszeug selber mal benutze«, murmelt sie leise. Erdbeeren sind gut dafür, starker Eigengeschmack, ordentlich Zucker. Bei alten Leuten ist der Geschmackssinn sowieso nicht mehr so richtig taufrisch.

Zwei Krähen legen sich mit den Greifvögeln an, und sie schaut fasziniert zu. Immer nur Kampf. Kampf um alles, immer.

Fast hätte sie nicht bemerkt, dass irgendwann unter dem gelben Plastikdach Ruhe eingekehrt ist. Sie guckt auf ihr Handy. Halb acht, geht doch.

Als sie zum Haus schleicht, ist sie vorsichtig. Verdammt vorsichtig. Da ist nämlich auch schon mal was schiefgelaufen. Manchmal schweigen sich alte Ehepaare auch einfach nur an und sitzen doof rum.

Aber die zwei hier sind definitiv weggetreten. Die Hände über den Bäuchen gefaltet, Kinn auf der Brust, Geschirr, Butter, Wurstteller, Gläser, kleine Vase mit Feldblumen, alles steht noch da. Der Atem geht bei beiden ruhig, sie schnarcht ein bisschen.

Na, dann schlaft mal schön, ihr zwei.

Sie dosiert immer sehr vorsichtig. Soll ja keiner krepieren. Manchmal denkt sie, dass die vielleicht gar nicht mitkriegen, dass sie einfach mal für zwei, drei Stunden das Licht ausgeknipst gekriegt haben. Die paar Monate in der Apotheke waren keine schlechte Grundausbildung gewesen.

An der Sitzgruppe vorbei schlüpft sie ins Wohnzimmer, dessen Einrichtung das Versprechen hält, das das Haus von außen gegeben hat. Voll die Fünfziger. Schrankwand in Eiche brutal, Tapete aus dem Millowitsch-Theater, Topfblumen, Makramee-Eule, alles vorhanden. Sie zieht die Einweghandschuhe über.

Das Portemonnaie des Alten liegt neben dem Autoschlüssel auf dem Esstisch. Dreißig Euro. Das hat sie vorhin schon gesehen. Dreißig lohnen den Aufwand nicht, da muss noch mehr sein.

Sie hat im Laufe der Zeit ein untrügliches Gespür für Geldverstecke entwickelt. Schatullen, Kaffeekannen, hohle Porzellanfigürchen. Hier gibt es eine ganze Wagenladung von dem Schrott. Routiniert fingert sie sich durch die Dekorationshölle, dreht alles um, positioniert alles wieder genau so, wie es vorher da stand, aber da ist nichts, nicht mal ein paar Staubkörnchen.

Auf dem Sideboard steht dasselbe Bild von der Tochter, das der Alte ihr vorhin gezeigt hat. Manuela, größer, gerahmt. Die Farben sind leicht verschossen, das Kleid, das das Mädchen trägt, sieht nach Achtzigern aus. Sie müsste jetzt Mitte fünfzig sein.

Kaffeekanne, Porzellanschweinchen, Holzschatulle.

Muschelkästchen, Perlmuttväschen, Lourdes-Madonna. Nichts.

Hinter den Bildern braucht sie hier nicht zu suchen. Die haben garantiert keinen Einbausafe.

Ein kurzer Blick auf die Terrasse, bevor sie den Raum wechselt. Der dicken Oma ist ein Arm vom Schoß gerutscht, sie hängt schief in ihrem Klappstuhl, ihr Mund steht halb offen. Der Mann schmatzt leise im Schlaf.

In der Küche ist alles akkurat sortiert. Nützt aber nichts, denn weder zwischen den dreißig Gewürzdöschen noch in der Schublade mit den Geschirrtüchern oder zwischen den Kochtöpfen ist etwas zu finden.

Badezimmer – fliederfarbene Frotteeorgie.

Schlafzimmer – *fifty shades of Kackbraun*.

An der Garderobe hängt das bunte Hütchen, und gleich daneben führt eine Treppe ins Kellergeschoss. So was reizt sie ja immer. Sie möchte am liebsten auch gleich die hellgrauen Terrazzostufen hinuntergehen, zwingt sich aber zu einem weiteren Kontrollblick. Am Abendbrottisch ist alles unverändert. Nur ein paar Wespen amüsieren sich jetzt auf dem Wurstteller.

Also los, runter in den Keller.

Manche haben einen Hobbyraum, Jäger verwahren ihre Waffen im abschließbaren Gewehrschrank. Im Keller findet sie häufig das, was sie sucht. Manchmal im Vorratsraum. Sie schiebt die erste Tür auf: Ha, Vorratsraum! Es ist kühl und riecht nach Kartoffeln und Einmachgummis. Mannomann, die beiden wird aber weder ein Atomkrieg noch eine Hungersnot in die Knie zwingen. Sie seufzt laut und fingert sich dann systematisch durch die Regale. Obst, Gemüse, Fleisch ... Gibt es denn gar nichts, was man nicht einmachen kann? In einer Ecke des Raumes stapelt sich Klopapier, in einer anderen Sprudelwasserkästen. Die Kühltruhe öffnet sie natürlich auch, zieht die Schubfächer aber eher beiläufig auf und tastet nur hier und da ein wenig zwischen Rahmspinat, Bratwurst und Fürst-Pückler-Eis herum. Nein, die sind keine Gefrierschrank-Verstecker.

Der nächste Raum ist noch kleiner und wird fast zur Gänze von der Heizungsanlage ausgefüllt.

Und dann ist da schließlich eine verschlossene Metalltür. Wenn sich bis hierhin die Enttäuschung mehr und mehr in den Vordergrund gedrängt hat, glimmt doch in dem Moment, in dem sie vergeblich an dem Türgriff aus schwarzem Kunststoff rappelt, ein Fünkchen Hoffnung auf.

Hoppla, was haben wir denn hier?

Während sie die Treppe hochläuft, zwei Stufen auf einmal nehmend, denkt sie an den Hobbykeller, an die Kellerbar, an den Tischtennisraum … all diese Dinge hat sie schon vorgefunden. Hier gibt es was zu holen! Das murmelt sie wie ein Mantra vor sich her, während sie den Schlüsselbund vom Esszimmertisch holt. Hier gibt es was zu holen. Hier gibt es was zu holen.

Bis sie schließlich wieder vor der blassgrünen Feuerschutztür steht und beginnt, die Schlüssel auszuprobieren. Es rappelt und klimpert, aber ein Blick auf das Handy zeigt ihr, dass sie theoretisch noch mindestens zwei Stunden Zeit hat. Ausgereizt hat sie das noch nie, aber …

Der sechste Schlüssel. Na also!

Die Tür quietscht nicht, ist gut geölt und wird oft benutzt. Sie tastet nach dem Lichtschalter. Ein klobiger Aufputz-Kippschalter aus Kunststoff. Bevor das Licht angeht, nimmt sie den Geruch wahr: Abgestandene Kellerluft, eingesperrte Feuchtigkeit, chlorhaltiges Reinigungsmittel, und über allem der frische, süßliche Duft von …

Im schwachen Licht der Kellerdeckenlampe erkennt sie eine Schrankwand aus weißem Resopal mit roten Türen und Schubladenverkleidungen. Überall kleben kleine bunte Sticker. Sie kennt sie noch. Hanuta oder Duplo, sie erinnert sich noch gut. Da sind mehrere Pferdeposter an den kahlen, weißen Kellerwänden und ein Starschnitt von Tommy Ohrner. Der war zu ihrer Zeit schon längst wieder out. Zaghaft macht sie ein paar Schritte in den Raum hinein, um besser sehen zu können.

Ein Bett, passend zur Schrankwand, mit einem riesigen, galoppierenden Pferd auf dem Plümo. Ein Kinderschreibtisch mit Kunststoffauflage und einem Stiftebehälter aus grellorangem Plastik.

Der Duft, der hier nicht hineinpasst dringt jetzt unglaublich intensiv in ihr Bewusstsein.

… Erdbeeren?

Eine kleine Schüssel mit geputzten, halbierten und gezuckerten Erdbeeren steht mitten auf einem runden Holztisch, direkt vor ihr. Das Licht der Deckenlampe wird von den glänzenden Früchten reflektiert.

Daneben ein Dessertschüsselchen aus Glas, mit fein ziselierten Ornamenten, so wie ihre Großeltern früher welche hatten. Ein Löffelchen und eine Serviette mit Blümchenmuster.

Auf dem zu dem Tisch gehörigen Stuhl ist in sitzender Haltung ein Paket von der Größe eines Menschen festgebunden, ganz umhüllt von durchsichtiger Kunststofffolie, über und über umwickelt mit silbergrauem Klebeband.

Auf dem oberen Ende des Pakets erkennt sie einen Kranz aus Gänseblümchen. Sie sind noch ganz frisch. Jemand hat sie gerade erst dort positioniert. Jemand, der gerade erst die Erdbeeren auf den Tisch gestellt hat.

»Wer ist da unten?« Die Stimme des Alten dringt kaum zu ihr durch. Sie versucht, zu verstehen, was sich ihr hier bietet, aber es gelingt ihr nicht. Das Paket mit der Gänseblümchenkrone, geformt wie ein menschlicher Körper, eine neuzeitliche Mumie.

»Hallo!«, wird jetzt auch die Stimme der Frau lauter und lauter. »Wer ist da?«

Da ist etwas zu erkennen unter all den Schichten aus Kunststoff, ein wenig unterhalb der Gänseblümchenkette: zwei dunkle, nebeneinanderliegende Flecken, leere Höhlen mit unscharfen Rändern.

Sie zwingt sich wegzusehen. In die Gesichter der beiden Alten, die jetzt im Türrahmen erscheinen, mit angstvoll verkniffenen Mündern und schreckgeweiteten Augen.

Die Hände des Alten krampfen sich um den Stiel einer Grabschaufel, die Frau hält ein glänzend poliertes Küchenmesser in der erhobenen Rechten.

Und dann weichen ihre entsetzten Mienen in Sekundenschnelle einem freudigen Strahlen.

»Unsere Manuela«, sagt der alte Mann mit warmem Tonfall. »Hast Du uns verziehen? Bist du endlich zu uns zurückgekommen.«

»Ich bin nicht ...« Es gelingt ihr nicht, einen Satz zu formen. »Das hier ist nicht ...« Sie schaut wieder zu dem Stuhl mit der verhüllten Gestalt hinüber.

»Du musst uns nichts erklären«, sagt die alte Frau sanft. »Hauptsache, du bist wieder da. Papa und Mama freuen sich so sehr. Und jetzt lassen wir dich nie wieder weggehen.«

Die Stimme des Alten hört sie ganz nah hinter sich. Da ist ein fröhliches Glucksen in der Stimme: »Wir haben extra für dich frische Erdbeeren besorgt. Die magst du doch so sehr.«

Dein Freund, der Postbote

Marcus Metzner

Es ist fünf Uhr früh. Der Wecker klingelt und Martin kommt zu sich. Ein klarer Morgen, Vögel rufen schon jetzt wilde Geschichten in die Welt. Die Sonne verspricht Sommer-Temperaturen.

War kein guter Tag, gestern. Zumindest der Abschluss. Irgendwie war das alles ein Missverständnis gewesen. Zumindest war Karina mächtig sauer, und wenn Karina mächtig sauer war, dann war an das Prädikat »guter Tag« nicht zu denken. Auf gar keinen Fall. Und dieser Wecker-Moment fühlt sich exakt so an wie der gestrige Abend. Nämlich beschissen. Eigentlich können ihn alle am Arsch lecken. Aber die Post ruft. Und die Post ruft nicht nur einfach so, sondern weil er da sein Geld verdient. Und ohne Geld … Meine Fresse, Schluss jetzt mit dem Blödsinn. Aufstehen, Wecker aus, Karina schlafen lassen. Friedlich sieht sie aus. Blöde Kuh.

Während Martin unter der Dusche steht, ächzt die Kaffeemaschine asthmatisch und spuckt träufelnd mäßig heißes Wasser aufs Pulver. Schwarz tropft die Brühe in eine beschlagene Glaskanne.

* * *

Regina und André stehen zeitig auf. Sehr zeitig. Das gilt zumindest, wenn der Maßstab »Urlaub« angelegt wird. Landläufigen Urlaubs-Einschätzungen zufolge ist es ja nicht unbedingt alltäglich, freie Tage um sechs Uhr früh zu starten. Aber wen schert die landläufige Meinung, wenn Urlaub ist? Und weil Regina schon seit längerer Zeit auf einem rasanten Natur-Trip ist; und weil André findet, dass sie in ihren halblangen Wanderhosen verdammt scharf aussieht; und weil das Wetter schön ist und überhaupt. Aus all diesen Gründen ruft er, der Wald.

* * *

Um sechs Uhr fünfzehn kommt Martin in der Zustellbasis an. Das passt gerade noch, die Schicht startet um sechs Uhr zwanzig. Dienstbeginn der »ersten Welle«. Er ist heute bei den frühen Vögeln. Glückwunsch! Müde Ringe unter den Augen, aber dafür eher Feierabend, wenn's gut geht. Er denkt an Karina. Alter, hatte die sich aufgeregt. Und nur, weil er den Motor hatte laufen lassen, während sie an der ED-Tanke noch Orangensaft gekauft hatte. Abgas hier, Umwelt da, Verantwortung überhaupt. Anstatt ihr einfach recht zu geben und brav Entschuldigung zu sagen, musste er natürlich voll kontra geben. Trottel. Zumal sie eigentlich auch Recht hatte. Aber darum geht's ja nicht. Außerdem konnte er meist nicht anders. Da war dieses kleine, unkontrollierbare Etwas, das ihn Dinge einfach durchziehen ließ. Ein Gefühl … ganz so wie in dieser alten Versicherungsreklame: Wir machen's einfach. Irgendwie auch cool.

* * *

Viertel vor acht. Mit geschultertem Daypack wird die Vulkaneifel bestiefelt. Die Strecke hoch zur Kasselburg ist anstrengend. Serpentinen winden sich keuchend die Hügel hinauf. Regina schwitzt. André auch. Es wird wärmer. Oben, schon nach der Burg, schwenkt der Weg weg von der Straße links ins Feld. Wiesenblumen leuchten. Schön, denkt Regina. Sonnenstrahlen kämpfen sich durch das manchmal dichte Geäst des Mischwaldes. Ein Eichhörnchen irrlichtert verschreckt in die Höhen großer Buchen. André liebt Regina, wie sie da vor ihm läuft, staunt und gerade alles toll findet. So erdig, so rein, so natur. Wandern ist wunderbar. Los, die Vulkaneifel will erobert werden.

* * *

So, erst mal Pakete scannen. Und einladen. Große Pakete, kleine Pakete, schwere und leichte Pakete. Scannen, scannen, scannen. Rein, rein, rein. Alles in den gelben Bulli. Sieben Uhr fünfundvierzig. Türen zu, los. Es hilft ja nichts. Der Rubel muss rollen, die Vulkaneifel will erobert werden.

* * *

Der schmale Weg windet sich durch die Natur, stößt auf den weithin bekannten Eifelsteig und macht mächtig Reklame für einen Landstrich, der sich bis vor einigen Jahren viel zu lange versteckt hatte. Tolle Sache, denkt André und staunt in die Bäume, während Regina diverse Dolomiten ablichtet. Steilkurvige Trampelpfade, und schließlich erste Häuser, dann die Brücke über die Kyll, die sie nach Gerolstein bringt. Um Viertel vor zehn erreicht das Paar die örtliche Einkaufsstraße. Bunte Kleidervielfalt ist auf Ständern an die frische Luft befördert worden und räkelt sich in der Fahrt aufnehmenden Sonne. Doch, doch: Die Welt ist schön. Weiter oben, an der »Rondell« genannten kleinen Einkaufspassagen-Bausünde mit später attraktiv hergerichtetem Vorplatz, blubbert ein Brunnen fröhlich in den Morgen. Eisdielen öffnen.

Und weil im Urlaub zum Thema Eis sowieso kein Mensch nein sagen kann, sitzen Regina und André auf einer Bank vor dem Rondell und schmecken Stracciatella, Tiramisu, Amarena und Mandel-Honig. Lecker. Und alles bio.

* * *

Seit gut zwei Stunden ist Martin nun schon unterwegs. Bulli fahren, Bulli anhalten, raus aus dem Bulli, Paket nehmen, Paket ausliefern, zurück in den Bulli, weiter im Bulli, Bulli anhalten, raus aus dem Bulli …

Nicht gerade ein feuchter Traum, aber im Großen und Ganzen schon OK. Und was Karina anbelangt: Wenn er wieder zu Hause ist, wird sich das schon wieder einrenken, er wird irgendwie klein beigeben. Aber damit er damit auch klarkommt und sich selbst noch im Spiegel angucken kann, ist mindestens eine heimliche Revolution nötig. Und die geht so: Bulli fahren, Bulli anhalten, raus aus dem Bulli, Paket nehmen, Paket ausliefern, zurück in den Bulli … und der Motor läuft die ganze Zeit.

Nicht ein einziges Mal dreht Martin den Zündschlüssel, der Diesel pestet durchgängig, eine kleine Wiedergutmachung durch stetigen Partikelausstoß. Das mag vielleicht nicht sonderlich gut sein für die Umwelt, aber für das innere Gleichgewicht Martins. Und ganz ehrlich: Darum geht's doch. Man muss auch Prioritäten setzen.

* * *

Als der postgelbe VW-Transporter die Gerolsteiner Einkaufsstraße hinaufrollt, findet er zunächst nur wenig Beachtung bei den anwesenden Personen. Der Bulli hält am Rondell. Martin, der Paketzusteller, hüpft aus der Fahrerkabine, öffnet die Schiebetür, greift sich ein üppiges Paket und läuft zügig in die kleine Einkaufspassage. Und noch etwas läuft: Der stoisch vor sich hin dröhnende Diesel. In gleichmäßiger Taktung entlässt der Auspuff des Transporters seine Abgase etwa 25 Zentimeter oberhalb der frisch gepflasterten Gerolsteiner Einkaufsmeile in die Eifel-Luft, während Regina – zusätzlich unterstützt durch ein Stückchen Amarena-Kirsche – selbige fast wegbleibt. Da lässt dieser unverschämte Provinz-Postbote doch tatsächlich seine dreckige Karre die ganze Zeit laufen? Regina ist geradezu schockiert. Sie blickt zu André, zum Bulli, wieder zurück. Tief in ihr rauscht noch der Wald, weidet das Wild. Diesel ist eigentlich nicht vorgesehen. Vor allem nicht dieser überflüssig verbrannte Diesel, der sich da unaufhaltsam direkt vor ihrer Nase ausbreitet.

André, tu was, das ist doch eine Sauerei, spricht sie gen André. Der aber erwidert nur äähh … als auch schon der von seinem Paket befreite Martin wieder auftaucht. Na gut, dann eben allein, denkt sich Regina, springt auf und schreit wütend auf den Paketboten ein. Von so ginge das doch wohl nicht über große Sauerei bis hin zu Umweltfaschist und perverser Postbote lässt Regina nur wenig aus, was ihr in den Sinn kommt. Damit allerdings streut sie unbewusst Salz in eine allzu offene Wunde, die im Kontext von laufenden Motoren und dazu geäußerten Meinungen weiblicher Mitmenschen bei Martin klafft. Nein, erfreut ist er nicht im Geringsten ob der verbalen Angriffe, doch um Schlimmeres zu verhindern, bewegt er sich samt Bulli schnellstmöglich eine Straßenecke weiter, biegt links ab, stoppt, zündet sich eine Zigarette an und qualmt zur eigenen Beruhigung gemeinsam mit dem dieselnden Volkswagen nun auch auf diese Weise weiter.

* * *

Hast Du gesehen? Man muss auch mal einfach den Mund aufmachen. Da ist er dann abgehauen. Umweltschwein. Aber ehrlich – Du hättest ruhig auch mal was sagen können. Regina ist noch deutlich aufgeregt. André grinst. Du hast das doch bestens im Griff, Glückwunsch, du wunderbarer blauer Engel. Kampf den Eifeler Postboten! Lang lebe der Luftkurort! Regina überhört die Ironie gerne. Ihr Stolz ob des gelungen geführten Angriffs gegen den motorisierten Paket-Terroristen überwiegt klar den Ärger über Andrés Passivität und seine Sticheleien. Der Brunnen blubbert weiter. Das Eis schmeckt noch immer.

Als das letzte Stückchen Waffel weggeknuspert ist, machen sich die zwei Wanderer wieder auf den Weg, weiter die Hauptstraße hinauf, dann rechts den Daasberg hoch und auf der kleinen Landstraße heraus aus der Stadt. Links und rechts Felder, Bäume, Weitblick bis zurück zur Kasselburg, die märchenhaft einige Täler weiter auf ihrem Berg hockt.

Idylle. Der Wind rauscht sanft, in der Ferne nur ein leises Motortuckern, das sich seinen Weg sucht und langsam näherkommt.

* * *

Martin ist fertig in Gerolstein-City. Alle Läden durch, die überschaubare Menge Privatpakete ordnungsgemäß abgeliefert, zwei Retouren eingesammelt. Was die Arbeit anbelangt, würde er sagen: läuft heute. Nur diese Greenpeace-Wandertante mit ihrem Macker, die hätte wirklich nicht sein müssen. Motor ausschalten. Und das noch direkt nach dem Zoff mit Karina, ist klar. Drei Zigaretten hatte er gebraucht, aber dann ging es wieder. Gut, jetzt also weiter Richtung Gees, da warten die nächsten Eifeler auf das anstehende Glücksgefühl beim Päckchen auspacken. Erst die Hauptstraße hinauf, dann rechts den Daasberg hoch und auf der kleinen Landstraße heraus aus der Stadt. Links und rechts Felder, Bäume, Weitblick und … Das darf doch nicht wahr sein?! Da hinten, das sind doch …

* * *

André dreht sich um. Ach nee, schau mal einer an. Er hat schon wieder dieses spöttische Grinsen in den Mundwinkeln. Da kommt Dein Freund, der Postbote.

* * *

Martin treibt den Bulli den Berg hoch. 70 Stundenkilometer, jetzt 80. So, ihr Schweine, euch krieg ich. Er zieht das Lenkrad leicht nach links, direkt zum Fahrbahnrand. Regina, André, Volltreffer. Der Aufprall ist gewaltig.

Scheiße, denkt Martin, ob ich die Karre wohl irgendwie wieder sauber kriege? Dann kracht der Transporter frontal in einen Baum und bleibt schließlich an einem kleinen Erdwall liegen, von dem eine gütige Marienstatue die Szene schweigend aus ihrem Schrein heraus beobachtet. Der Motor schweigt jetzt auch. Zwei Krähen krächzen. Am Himmel kreist ein Schwarzmilan.

Wie der Hase so läuft

Andrea Revers

Der Motor röhrte laut auf, als der Bus auf der geraden Strecke beschleunigte. Ich hielt mich an der Haltestange am Sitz fest, während Lissy unruhig auf ihrem Hintern hin und her rutschte. Wir beide hatten uns entschlossen, den Ruhestand mit einer zünftigen Krimitour durch die Eifel einzuläuten. Offiziell war ich zwar noch im Dienst, doch hatte ich noch drei Wochen Urlaub, und danach würde es nahtlos in die Pensionierung übergehen. Lissy hatte es schon hinter sich.

Wieso hatten wir uns bloß für diese Krimitour entschieden? Als ob ich im Job nicht genug Krimi gehabt hätte. Wir waren beide Profis in der Branche, und eigentlich wollte ich das ganze Thema hinter mir lassen. Doch ehrlich gesagt fiel mir das gar nicht so leicht. Ich hatte meinen Job gemocht und über die Jahre einiges an Erfahrung sammeln können. Vielleicht reichte es ja für ein Buchprojekt? Der eine oder andere Kollege hatte es vorgelebt. Egal, ich wollte mich auf der Tour einfach inspirieren lassen, von einem fiktiven Tatort zum nächsten gondeln und mich dabei trefflich unterhalten. Und Lissy musste mit.

Der Bus legte sich in die Kurve und rumpelte über eine Bodenunebenheit. Der alten Dame neben mir, die aufdringlich nach 4711 duftete, rutschte die riesige geblümte Handtasche vom Schoß und landete neben Lissy auf dem Boden. Was Frauen bloß immer alles mitschleppten. Das war hier doch kein Campingurlaub. Lissy schnupperte aufgeregt, bellte kurz auf und setze sich mit aufforderndem Blick neben die Tasche. Ach was! Vielleicht das Parfüm?

»Herrje, sowas aber auch.« Die Frau rutschte unbeholfen vom Sitz und wollte nach der Tasche greifen, doch Lissy knurrte sie böse an und bellte erneut.

Die alte Frau zuckte zurück und blickte mich ärgerlich an. »Können Sie mal Ihren Hund zurückpfeifen? Und sagen Sie bloß nicht, der will nur spielen!«

Ich ignorierte ihre Bitte und schaute zu Lissy. »Bist du sicher?«

Erneut bellte Lissy kurz auf und legte ihre Pfote auf die Tasche.

Inzwischen hatten wir die Aufmerksamkeit der restlichen Mitfahrer im Bus geweckt. »Warten Sie, ich helfe Ihnen.« Eine junge Frau sprang von ihrem Sitz und wollte nach der Handtasche greifen.

Ich atmete tief durch und zog meinen Dienstausweis aus dem Jackett, den ich immer noch bei mir trug. Alte Gewohnheit.

»Koslowski, Kriminalpolizei. Können Sie mir sagen, was sich in dieser Tasche befindet?«

Wenn der beste Leichenspürhund, den die Kripo Koblenz je im Einsatz hatte, einen Fund meldete, konnte ich das nicht ignorieren.

Drei Stunden später befand ich mich wieder auf der alten Dienststelle, im trauten Kreis der Kollegen. Hier hatte ich eigentlich nur noch für einen letzten Umtrunk auflaufen wollen, aber Job ist nun mal Job. Lissy lag zu meinen Füßen.

Vor uns auf dem Schreibtisch lag das Corpus delicti: Eine Hasenpfote.

Zuerst hatte sich die alte Dame, die übrigens Isabella Martini hieß, geweigert, mir die Tasche zu überlassen, aber Lissys durchdringendes Knurren mit hochgezogenen Lefzen ist meist eindringlicher als jedes warme Wort von mir. So ein Schäferhund macht schon was her! Also hatte ich die Handtasche genommen, den Inhalt auf dem Boden des Buses ausgeschüttet und säuberlich aufgereiht. Freundlicherweise hatte der Busfahrer inzwischen auf einem Wanderparkplatz angehalten, und die Mitreisenden inklusive der Gästeführerinnen hatten sich um uns versammelt. Mit so viel Krimi hatten die gar nicht gerechnet.

Gebrauchte Papiertaschentücher, ein Taschenschirm, ein Mobiltelefon, Slipeinlagen, Lippenstift, ein Fläschchen 4711, zwei Kugelschreiber, eine Sitzunterlage, Hausschlüssel mit einer Hasenpfote als Schlüsselanhänger, ein iPad mini, ein paar alte Einkaufzettel, eine Packung frischer Tempos, ein kleine Flasche stilles Mineralwasser inklusive Alubecher – das sah wirklich nach einem Campingausflug aus. Fehlte nur noch die Luftmatratze. Als Zelt konnte notfalls das Regencape herhalten, das die alte Dame trug.

Ich legte die leere Tasche neben die erkleckliche Sammlung und schaute Lissy auffordernd an.

»Los!«

Lissy stand auf, schnüffelte sich durch das Sammelsurium und setzte sich dann mit einem leisen »Wuff« vor die Hasenpfote.

Ich raufte mir durch die Haare. »Echt jetzt?« Hoffentlich hatte ich keinen Fehler gemacht. Lissy war nicht mehr die Jüngste.

»Das ist doch bloß ein Glücksbringer!«, beteuerte Frau Martini, doch der Leichenspürhund war sich sicher. Als ich einen genaueren Blick auf die Pfote warf, wurde mir klar, wieso.

»Tja, Koslowski, was habt ihr uns denn da angeschleppt? Wolltest du nicht die Beine hochlegen?«

Hugo Wermeister lehnte sich über den Tisch und griff mit einer Pinzette nach der Hasenpfote. Er betrachtete sie fachmännisch.

»Interessant gemacht,« konstatierte er und reichte das Stück an seine Kollegin Sabine Braumann weiter.

Ihre Augenbrauen hoben sich. »Ich weiß zwar nicht, wie ein Hase von unten aussieht, aber die Pfotenabdrücke im Schnee habe ich anders in Erinnerung.«

Ich nickte müde. Mitten in die üblichen Hasenzehen hatte jemand eine menschliche Fingerkuppe mit einem hübschen, sauberen Fingerabdruck eingenäht. Kein Wunder, dass Lissy angeschlagen hatte.

Einige Stunden später war der Durchsuchungsbefehl da, und wir standen vor Isabella Martinis Haus. Sie wohnte in einem hübschen kleinen alten Bauernhof am Dorfrand von Nerdlen. Ich blickte mich um. Schön hier. Lissy zerrte an der Leine. Sie wollte arbeiten. Wenigstens einer von uns. Ich wollte wieder nach Hause. Ich hatte es auch schön.

Doch Wermeister hatte darauf bestanden, dass wir mitkamen und die Kollegen bei der Suche unterstützten. Zumal gar nicht klar war, wonach wir eigentlich suchten. Doch es schien logisch, dass zu der abgetrennten Fingerkuppe auch irgendwo der Rest des Menschen sein musste. Isabella Martini hatte sich sehr bedeckt gehalten. Sie jammerte in einer Tour, doch hatten wir alle den Eindruck, dass sich hinter der ganzen Jammerei etwas Kaltes, Stahlhartes verbarg. Sie mochte alt sein, aber sie wirkte gefährlich.

Ich ging mit Lissy zuerst hinein. Sie sollte die Spur aufnehmen, uns zeigen, wo etwas zu finden sein könnte. Wir gingen dabei systematisch vor – Raum für Raum. Die Einrichtung war, nun ja, gewöhnungsbedürftig. Großblumige Tapeten, Möbel aus Eichenholz. An den Wänden hingen zahlreiche kleine Brettchen mit Geweihen und ausgestopften Kleintieren: Marder, Füchse, Hasen – alle auf den ersten Blick anscheinend mit der vollständigen Anzahl an Pfoten. Bloß nichts übersehen.

Es dauerte nicht lange, bis Lissy uns aufmerksam machte. Flur und Wohnzimmer waren unauffällig gewesen, doch als wir das Arbeitszimmer betraten, wurde sie unruhig. Mich faszinierte das technische Equipment vor Ort. Mehrere Computer, Bildschirme und Drucker standen herum, alles verkabelt. Zwei NFC-Kartenlesegeräte, einige Teile, deren Funktion ich nicht erkannte, ein Haufen alter Handys. Wozu brauchte die alte Schachtel so einen technischen Overkill? Ich kam kaum mit meinem Smartphone zurecht, und die hatte sicher ein Jahrzehnt mehr auf dem Buckel. Wohnte hier sonst noch jemand?

Sabine tauchte hinter mir auf und machte große Augen. Sie ging zum Schreibtisch hinüber und setzte sich. »Du lieber Himmel, so was bräuchte ich im Büro.« Sie drückte ein paar Tasten und checkte die Netzverbindung. »Boah, hier muss ein Glasfaseranschluss liegen. Hier gibt es mehr Power als in der Koblenzer Innenstadt und das mitten im Nirgendwo.«

»Nerdlen ist nicht nirgendwo. Es gibt in der Nähe ein großes Gewerbegebiet. Lass doch mal überprüfen, ob hier noch andere Bewohner gemeldet sind. Ich kann mir nicht vorstellen, dass die Alte …«

»Wuff!« Ich wurde von Lissy unterbrochen, die sich mit einem kurzen Aufbellen meldete und sich vor ein Regal rechts neben der Tür gesetzt hatte. Wir blickten zu ihr hinüber. Was hatte sie gewittert? Das offene Regal mit vielen kleinen Fächern konnte unmöglich der Platz sein, an dem eine Leiche versteckt war, aber irgendetwas war hier, das den typischen Leichengeruch aufwies, auf den sie abgerichtet war.

Ich rief die Hündin zurück, und Sabine stand auf, um das Regal zu untersuchen. Sie richtete den Schein einer LED-Leuchte in die Fächer. »Na, was haben wir denn da? Die Dame scheint eine Vorliebe für Glücksbringer zu haben. Und für Mobiltelefone.«

In jedem Fach lagen säuberlich aufgereiht je eine Hasenpfote auf einem Handy in einer Ladeschale. Sabine griff nach den Hasenpfoten und untersuchte sie oberflächlich. Alle wiesen eine menschliche Fingerkuppe auf.

Wir schauten uns lange an. Dann seufzte Sabine auf. »Das wird ein Papierkram, sage ich dir. Du hast es gut, dass du im Ruhestand bist.« Ich nickte nur.

»Schick mir mal Lissy runter. Ich glaube, wir haben hier was«, tönte Hugos Stimme aus der Ferne.

Ich will Sie nicht länger mit Details der Hausdurchsuchung langweilen. In aller Kürze: Wir fanden acht weitere Hasenpfoten. Die Spuren im Keller brachten uns nicht weiter. Auch der Garten gab nichts her. Interessanter waren die Handys und der Computer. Denn es gelang uns, mittels der präparierten Hasenpfoten die Mobiltelefone zu entsperren. Und hier waren alle Ausweisdaten gespeichert, Homebanking-Zugang, hinterlegte Kreditkarten, Apple Pay. Sie führten zu neun Herren in den besten Jahren, alle gut situiert und ungebunden, die vor Kurzem aus Köln, Bonn, Frankfurt und Karlsruhe in eine luxuriöse Alten-WG aufs Land gezogen waren, um dort ihren Lebensabend zu verbringen.

Der allerdings recht kurz gewesen sein dürfte. Von den Herren gab es außer den Fingerkuppen nichts zu finden. Ihre Identitäten wurden gekapert, die Konten systematisch geplündert. Und das hatte sich gelohnt – die regelmäßigen Renten- und Pensionseinkünfte der neun »Mitbewohner« lagen in Summe bei knapp 50.000 Euro im Monat. Anscheinend war Isabella Martini mit dem jeweiligen Handy und der passenden Hasenpfote auf Einkaufstour gegangen. Wer schaut schon genauer hin, wenn eine ältere Dame mit dem Schlüsselbund in der Hand unbeholfen ihr Handy entsperrt.

Sie hatte offenbar den Kontakt zu den Betreffenden über Parship aufgenommen. Ihr Profilfoto zeigte eine jüngere Ausgabe ihrer selbst. Sie bezeichnete sich als ehemalige IT-Spezialistin und Programmiererin, technikaffin, mit Zusatzausbildung als Physiotherapeutin und mit ausgezeichneten Kochkünsten gesegnet. Da hatte kaum einer ihrer Zielgruppe widerstehen können. Über ihr Hobby Tierpräparation hatte sie nichts geschrieben. Hätte vielleicht den einen oder anderen abgeschreckt.

Sie hatte längst nicht jeden in ihr Häuschen eingeladen, und die, die kommen durften, hatten es anscheinend ohne den rechten Zeigefinger verlassen. Doch wohin? Das konnte uns auch Lissy nicht sagen. Die Eifel ist groß, und Isabella Martini schweigt.

Lissy und ich sind inzwischen tatsächlich im Ruhestand. Vielleicht machen wir demnächst wieder eine Rundfahrt im Krimibus – man hat uns eine Freifahrt angeboten, wegen der ganzen Umstände. Aber ich glaube, wir gehen lieber angeln.

Der Therapeut

Kathrin Döbele

Sie hat bernsteinfarbenes Haar und kirschrote Lippen. Selten habe ich ein schöneres Mädchen gesehen.

»Ich kann nicht mehr schlafen,« sagt sie zu Beginn der Sitzung. Es klingt verzweifelt. Und ein wenig atemlos, so als wäre sie gerannt.

»Ich dachte, es wird besser im Urlaub.« Sie setzt sich mir gegenüber auf die Couch. »Aber es ist schlimmer geworden.«

Die Haut ist weiß, bis auf die dunklen Schatten unter den Augen. Sie wird achtzehn, höchstens neunzehn Jahre alt sein.

»Können Sie mir helfen? Sie wurden mir empfohlen.«

Draußen, hinter dem Fenster, berührt die Sonne den Horizont. Lässt das Maar für einen Moment lang golden strahlen.

Viele kommen hierher, um eine Auszeit zu nehmen, ihren Problemen für ein paar Tage zu entfliehen. Was sie vergessen, ist, dass die Seele mitreist.

»Wie äußern sich Ihre Schlafprobleme?«, frage ich und greife zu Block und Stift. Notiere auf einer leeren Seite ihren Namen.

»Ich traue mich nicht, die Augen zu schließen. Ich habe Angst vor meinen Träumen.«

»Was sind das für Träume?«

Ihr Atem wird schneller.

»Wir haben alle Zeit der Welt«, sage ich.

»Ich ertrinke. Ich bin unter Wasser und bekomme keine Luft.«

Sie starrt an meinem Kopf vorbei aus dem Fenster.

»Und wissen Sie, was das Merkwürdige ist?«

Wenn sie sich vorbeugt, duftet es nach Jasmin im Zimmer.

»Ich bin nicht ich in meinen Träumen.«

»Wer sind Sie denn?«

Ihre Stimme wird zu einem Flüstern.

»Ich bin meine Mutter.«

Danach sagt sie eine Weile lang nichts mehr. In dreißig Jahren als Therapeut habe ich zu warten gelernt.

»Sie hat mich verlassen. Früh, als ich ein kleines Mädchen war.«

»Sie ist gestorben?«

»Sie ist einfach nicht mehr wiedergekommen.«

Ihre Augen sind tiefblau wie das Maar. Ich reiche ihr ein Taschentuch.

»Sie glauben, dass ihr etwas zugestoßen ist?«

Ihr Blick wird vage.

»Was ist mit Ihrem Vater?«, frage ich leise.

Sie blickt mich an, als wäre ich ein Geist.

»Der weiß möglicherweise gar nicht, dass es mich gibt.«

Sie ist in einem Heim groß geworden, in der Stadt. Die Mutter hat sie verlassen, als sie fünf Jahre alt war.

»Sie wollte nur für einen Tag wegfahren und dann wiederkommen.«

Ihre Augen füllen sich mit Tränen.

»Mit viel Geld hat sie gesagt.«

»Aber sie ist nicht zurückgekommen?«

Sie schüttelt den Kopf.

»Sie war nicht die Zuverlässigste, wissen Sie? Sie hat viel gelogen. Immerzu.«

»Und man hat nie herausgefunden, was passiert ist?«

Wieder Kopfschütteln.

»Aber ich könnte es vielleicht. Ich habe ihre Tagebücher gefunden.«

»Sie hat Tagebuch geschrieben?«

Ihr Blick ist aufrichtig wie der eines Kindes.

»Was meinen Sie? Soll ich sie lesen? Ich habe etwas Angst davor.«

Mit Angst kenne ich mich aus. Es ist sozusagen mein Spezialgebiet.

»Dafür müsste ich etwas mehr wissen.«

»Ich erzähle Ihnen alles; alles, was Sie wissen müssen.«

»Abgemacht.« Ich blicke auf die Uhr. »Beim nächsten Mal. Unsere fünfzig Minuten sind um.«

Am Abend nehme ich das Boot und rudere hinaus auf das Wasser. Ich komme jeden Abend hierher. Ich liebe die glatte Oberfläche des Maars, die Geheimnisse, die sich darunter verbergen. Oft fragen mich die Patienten, ob ich keine Angst habe, hier draußen alleine, nur den

Wald und den See um mich herum. Ich denke an die Brücke, unter der das Wasser am tiefsten ist, den Ring aus Buchen und Schilf ringsherum. Ich wüsste nicht, weshalb, sage ich dann. Nach Freud resultiert die Angst aus der Unterdrückung der Triebe. Ich habe schon sehr lange keine Angst mehr gehabt.

Als sie das nächste Mal kommt, sind ihre Wangen gerötet.

»Ich habe angefangen zu lesen«, sagt sie atemlos. Sie legt sich unaufgefordert auf die Couch. »In den Tagebüchern.«

Der Schritt ist bemerkenswert. Nicht viele Patienten legen ein solches Tempo vor.

»Es stehen viele Lügen darin.«

Ich setze mich auf den Sessel hinter ihrem Kopf und versuche, nicht auf die Stelle zu starren, wo ihr rotes Kleid aufhört und die weiße Haut beginnt.

»Aber manchmal, da spüre ich, dass sie die Wahrheit schreibt. Zum Beispiel, als sie meinen Vater kennenlernt. Das ist echt.«

»Wie geht es Ihnen damit?«, frage ich leise. »Dass plötzlich ein möglicher Vater aufgetaucht ist, meine ich.«

Sie zuckt mit den Schultern.

»Ist es jemand aus Ihrem Umfeld, jemand, den Sie kennen?«

Plötzlich scheint sie meilenweit entfernt.

»Was ist das für eine Brücke dort hinten?«, fragt sie und deutet hinaus, über den See, wo zwei Mountainbiker gerade ihre Fahrräder über die schwankenden Bretter schieben. Seit einiger Zeit verirren sich mehr und mehr Touristen hierher.

»Die steht schon hier, seit ich denken kann.«

Ich notiere das Ablenkungsmanöver, nehme dann den Faden wieder auf.

»Was war das für eine Beziehung zwischen Ihrer Mutter und Ihrem Vater?«

»Irgendetwas war daran verboten. Aber ihr war das egal.«

Wenn sie lächelt, ist es, als würde auf ihrem Gesicht die Sonne aufgehen.

»Sie hat ihn wirklich geliebt, glaube ich.«

Dann runzelt sie die Stirn.

»Aber bei ihm, da bin ich mir nicht sicher.«

Am Abend rudere ich wieder hinaus auf das Wasser. Denke an kirschrote Lippen und schneeweiße Haut. Irgendwann lege ich die Ruder hoch und lasse mich treiben, den Blick in den Himmel gerichtet. Erst als die Pfeiler der Brücke über mir aufragen, merke ich, dass ich an der tiefsten Stelle angelangt bin.

Das Wasser hat hier eine andere Farbe, es ist dunkler, fast schwarz. Etwas Helles gleitet unter dem Boot hindurch, bläht sich zu voller Größe auf, bevor es in der Dunkelheit verschwindet. Wahrscheinlich Wasserpest, die Pflanze wächst überall auf dem Grund. Im Licht der untergehenden Sonne kann sie sich verwandeln. Für einen kurzen Moment blitzt sie wieder auf, sieht aus wie etwas Bekanntes, Menschliches. Mir wird kalt. Es ist ein Schleier von bernsteinfarbenem Haar.

Die Rufe der Wasservögel sind zu laut, als ich zurückrudere, das Zirpen der Grillen vom Ufer klingt aggressiv. Erst zu Hause merke ich, dass ich schweißgebadet bin. Es ist nicht die Anstrengung. Es hat sich etwas verschoben. Früher habe ich gerne darüber nachgedacht, welche Geheimnisse das Maar unter der Oberfläche verbirgt. Jetzt gibt es nur eine Frage: Was wird es ans Licht bringen?

Zu Beginn der nächsten Sitzung kommt sie völlig aufgelöst. Selbst wenn sie weint, sieht sie bezaubernd aus.

»Er hat sie einfach fallen lassen.«

»Wer?«

»Mein Vater. Ich glaube zumindest, dass es mein Vater ist.«

Sie legt sich auf die Couch. Die Schatten unter den Augen scheinen dunkler geworden zu sein.

»Warum hat er die Beziehung beendet?«

»Er hat Angst bekommen. Sie hätten nicht zusammen sein dürfen.«

»Weshalb nicht?«

Sie schweigt. Ich stehe auf und gehe zum Fenster, von wo aus die Sicht auf die Brücke am besten ist.

»Könnten Sie mich vielleicht in den Arm nehmen? Nur ganz kurz?«

Sie hat sich aufgesetzt, beugt sich gerade genug vor, dass ich den Ansatz ihrer Brüste erahnen kann. Ich sehe das Maar in ihren Augen, rieche den Duft von Jasmin.

»Ich fühle mich geschmeichelt«, sage ich. »Aber das geht nicht.«

»Warum nicht?«

Schweiß rinnt mir in den Nacken. Ich habe so schlecht geschlafen wie lange nicht.

»Es wäre ein Vertrauensbruch.« Als ich ihren Gesichtsausdruck sehe, füge ich hinzu: »Ein Tabu in meinem Beruf.«

Sie verzieht den kirschroten Mund zu einem spitzen Lächeln.

»Die Stunden mit Ihnen, die helfen mir wirklich.«

Am Abend steht dichter Nebel über dem Maar. Außer dem Geräusch der eintauchenden Ruder ist es ganz still auf dem Wasser. Es ist nicht klug, bei dieser Sicht hinauszufahren. Aber es gibt keine Alternative. Den ganzen Tag über waren Besucher auf der Brücke. Manche blieben ausgerechnet über der tiefsten Stelle stehen – als ahnten sie etwas. Ich rudere zwischen den Pfeilern hin und her, finde nichts, bis auf eine Plastiktüte, die sich vollgesogen hat. Auf dem Weg zurück fühle ich mich seltsam exponiert, als würde mich jemand beobachten. Aber es ist nur ein Fischreiher, der sich elegant aus dem Schilf emporschwingt.

Zur nächsten Stunde sind die Schatten unter den Augen verschwunden.

»Sie war schwanger mit mir«, begrüßt sie mich. »Sie war schon schwanger, als er Schluss gemacht hat.«

»Hat sie es ihm nicht gesagt?«

»Ich glaube nein. Sie ist einfach weggezogen.«

Eine Gruppe von Fahrradfahrern schiebt ihre Räder über die Brücke. Einer von ihnen bleibt stehen.

»Wo ist sie denn hingezogen?«

Sie sieht mich lange an.

»Ist alles in Ordnung mit Ihnen? Sie wirken so nervös.«

Ich setze mich in den Sessel, versuche, die Beine ruhig zu halten. Es fällt mir schwer, ihr zuzuhören. Als die fünfzig Minuten vorüber sind, gehe ich in meine Wohnung und hole ein Fernglas. Das Maar ist still und unbewegt. Es ist weit und breit kein Mensch zu sehen.

An diesem Abend rudere ich nicht hinaus. Es soll Regen geben. Viel Regen. Die Nachrichten sind voll davon. Ich versuche nicht darüber nachzudenken, was passieren könnte, wenn das Wasser kommt. Welches Geheimnis es an Land schwemmen könnte. Stattdessen kontrolliere ich, ob das Boot vertäut ist, die Fenster und Türen im Haus verschlossen sind. Dann nehme ich ein Beruhigungsmittel, erst eine kleine Dosis, später mehr. Warte darauf, dass die Beklemmung nachlässt. Als ich ins Bett gehe, habe ich immer noch das Gefühl, dass ich etwas Entscheidendes übersehen habe.

Als sie das nächste Mal kommt, gießt es in Strömen.

»Ich habe zu Ende gelesen«, sagt sie knapp. Das Gesicht ist entspannt, die Brust hebt und senkt sich gleichmäßig.

»Ich glaube, er hat meine Mutter umgebracht.«

Regen hämmert gegen das Fenster. Es hat die ganze Nacht geregnet.

»Wie kommen Sie darauf?«, frage ich.

»Sie hat ihm von mir erzählt. Wollte Unterhalt für mich.« Der Geruch nach Jasmin raubt mir den Atem.

»Er hat eingewilligt, sich mit ihr zu treffen. So steht es im letzten Tagebucheintrag.«

Nach einer kurzen Pause fährt sie fort: »Aber der Treffpunkt, der hätte sie stutzig machen sollen.«

»Warum?«

Sie blickt mich mit großen Augen an.

»Sie hatte doch panische Angst vor tiefem Wasser!«

Die Wände des Zimmers fangen an, sich zu bewegen.

»Deshalb war sie ja überhaupt in Therapie bei ihm.«

Auf dem Weg zum Fenster fege ich versehentlich meine Beruhigungsmittel vom Schreibtisch.

»Ist alles in Ordnung?«

Ich fahre zusammen.

»Wo kommt Ihre Mutter nochmal her?«

»Hab ich das nicht gesagt?« Sie zieht die Brauen hoch. »Sie war von hier, aus dem Ort. Als er sie verlassen hat, ist sie in die Stadt gezogen.«

Alles dreht sich. Alles macht Sinn. Die Haare. Der Mund. Nur eines nicht.

»Aber der Name?«

Sie lächelt.

»Der ist erfunden.«

Ich muss mich auf den Boden setzen. So viele Lügen. Als ich wage, nach oben zu blicken, steht sie über mir.

»Die Therapie hat wirklich geholfen«, sagt sie. »Ich habe überhaupt keine Angst mehr. Vor nichts.«

Dann bückt sie sich, hebt die Medikamente auf. Legt sie neben mich auf den Boden. Ich will fragen, was sie jetzt vorhat, aber es kommt kein Ton aus meinem Mund.

»Ich habe viel darüber nachgedacht. Darüber, was ich mache, wenn wir uns begegnen.«

Regen hämmert gegen die Fensterscheibe. Es klingt wie ein Klopfen.

»Jetzt weiß ich es.«

Ihr Lächeln kommt mir bekannt vor. Es ist meines.

»Ich lass dich jetzt alleine, Papa.«

Kohlendioxid

THORSTEN WIRTZ

Montag, 19. September

Liebes Tagebuch,
seit gestern sind wir zurück in der Eifel, und heute komme ich endlich wieder dazu, etwas aufzuschreiben. Die letzten Wochen waren aber auch wirklich zu vollgepackt. Ich stehe immer noch unter den Eindrücken unserer Reise, es war fantastisch! Früher war ich ja wirklich skeptisch, was diese Kreuzfahrten angeht, aber ich freue mich jetzt schon auf die nächste Reise mit Horst. Anstrengend war es natürlich auch – wir sind ja nun auch nicht mehr die Jüngsten ... Aber nach dem Flug auf die Bahamas hatten wir ja in den drei Wochen auf dem Dampfer genug Zeit, uns mal richtig zu erholen!

Donnerstag, 13. Oktober

Ich finde es wirklich gut, dass es noch ein paar junge Menschen gibt, die sich politisch und gesellschaftlich engagieren. Horst und ich haben ja in den 80ern auch demonstriert: Gegen Kohl, gegen Atomkraft und gegen den Nato-Doppelbeschluss. *Petting statt Pershing* hatte ich groß auf unser Bettlaken geschrieben. Aber die Frechheiten, die uns Leonie heute gemacht hat – das geht nun wirklich zu weit! Als ob Horst und ich allein für die Zerstörung der Welt verantwortlich seien, wenn wir uns einmal eine schöne Karibik-Kreuzfahrt gönnen! Ich liebe meine Enkelin, aber diesen Ton verbitte ich mir!

Sonntag, 16. Oktober

Heute hat Horst seinen Geburtstag gefeiert, 69 ist er jetzt. Die Kinder waren auch da, inklusive Leonie. Die Göre spielt sich wirklich als Weltretterin auf – hat die ganze Zeit von der Demo am letzten Freitag in Trier erzählt, wo sie mitgemacht hat. Ich verstehe das Kind nicht mehr: Ich hatte extra Horsts Lieblingstorte gemacht, die mit den frischen Maracujas und der ganzen Schlagsahne. Leonie hat die auch immer gerne gegessen, aber jetzt hat sie die nicht angerührt. Sie sei jetzt Veganerin, weil Kühe mit ihren Pupsern zur Klimaerwärmung beitragen und man im Winter kein tropisches Obst essen soll. Ich verstehe den Zusammenhang nicht. Horst hat ganz betroffen geguckt, als Leonie ihre messianischen Tiraden vom Stapel gelassen hat. Anschließend meinte er, dass sie ja recht habe, hat sie in den Arm genommen und für ihren Idealismus gelobt. Pah! Soll er sich nächsten Sonntag doch selbst eine Eifeler Appeltaat backen!

Mittwoch, 19. Oktober

Ich erkenne Horst nicht wieder! Was ist los mit dem alten Zausel? Heute hat er beschlossen, unseren alten Volvo-Kombi zu verkaufen, mit dem er doch die 500.000 Kilometer »noch vollmachen wollte«, wie er immer gesagt hat. Neun Liter Diesel seien nicht mehr zeitgemäß. Was bitte ist an Horst noch zeitgemäß? Immerhin hat er eingesehen, dass wir hier in der Eifel nicht ohne Auto klarkommen können. Er war dann auch gleich in Daun beim Autohaus, um ein neues Auto zu bestellen. Wie lange wünsche ich mir schon so einen schicken SUV? Fünf Jahre? Seit Kolvenbachs von gegenüber auch so einen haben, liege ich Horst damit in den Ohren. Hätte nicht gedacht, dass er mir diesen Wunsch doch noch erfüllt …

Samstag, 5. November

Heute hat es schon zum ersten Mal geschneit in diesem Winter, es ist saukalt – ich hasse die Eifel. Horst hasse ich auch: Er hat irgendwas an der Heizung umgestellt, das Wasser in der Dusche wird nicht mehr richtig warm, und überhaupt friert man in der ganzen Bude. Wir müssten unseren CO2-Fußabdruck verringern, meint Horst. Soll er erst mal weniger Bier saufen, der Fettwanst, dann verringert er vielleicht seinen Fußabdruck, wenn er durch den Schnee stapft, um Holz aus dem Schuppen zu holen. Holz! Horst sagt, wir könnten ab jetzt Ess- und Wohnzimmer mit dem alten Kachelofen heizen. Ich habe das Ding immer nur als Deko betrachtet, aber Horst hat von

Willi aus der Hauptstraße Brennholz gekauft und sagt, das Heizen mit Holz sei irgendwie neutral, weil nur so viel Kohlenstoff beim Verbrennen freigesetzt werde wie … Ach leckt mich doch alle am Arsch!

Montag, 7. November

Jetzt ist auch noch Essers Heinz, der die kleine Schafzucht hier im Dorf betreibt, sauer auf uns: Horst hat das Lamm abbestellt, das es eigentlich als Braten an Weihnachten geben sollte. Horst will jetzt kein Fleisch mehr essen, wegen des Klimas. Heute ist er zu diesem Bio-Bauernhof nach Sarmersbach gefahren und hat jede Menge Körner gekauft, die er ab jetzt essen will. Und Tofu! Ich habe gesagt: Das glibbrige Zeug fasse ich nicht an, das musst du dir selber kochen. Hat er dann auch tatsächlich gemacht. Ich hatte zum Glück noch Gulasch eingefroren, schön mit richtig dicker brauner Bratensoße. Dazu Nudeln. Und Apfelkompott. Eigentlich Horsts Lieblingsessen, aber er hat tapfer sein Vogelfutter und dieses gebratene Tofuzeug gegessen.

Donnerstag, 17. November

Horst kauft jetzt regelmäßig auf diesem Bauernhof ein. Ich habe gesagt, das ist bestimmt auch nicht gut fürs Klima, wenn du immer mit dem angeblich so bösen Diesel-Kombi die zwölf Kilometer nach Sarmersbach und wieder zurück fährst. Da hat Horst mir zugestimmt und gesagt, dass wir schon morgen das neue Auto in Daun abholen können! Vorführwagen aus einer anderen Filiale, deswegen habe das so schnell geklappt – ich freue mich! Horst ist doch ein netter Kerl, trotz seines Klima-Fimmels …

Freitag, 18. November

Ich will die Scheidung! Ich weiß nicht, was er sich dabei gedacht hat: Statt des SUV, das ich mir seit Jahren wünsche, hat Horst bei Renault Schäfer in Daun einen Twizy gekauft. Einen *elektrischen* Twizy. Das ist kein Auto – das ist eine Zumutung! Früher hätte man das als Seifenkiste bezeichnet. Das Ding hat zwei Sitzplätze, die hintereinander angeordnet sind. Und keine Türen! Jedenfalls keine richtigen. Das ist völlig indiskutabel. Horst sagt, ein solches Kleinstautomobil sei ressourcenschonend und durch den Elektroantrieb ein vertretbarer Kompromiss. Ich hätte Horst am liebsten noch im Verkaufsraum in die Eier getreten. Stattdessen bin ich mit dem Volvo nach Hause gefahren. Den behalte ich auf jeden Fall. Ich weiß nicht, wie Horst sich das vorstellt – ein elektrischer Kabinenroller in der Eifel. Im Winter. Der Mann muss verrückt geworden sein!

Samstag, 19. November

Horst *ist* verrückt geworden! Ich war heute zufällig bei der Bank in Gerolstein und habe Kontoauszüge mitgebracht: Das Geld, das wir für die Kreuzfahrt mit diesem Postschiff durch die norwegischen Fjorde im nächsten Sommer auf dem Sparbuch zurückgelegt hatten, ist weg! Horst hat dafür eine Solaranlage bestellt, damit wir unseren eigenen Strom produzieren können. Als sich vor 20 Jahren ein paar Leute im Dorf so ein Ding aufs Dach gepackt haben, weil es dafür richtig Kohle vom Staat gab, da wollte Horst partout nicht mitmachen, weil man dafür ein Gewerbe anmelden und eine extra Steuererklärung abgeben musste und ihm das alles zu aufwändig war. Und jetzt plündert er dafür unsere Reisekasse. Ich könnte ihn erwürgen!

Montag, 21. November

Ich habe heute einen Termin bei der Augenärztin in Gerolstein gemacht: Meine Sehkraft hat in den vergangenen Tagen deutlich nachgelassen. Abends, wenn ich in meinem Lieblingssessel, den ich jetzt neben dem Kachelofen aufgestellt habe – dem einzigen halbwegs warmen Platz im ganzen Haus – noch etwas in meinem Buch lesen will, kann ich die Buchstaben kaum entziffern. Es ist, als ob sich meine Linsen plötzlich eingetrübt hätten, ich mache mir wirklich große Sorgen, zu erblinden. Zum Glück kann ich wegen der Dringlichkeit schon übermorgen in die Sprechstunde kommen!

Dienstag, 22. November

Heute hat Horst den Mülleimer in der Küche ausgeräumt: Ich würde den Abfall nicht richtig trennen. Dabei achte ich seit 30 Jahren darauf, dass alles in die richtige

Tonne kommt. Das stimme im Prinzip, sagt Horst, aber ich würde den Müll für den Gelben Sack nicht richtig trennen: Beim Joghurtbecher zum Beispiel müsse erst die Pappummantelung entfernt und ins Altpapier gegeben und beim Plastikbecher noch der Aludeckel abgetrennt werden. Beim Milchkarton solle ich künftig den Plastikverschluss ebenfalls abdrehen – sonst wäre eine maschinelle Sortierung nicht möglich und der Müll könne nicht richtig recycelt werden. Horst meint, es wäre eh besser, zum Einkaufen in den Unverpackt-Laden nach Gerolstein zu fahren, weil dann weniger Müll anfalle. Horst gibt praktisch keinen Satz mehr von sich, in dem nicht die Wörter *Kohlendioxid, Ressourcen* und *Klimaerwärmung* vorkommen. Der Mann macht mich noch wahnsinnig!

Mittwoch, 23. November

Mit meinen Augen ist alles okay. Die Ärztin hat mich gründlich untersucht und gesagt, ich hätte für mein Alter ganz hervorragende Augen. Als ich Horst davon erzähle, sagt er, dass er jetzt mit dem Austausch der Leuchtmittel im ganzen Haus durch sei. Er sagt immer *Leuchtmittel*, wenn er *Glühlampen* meint. Wir hatten 2009, als die EU die guten alten Glühbirnen verboten hat, alle Restbestände in den Bau- und Supermärkten im ganzen Landkreis aufgekauft und wären damit sicher noch zehn Jahre ausgekommen. Aber jetzt hat Horst alle Birnen gegen angeblich besonders sparsame Lampen aus dem Internet ausgetauscht. Die trüben Funzeln fliegen wieder raus, und wenn es das Letzte ist, was ich tue!

Sonntag, 27. November

Das war ein schönes Wochenende, endlich nochmal normale Leute: Zusammen mit Doris, Rita, Henni und Margret war ich zwei Tage im Eurostrand in Leiwen. Unsere jährliche Tour des Damenkegelclubs »Flotte Kugel«. Discofox, Moselwein und jede Menge nette Clübchen – mir brummt immer noch ein bisschen der Schädel. Horst war gottseidank schon im Bett, als ich nach Hause gekommen bin. Auf den hätte ich heute Abend echt keine Lust mehr gehabt. Irgendetwas hat er mit dem Klo angestellt, während ich weg war. Es kommt kein Wasser, man kann auch gar nicht abspülen. Zum Glück musste ich nur Pipi. Weiß der Henker, was er sich dabei wieder gedacht hat …

Montag, 28. November

Das Maß ist voll, ich kann nicht mehr. Während ich an der Mosel war, hat Horst beide Klos im Haus rausgerissen und durch Komposttoiletten ersetzt. Wir müssten unseren Wasserverbrauch reduzieren, und ich würde ja am Tag bis zu neunmal aufs Klo rennen (er hat in den vergangenen Wochen anscheinend genau Buch geführt). Und weil ich nie die Spartaste drücken würde, gingen dann jedes Mal zehn Liter kostbares Trinkwasser in den Abfluss. Eine Komposttoilette sei mit Stroh und Rindenmulch gefüllt und komme ganz ohne Wasser zum Nachspülen aus, sagt Horst. Die flüssigen Ausscheidungen würden von den festen getrennt, die dann kompostiert und zu wertvollem Dünger für den eigenen Garten veredelt werden könnten. Ich kacke doch nicht in eine mit Stroh gefüllte Kiste! Wo jeder sehen kann, was ... der hat doch den Arsch auf!

Donnerstag, 1. Dezember

Ich verstehe ehrlich gesagt nicht, warum diese ganzen Ökos das Kohlendioxid so dermaßen verteufeln: Kohlenmonoxid zum Beispiel ist viel gefährlicher. Horst hätte sich von Herzen einen höheren Kohlendioxid-Anteil in seiner Atemluft gewünscht, als er da in der Garage lag. Der alte Volvo-Diesel ist echt eine ziemliche Dreckschleuder: Eine Umweltplakette hat der gar nicht, noch nicht mal eine rote. Entsprechend ungesund ist es, längere Zeit in der geschlossenen Garage die Abgase des mit erhöhter Leerlaufdrehzahl vor sich hinnagelnden Diesels einzuatmen. Horst hat das leider nicht überlebt.

Nach dem Frühstück (er Frischkornbrei, ich Rührei mit Speck) hatte sich Horst in die Garage verzogen, um weiter an den Hochbeeten zu arbeiten, die er im Frühjahr im Garten aufstellen wollte. Den ganzen Vormittag hatte ich im Haus meine Ruhe, aber als er mittags immer noch nicht wieder aufgetaucht war, wollte ich mal nach dem Rechten sehen. Ich hatte das wirklich nicht geplant – aber als ich ihn da so liegen sah, bewusstlos, weil er sich offenbar den Kopf irgendwo angehauen hatte, wusste ich plötzlich ganz genau, was zu tun war.

Am Abend habe ich dann die nassen, zusammengerollten Handtücher, mit denen ich das Garagentor und die Außentür abgedichtet hatte, wieder entfernt und in die Waschmaschine gegeben. Der Motor, den ich gestartet hatte, war inzwischen von alleine ausgegangen – auch im Stand ist der Verbrauch offensichtlich ganz beachtlich. Als der Notarzt eintraf, den ich telefonisch informiert hatte, war in der Garage aber noch deutlich der Abgasgestank wahrzunehmen.

Die Polizei hat den Ablauf dann später folgendermaßen rekonstruiert: Horst hat offenbar bei laufendem Motor an seinem altersschwachen Volvo herumgeschraubt, sich vermutlich an der offenen Motorhaube gestoßen und ist dann k. o. gegangen. Als ich ihn am Abend gefunden habe, war er vermutlich schon einige Stunden tot. Kohlenmonoxid-Vergiftung.

Gut, dass ich den Hammer, der am Mittag noch neben ihm lag, gegen den Schraubenschlüssel ausgetauscht hatte. Dass Horst überhaupt keine Ahnung von Verbrennungsmotoren hatte, konnten die ja nicht wissen.

Ich werde beim nächsten Auto, das ich kaufe, tatsächlich darauf achten, mehr an die Umwelt zu denken. Den SUV, den ich ins Auge gefasst hatte, gibt es auch in einer Variante mit Hybrid-Motor. Im rein elektrischen Betrieb hat der eine Reichweite von fast 50 Kilometern. Ich glaube, das hätte Horst wirklich gefallen, dass ich jetzt morgens, ohne einen Tropfen Sprit zu verbrauchen, zur Bäckerei fahren kann. Ich hoffe, dass ich den Twizy in Zahlung geben kann.

Den Volvo hat Leonie übernommen. Sie plant mit ihrem neuen, langhaarigen Freund einen Roadtrip nach

Portugal. Sie sagt, es sei ja auch irgendwie nachhaltig, so ein altes Auto, das ja noch tipptopp funktioniert, nicht einfach auf den Müll zu werfen.

Alles in allem kam sein Ableben für Horst dann doch etwas zu überraschend: Er hat nie darüber gesprochen, ob er eingeäschert oder lieber von den Würmern gefressen werden will. Ich werde mal recherchieren müssen, was besser fürs Klima ist …

Arnes Arachnophobie

Stefan Barz

Arne war zu Tode erschrocken. Sein Puls schlug schneller, kalter Schweiß rann von seiner Stirn hinunter, er lief nervös im Raum umher und war nicht mehr Herr seiner selbst. Er musste sie unbedingt finden, diese fast handgroße, schwarze, behaarte Spinne, die er gerade erblickt hatte und die sich dann binnen Sekunden in nichts aufgelöst zu haben schien. Es war eindeutig eine *Eratigena atrica*, eine große Winkelspinne, da kannte Arne sich bestens aus. Schnell musste er sie finden, sonst würde er heute Nacht in diesem fremden Zimmer kein Auge zumachen. Zögernd griff er mit den Fingerspitzen nach dem Kopfkissen, drehte es vorsichtig um und schüttelte es. Dann durchwühlte er die Bettdecke, schüttelte sie ebenfalls wild aus. Danach fuhr er mit seinen Blicken langsam die Wände entlang.

Nichts.

Verdammt, wo war sie?

Er wusste schon, warum er seine Bonner Stadtwohnung im dritten Stock einem Leben hier in der Eifel vorzog. Hier, wo es nur so von solchen widerlichen Viechern wimmelte. Das Städtchen Kommern mochte ja ganz schöne Fachwerkhäuser und ringsum einen herrlichen Wald haben, aber das grüne Paradies war für jemanden wie Arne die Hölle. In einer Gegend voller Sträucher, Bäume, Wiesen und Pflanzen lauerte das Unheil doch überall. Die ganze Natur war verseucht mit krabbelnden Ungeheuern, die nur darauf warteten, in die Häuser zu kommen.

Arne hatte dieses achtbeinige Ungetüm vorhin zum ersten Mal gesehen, als Stella auf ihm gehockt hatte, nackt und mit ekstatischen Bewegungen. Und während sie sich ihm hingab, konnte Arne nicht anders als pausenlos auf diesen schwarzen Fleck auf dem Parkett zu starren. Als sich seine neue Flamme dann endlich erschöpft und schwer atmend neben ihn gelegt hatte, war die Spinne auf einmal verschwunden. Nein, verschwunden war sie natürlich nicht. Sie war immer noch im Raum, dessen war sich Arne bewusst. Nur eben nicht mehr im Sichtfeld, und das fand Arne sogar noch beunruhigender. Die Gefahr war noch nicht gebannt. Die Spinne konnte sich vielleicht unsichtbar machen, aber sie konnte jederzeit auch wieder aus dem Nichts auftauchen, blitzschnell über den Boden rennen, langsam die Wand hochkriechen oder plötzlich an der Decke hängen.

Arne atmete mehrmals tief ein und aus, und jeder Atemzug wurde ruhiger. Er versuchte immer wieder, seine Lage rationaler zu sehen. Natürlich wusste er, dass es albern war, mit fast 30 Jahren noch Angst vor Spinnen zu haben. Das glaubte ihm doch kein Mensch, dass er mit einer tollen Frau im Bett lag und dabei nur Panik schob, weil eine Spinne im Raum war. Und er wusste auch, dass Eifel-Spinnen eigentlich völlig ungefährlich waren – mal verglichen mit den wirklich großen und giftigen Krabbeltieren in der australischen Wildnis. Er wusste darüber hinaus, dass ihm Eifel-Spinnen noch weniger anhaben konnten, wenn er sie nur schnell genug suchen und umgehend eliminieren würde – vorausgesetzt, er würde sich nahe genug herantrauen. Aber das war immer noch besser, als wenn sie sich auf ihn setzen würde, während er im Bett lag. Das war total bescheuert, aber Spinnenphobien waren nun einmal total bescheuert.

Er war Arachnophobiker, seit er denken konnte. Seine Eltern hatten sein Problem mit Spinnen nie ernst genommen, bis er eines Nachts schreiend aus seinem Schlafzimmer gelaufen war, als er zum ersten Mal ein besonders großes Objekt seiner Furcht entdeckt hatte. Vor einiger Zeit hatte er mal einen Psychoanalytiker aufgesucht, um seine Phobie zu heilen, doch ohne Erfolg. Spinnen hätten ja durchaus furchterregende Eigenschaften, hatte ihm der Arzt erklärt: Sie seien schnell, sie hätten mehrere Beine, mit denen sie nach ihren Opfern greifen konnten, sie konnten ihre Beute blitzschnell fesseln, und Spinnenweibchen hätten nicht einmal Skrupel davor, ihren Geschlechtspartner zu verspeisen. Spinnen seien, so sagte er, also durch und durch unsympathische Tierchen, aber nach den Lehren der Psychoanalyse lägen die Gründe für Arnes Furcht tiefer: Unbewusst fürchtete Arne sich nämlich vor dominanten Frauen, die ihre spinnenartigen Arme nach ihm ausstrecken, ihn – natürlich im übertragenen Sinne – fesseln und vernichten können, glaubte der Arzt. Auch Frauen könnten bedrohlich sein, bedrohlicher sogar als Spinnen. Nach diesem Humbug hatte sich Arne geweigert, noch weitere Therapiesitzungen zu bezahlen.

Er schwitzte immer noch. Wo zum Teufel war die Spinne? Er musste sich beeilen und schnell genug zuschlagen, bevor Stella fertig geduscht hatte. Denn wenn sie erfahren würde, dass sie sich im Dating-Chat einen paranoiden Arachnophobiker geangelt hatte – dann würde sie ihn sicher rausschmeißen, noch bevor diese erste gemeinsame Nacht vorüber war.

Aus dem Bad plätscherte immer noch das Wasser.

Arne lief durch den Raum wie eine gefangene Fliege, die einen Ausweg suchte, kontrollierte den Fußboden, die Wände, die Zimmerecken, leuchtete mit seinem Handy hinter dem Schrank, die Spinne musste doch irgendwo sein.

Unter dem Bett fand er sie schließlich.

Sofort überkam ihn eine neue Panikattacke. Sein Körper zitterte, und sein Herz schlug doppelt so schnell. Er nahm allen Mut zusammen und warf noch einen zweiten Blick auf das Tier. Da stand es mit angewinkelten Beinen, bereit, schnell in jede mögliche Richtung zu verschwinden, oder flink auf ihn zuzulaufen und ihn – ja, was? Zu vernichten?

Natürlich nicht!

Trotzdem: Die Spinne musste sofort weg, damit er sich wieder auf die wesentlichen Dinge des Abends konzentrieren konnte.

Wie könnte er ihr zuvorkommen?

Die Zeitung, vielleicht mit der Zeitung auf Stellas Nachttisch!

Arne nahm den *Wochenspiegel* in die Hand. Die Schlagzeile auf Seite eins sprang ihm sofort ins Auge. »Michael W. vermisst«, war der Aufmacher, Untertitel: »Dritter Kommerner in zwei Monaten spurlos verschwunden«. Diese Fälle hatten sich bis nach Bonn herumgesprochen, und sie waren auch Arnes erste Assoziation gewesen, als er erfuhr, dass Stella hierherkam, aus dem Ort, in dem seit einigen Wochen junge Menschen auf mysteriöse Weise verschwanden. Kommern, das unheimliche Dorf, war schon in aller Munde. *Vielleicht von Killer-Spinnen gefressen?*, dachte Arne. Es beunruhigte ihn schon ein wenig, dass er nun vielleicht eine neue Freundin hatte, die im zurzeit gefährlichsten Dorf der Eifel lebte. Aber das hatte Arne seiner Neuen gegenüber natürlich ebenfalls nicht erwähnt, damit sie ihn nicht gleich für ein Weichei hielt. Die Eifel war echt unheimlich. Hier gab es die schrecklichsten Verbrechen und die erschreckendsten Spinnen.

Arne legte die Zeitung beiseite. Die wenigen Seiten des Wochenblatts waren zu dünn, um eine Spinne von diesem Kaliber zu erschlagen.

Die Dusche lief noch immer. *Eigentlich würde ich jetzt lieber in Stellas Armen unter dem Wasserstrahl stehen,* dachte er. *Verdammter Evolutionskomplex.* Jedenfalls hatte er mal irgendwo gelesen, dass Arachnophobie ein Relikt der Evolution war: Die Urmenschen hatten einen Mechanismus im Gehirn, der beim Anblick von Spinnen auf Alarm schaltete, weil Urzeitspinnen damals eine echte Gefahr darstellten. Durch den Angstmechanismus wurde man also rechtzeitig gewarnt. Und einigen modernen Menschen hatten die Urmenschen diese Alarmanlage vererbt, so dass Männer wie Arne diesen Angstmechanismus immer noch im Kopf hatten. Und deshalb reagierte er auch völlig unangemessen auf verhältnismäßig kleine Spinnen, weil ihm sein Gehirn Lebensgefahr vorgaukelte, während nebenan eine hübsche Frau auf ihn wartete. So ein verdammter Mist!

Vorsichtig spähte Arne wieder unter das Bett. Die Spinne war immer noch da. In gleicher lauernder Position. Dann sah er, dass auf der anderen Seite unter dem Bett ein Buch lag. *Die perfekte Verteidigungswaffe, um eine Spinne auszuschalten.* Arne schlich sich auf die andere Seite, kniete sich auf den Boden und fingerte nach dem Buch, ohne den Feind aus den Augen zu lassen.

Immer noch stand sie reglos da, und Arne konnte nicht einschätzen, welche Richtung sie einschlagen würde, wenn sie sich plötzlich in Bewegung setzen würde. Minutenlang kniete Arne dort, ohne dass etwas passierte. Der Rücken schmerzte, und gerade wollte er sich wieder aufrichten, als sich die acht Beine plötzlich zu bewegen begannen und die Spinne auf ihn zuraste. Er kreischte auf, sprang hoch und wich nach hinten aus, bis er die Wand im Rücken spürte. Dann schluckte er, ging einen Schritt auf die Spinne zu und schmetterte das Buch mit ganzer Kraft auf den schwarzen Körper.

Den lauten Knall konnte Stella nicht gehört haben, denn die Dusche plätscherte noch immer. Erleichtert seufzte Arne auf. Vorsichtig tastete er nach dem Buch und hob es an. Plattgedrückt sah die Spinne gleich nicht mehr so schaurig aus, fand Arne, und wischte den Einband des Buches mit einem Taschentuch sauber. »Tagebuch«, stand vorne drauf. Stellas Tagebuch also. Auch die Außenränder der Seiten hatten ein Stück Spinne abbekommen, und als Arne alle Spuren beseitigen wollte, klappte er das Buch mehr aus Versehen als mit Absicht auf. *Ob Stella schon über ihn geschrieben hatte?* Arne blätterte durch die letzten, handbeschriebenen Seiten, konnte seinen Namen aber nirgendwo entdecken. Jedoch schien Stella erst vor einigen Tagen Sex gehabt zu haben, wie er nun lesen konnte. Sie beschrieb es genüsslich. Irgendwie war es ihm peinlich, das hier schwarz auf weiß vor sich zu sehen. Ein gewisser Michi, der ihr – was? – köstlich geschmeckt habe?

Sie habe ihn vernascht, stand da. Verschlungen, mit Haut und Haaren …

Das Duschwasser stoppte.

Rasch klappte er das Büchlein zu und warf es hektisch unter das Bett.

Keine Sekunde zu früh. Die Tür wurde geöffnet.

»Na, Lust auf etwas Besonderes?«, fragte die unglaublich attraktive Frau im Türrahmen und bewegte sich langsam zum Bett. Ihre langen schwarzen Haare waren noch ganz nass. Stella sah einfach umwerfend aus. Dann warf sie ihr Handtuch beiseite und schubste Arne auf die Matratze. Stella kroch langsam wie eine Tarantel zu ihm, bewegte erst einen Arm, dann den anderen, dann das linke Bein, dann das rechte, während Arne instinktiv zurückwich. Am Kopfende band Stella blitzschnell seine Hände mit einem weißen Tuch am Bettgestell fest und setzte sich auf ihn. Und während sie sich langsam bewegte, fragte sie: »Hast du eigentlich vorhin diese wunderschöne Spinne auf dem Fußboden bemerkt? Eine *Eratigena atrica.*«

»Nein, glaub' nicht«, war alles, was Arne herausbringen konnte, und Stella stöhnte:

»Weißt du: Spinnen faszinieren mich seit meiner Kindheit. Sie sind so schöne und intelligente Tiere.«

Mist, das passt nicht mit uns beiden, dachte Arne. Das wird nie was! Außerdem hasste er Fesselspiele! Er fühlte sich wie gelähmt.

Dann beugte sich Stella zu ihm hinunter, legte beide Hände um seinen Hals und flüsterte ihm ins Ohr: »Wusstest du eigentlich, dass Spinnenweibchen ihren Geschlechtspartner nach dem Akt verspeisen?«

Die Kuh Elsa

RALF LANO

»Konntest du nicht aufpassen?«

»Spinnst du? Was hätte ich denn machen sollen?«

»Auf die Straße achten, jetzt ist der auch noch tot!«

»Was kann ich dafür, wenn die dämliche Kuh im Weg steht?«

Benny atmete tief durch. Nur die Ruhe, bei Sascha kam man mit Druck selten weiter. Es war ohnehin nichts daran zu ändern, dass der Bauer im Graben lag und ziemlich tot aussah. Daneben stand die Kuh, ebenfalls halb im Straßengraben, und kaute unbeeindruckt am Gras der benachbarten Wiese, als wäre nichts gewesen. Um den Hals trug sie ein buntes Band, das wie selbstgestrickt aussah. Darauf stand: »Elsa«. Es war nicht zu fassen. Benny hatte noch nie eine echte Kuh gesehen und war von der schieren Masse Fleisch beeindruckt. Mit einer Kuh auf einem geteerten Feldweg hatten sie nicht gerechnet und das, obwohl sie in der Eifel unterwegs waren. Die Flucht hierher hatte sich ergeben, weil Saschas Opa einen abgelegenen Bauernhof in der Nähe von Daun besaß. Dort wollten sie zunächst unterkommen und überlegen, was nun zu tun sei.

»Was kann ich dafür, wenn die blöde Kuh mir vor's Auto springt?« Sascha schob die Unterlippe vor wie ein kleiner Junge, dem das Eis runtergefallen war.

»Kühe springen nicht vor Autos, die sind gar nicht schnell genug.«

Tatsächlich hatte die Kuh hinter einer unübersichtlichen Kurve mitten auf dem Weg gestanden. Der Bauer, der jetzt im Graben lag, hatte sie an einer Leine geführt wie in einem kitschigen Heimatfilm. Benny und Sascha stritten in diesem Moment aber darüber, was sie am besten mit dem Geld anfangen sollten. Sascha war es gerade eben noch gelungen, den Jeep mit einer Vollbremsung haarscharf an der Kuh vorbeizusteuern, wobei eines der Hörner eine lange Schramme im Lack der Beifahrerseite hinterlassen hatte. Für den Bauern war die Aktion leider weniger glimpflich abgelaufen. Das ausscherende Heck des Wagens katapultierte ihn wie einen fliegenden Holländer davon. Kopfüber blieb er ein paar Meter weiter im Graben liegen und rührte sich seitdem nicht mehr.

Sascha ging zur Beifahrerseite und betrachtete den Kuhschaden.

»Wenn Yuri das sieht, können wir uns warm anziehen.«

Benny konnte nur den Kopf schütteln. »Hallo? Bodenkontrolle an Sascha! Die Schramme ist nun wirklich unser kleinstes Problem. Darf ich dich daran erinnern, dass wir die Karre genaugenommen geklaut haben und dazu auch die 1,3 Millionen im Kofferraum.«

»Schon klar, aber du weißt ja, wie pingelig Yuri mit seinen Autos ist, selbst wenn es sich nur um die aus dem Fuhrpark handelt.«

Benny atmete erneut langsam durch den Mund. Nur nicht aufregen. Sascha hatte ja durchaus recht. Yuri verzieh nicht die kleinste Beule an einem der Wagen, die zu seinem umfangreichen Fuhrpark gehörten. Allerdings war der Plan sowieso gewesen, das Auto vorläufig in einer Scheune verschwinden zu lassen, die sich auf dem Hof von Saschas Opa befand. Dort war sicherlich genügend Gerümpel vorhanden, um das Auto darunter zu verstecken. Ein Kratzer mehr oder weniger wäre garantiert kein Problem. Das Geld im Kofferraum, das aus einer der diversen kriminellen Aktivitäten Yuris stammte, hatte da schon eine ganz andere Qualität. So langsam kamen Benny Zweifel daran, ob der Diebstahl von Jeep und Geld eine wirklich gute Idee gewesen war. Aber manchmal entwickelten sich die Dinge eben in unerwartete Richtungen. Und dann galt es, schnell und entschlossen zu handeln.

Sascha und Benny hatten immer wieder darüber sinniert, was man alles mit dem vielen Geld anfangen könnte, das sie für Yuri kreuz und quer durch Europa karrten. Sie beide waren bewährte Mitarbeiter in dem umfassenden Kosmos aus Drogen, Erpressung und Prostitution, den Yuri als sein Imperium betrachtete. An diesem Wochenende waren sie als Geleitschutz für Yuris kaum 20-jährigen Cousin Alex eingeteilt gewesen, der langsam ins Familiengeschäft hineinwachsen sollte. Ähnliche Transaktionen hatten Benny und Sascha bereits Dutzende Male eigenverantwortlich durchgezogen. Man fuhr mit Waffen, Drogen oder was auch immer irgendwohin, diesmal nach Frankreich, und brachte eine Tasche mit Bargeld zurück nach Köln. Der Unterschied war in diesem Fall der nervige Alex gewesen, dem es gefiel, den Abziehbildganoven zu geben. Trotz dessen albernem Gangstergetue war in Frankreich alles glatt abgelaufen.

Aber es hatte wohl leider eine undichte Stelle gegeben. Sie hatten im Morgengrauen an der letzten Raststelle vor Köln für eine Pinkelpause gehalten und um zu frühstücken. Wie bei Einsätzen mit mehreren Autos trainiert, parkten sie einige Parkbuchten voneinander entfernt, um kein leichtes Ziel abzugeben. Als Verwandtschaft vom Boss war zuerst Alex auf der Toilette gewesen und hatte sich etwas zu Essen besorgt. Danach waren Benny und Sascha dran. Die eingeübte Prozedur verlangte eigentlich vom Begleitkommando, ihre Geschäfte nacheinander zu erledigen, damit immer einer Alex bzw. das Geld im Blick behalten konnte. Weil es die x-te unspektakuläre Reise dieser Art war, hatte sich ein gewisser Schlendrian eingeschlichen. Deshalb marschierten die beiden erst gemeinsam zum Klo und dann zum Kiosk, der bereits zu dieser frühen Stunde geöffnet hatte. Alex winkte nur lässig, als sie an ihm vorbeigingen.

Als sie anschließend mit Kaffeebechern und belegten Brötchen bewaffnet zu ihrem Auto zurückkehrten, gab es allerdings ein Problem: Alex' Kopf hing in einem für einen menschlichen Hals unmöglichen Winkel aus dem fast komplett heruntergefahrenen Seitenfenster. Der Kofferraum stand offen, und eine Gestalt machte sich darin zu schaffen. Sascha, der generell eine sehr kurze Zündschnur hatte, reagierte am schnellsten. In einer fließenden Bewegung flog der Kaffeebecher davon und die Pistole mit dem Schalldämpfer, die er in einem

Schulterholster trug, erschien in seiner Hand. Die Waffe gab zweimal ein hustendes Geräusch von sich, und die Gestalt sank im Kofferraum zusammen.

»Scheiße!« Sascha sicherte seine Waffe. »Was ist das denn für ein Mist?!«

Benny hielt sich nicht lange mit Vermutungen auf, sondern sah zunächst nach Alex. Schnell war klar, dem konnte kein Arzt der Welt mehr helfen. Sein Genick war präzise über der Kante des herabgelassenen Fensters gebrochen.

»Scheiße, Scheiße, Scheiße, was machen wir denn jetzt?« Aus purem Reflex tastete Sascha am Hals von Alex nach dem Puls, ohne Erfolg.

Benny ließ ihn stehen, um nach dem Typen im Kofferraum zu sehen. Saschas ständiges Üben mit der Pistole zahlte sich aus, beide Kugeln hatten getroffen, eine in den Oberkörper, die andere in den Kopf. Benny sah sich um, es war noch ziemlich dunkel. Auf dem Parkplatz standen nur ihre beiden Autos sowie ein großer SUV mit holländischem Kennzeichen, der vermutlich dem Angreifer gehörte. Das ergab Sinn, Amsterdam war eines der häufigeren Ziele für Yuris Geschäfte. Aufgrund der tiefen Verflechtungen mit diversen Gangs und Syndikaten war es durchaus möglich, dass jemand Wind bekommen hatte von der fetten Beute, die sie eskortierten.

»Was machen wir denn jetzt?«, wiederholte Sascha.

Bennys Gedanken rasten. Alex' Tod war mehr als ein GAU, in Sachen Familie verstand Yuri noch weniger Spaß als bei seinen Autos. Da würde es wahrscheinlich auch nicht weiterhelfen, dass Sascha den Angreifer eliminiert hatte. Ihr Auftrag war vollkommen klar gewesen: Alex bewachen und sowohl Cousin als auch Geld wohlbehalten nach Köln zurückzubringen. Das Geld befand sich zwar unter dem Erschossenen im Auto, aber Alex konnten sie nur noch als Leiche abliefern. Benny sagte das, was ihm durch den Kopf ging:

»Wir müssen verschwinden, das wird Yuri uns niemals verzeihen.«

»Scheiße Mann!« Sascha trat gegen das Hinterteil, das aus dem Kofferraum vor ihm aufragte. »Und wie stellst du dir das vor?«

Benny kam eine Idee. »Du hast mir doch letzte Woche von deinem dementen Opa in der Eifel erzählt, weiß noch jemand davon?«

»Was? Nein, meine Eltern sind vor meiner Geburt nach Köln gezogen, wir sind nur selten hingefahren. Ich wüsste nicht, wem ich das erzählt haben sollte. Mein Opa ist nicht mehr ganz richtig im Kopf, meine Eltern sind gestorben, sonst haben wir keine Verwandten, und ich bin sein einziger Enkel. Deshalb hat mich ja auch sein Hausarzt angerufen, damit ich mich um ihn kümmere. Aber was soll ich mit einem alten Mann mit matschiger Birne anfangen, den ich seit Jahren nicht mehr gesehen habe?«

»Du hast doch gesagt, da gibt es einen alten Bauernhof?«

»Ja klar, der Hof war schon vor Jahren ziemlich runtergekommen. Ein Aussiedlerhof mit großem Haus und jeder Menge Scheunen, Viehställen und so, irgendwo in der Pampa bei Daun. Wenn mein Opa mal gestorben ist, kann ich das bestimmt an irgendwelche Romantiker aus der Stadt verkaufen.«

»Große Scheunen?«

»Ja, hab ich doch gesagt.«

»Perfekt. Gibt es einen Pflegedienst, der nach deinem Opa schaut?

»Nicht dass ich wüsste, das soll ich ja organisieren. Bin ich Krankenschwester oder was?«

Benny schaute zur Tankstelle mit Kiosk, nach wie vor war alles ruhig. Es sah nicht so aus, als ob irgendjemand etwas von der Aktion mitbekommen hatte. Gemäß Yuris Anweisungen parkten sie weit genug weg vom Gebäude, um den Überwachungskameras zu entgehen.

»Nimm das Geld und pack es in den Jeep«, sagte Benny. »Dann verstauen wir den Idioten hier im Kofferraum und lassen Alex' Sitz nach hinten, damit es aussieht, als ob er schläft.«

»Häh, und was dann?« Sascha stand zwar ständig unter Strom, sein Hirn lief aber leider nur auf einer Phase.

Dafür wurde für Benny der Plan immer klarer.

»Wir statten deinem Opa einen Besuch ab.«

»Wir machen was?«

»Wir schnappen uns das Geld und tauchen in der Eifel unter. Da dürfte uns fürs erste keiner suchen, wir können überlegen, was wir mit dem Geld anfangen und wohin wir uns absetzen. Dein Opa hat doch bestimmt ein Auto, damit wären wir auch ohne den Jeep mobil, den verstecken wir.«

Benny konnte sehen, wie der Funke in Saschas Hirn zündete. »Meinst du, das funktioniert?«

»Wenn du eine bessere Idee hast, dann raus damit. Wenn Yuri erfährt, dass Alex tot ist, können wir niemals genug Geld anschleppen, um das auszugleichen. Wir müssen von der Bildfläche verschwinden.«

Sascha sah von Benny zu dem Toten im Auto. »Oh Mann, ich hatte mir den Tag echt anders vorgestellt.« Er gab dem Attentäter einen weiteren saftigen Tritt.

»Ich auch, und jetzt schnapp dir die Tasche und verstau den Kerl hier, ich kümmere mich um Alex.«

Die Aktion ging routiniert über die Bühne. Einige Minuten später stand Alex' Wagen harmlos auf dem Parkplatz. Benny hatte Alex' Kopf so zurechtgebogen, dass es halbwegs natürlich aussah. Ein zufälliger Passant würde nur einen Schlafenden im Auto vermuten. Die kleine Blutlache hinter dem Wagen konnte als Ölfleck durchgehen.

Keine Viertelstunde später waren sie wieder unterwegs. An der nächsten Abfahrt wechselten sie die Fahrtrichtung, zügig ging es zur A 1 und in die Eifel. Bis die Kuh Elsa im Weg stand.

Sascha kickte einen Stein durch die Gegend. »Und was jetzt, Herr Superplaner?«

»Au Mann.« Benny hatte wirklich Mühe, seine Atmung im Griff zu behalten. Er betrachtete das Gesamtpanorama aus Bauern im Graben, der schräg dastehenden Kuh, Sascha und dem zerschrammten Wagen.

»Wir nehmen den Toten erstmal mit zum Hof deines Opas. Hier kann er nicht bleiben, falls jemand vorbeikommt.«

»Und die Kuh?

»Die binden wir mit dem Strick hinten an und fahren eben langsam. Es gibt doch auch Ställe, hast du gesagt?«

»Ja.«

»Na also, auf geht's.« Benny schritt zur Tat und öffnete die große Hecktür des Geländewagens. Danach ging er zum Bauern.

Sascha folgte ihm, blieb aber vor der Kuh stehen. »Elsa, was ist denn das für ein bescheuerter Name für eine Kuh?«

Benny ignorierte ihn. Er ging in die Knie, um nach dem Mann zu sehen. Überrascht stellte er fest, dass der noch atmete. Wie es schien, kam der Bauer sogar langsam wieder zu sich, jedenfalls murmelte er vor sich hin.

»Der lebt noch«, stellte Benny fest.

»Oh Mann, und jetzt? Den können wir ja wohl schlecht am Leben lassen.«

Schon hatte Sascha die Pistole in der Hand. Elsa hob unbeeindruckt den Schwanz und ließ einige kräftige Fladen auf den rissigen Asphalt fallen. Klatschend verteilte sich die braune Pampe, einige Spritzer landeten auf Saschas Hose.

Sascha explodierte. «Du dämliches, blödes Mistvieh, heute ist bestimmt nicht mein Tag, aber deiner ist es auch nicht.« Er zielte auf den Kopf der Kuh.

»Nicht, lass sie in Ruhe, sonst haben wir eine tote Kuh zu entsorgen!«, schrie Benny. »Die ist schwer!«

Dann geschahen die Dinge sehr schnell. Die Kuh sah erschrocken zu Benny herum und streifte dabei Saschas Hand mit der Pistole. Der Schuss, der eigentlich für Elsa bestimmt war, löste sich. Unglücklicherweise änderte sich damit auch der Schusswinkel nach rechts, die Kugel traf Benny genau zwischen die Augen. Das letzte, was er bewusst wahrnahm, war das Halsband mit dem Schriftzug ›Elsa‹. Die Kuh wiederum erschrak und machte einen Satz nach vorne. Da sie bereits etwas schief im Graben stand, verlor sie den Halt und stürzte auf den verdutzten Sascha. Er konnte gerade noch einen zweiten Schuss abgeben, der Elsa im Genick traf.

Sascha wollte noch »Du verdammtes Mistvieh« schreien, doch Elsa war schneller und begrub ihn komplett unter sich. Sascha hatte keine Chance, die Kuh lag auf ihm und brach ihm mehrere Knochen. Die Luft wich aus seinen gequetschten Lungen, zuerst tanzten Sterne vor Saschas Augen, dann nichts mehr.

Elsa zuckte ein letztes Mal mit den Beinen. Einige Augenblicke später kam der Bauer zu sich. Mühsam kämpfte er sich auf die Knie. Die komplette rechte Seite schmerzte. War da nicht etwas mit einem Auto gewesen? Er schüttelte den Kopf, um den Blick freizubekommen. Als nächstes sah er seine Kuh, die, halb auf dem Rücken liegend, alle viere von sich streckte. Unter ihr schauten ein paar menschliche Beine hervor.

»Was zum ...« Der Bauer drehte sich langsam zur Seite. Seine Augen weiteten sich, dort lag ein weiterer Mann neben einem Auto. In der Mitte der Stirn hatte er ein kreisrundes Loch, aus dem etwas Blut sickerte. Was für eine Art von Alptraum war das denn?

Der Bauer rappelte sich auf und humpelte am Auto vorbei, um zur Kuh zu gelangen. Sein Blick blieb am offenen Heck hängen. Aus einer Tasche quollen Bündel mit kunterbunten Euro-Scheinen hervor.

Der Mann beugte sich in den Jeep hinein. Er sah sich nach Benny um, dem sickerte aber weiter nur Blut aus der Stirn. Zwei dicke Bündel mit Fünfhundertern verschwanden in seiner blauen Arbeitsjacke.

»Das ist für Elsa!«

Venn

Elke Pistor

Die Kommissarin setzt sich neben mich auf die Bank. Ich will gerade wieder aufbrechen und meinen Weg beenden, den ich heute früh noch in der Morgendämmerung begonnen habe. Es wird Zeit.

»Herr Doven«, sagt sie leise. Sie ist rücksichtsvoll. Vermutlich hat sie es in einer Schulung gelernt, wie sie sich in so einer Situation zu verhalten hat.

Vor uns erstreckt sich die weite Ebene der Landschaft. Die weißen Blüten des Wollgrases schweben an vereinzelten Stellen wie kleinen Wolken über der weiten grünen Fläche. Moorheide und Wieseneggen wachsen neben anderen Sumpfpflanzen, und ab und an reckt sich eine Kiefer dem Licht entgegen. Ich verliere mich in dem Anblick und in meinen Gedanken.

»Ein paar Fragen noch.« Sie hebt in einer Geste die Hände, die Bedauern ausdrückt, als sei es ihr unangenehm, mich erneut zu belästigen. »Sie haben vorhin gesagt, Sie würden hier im Venn regelmäßig gemeinsam wandern.«

»Das stimmt.« Meine Kehle schmerzt. Ich möchte schweigen dürfen. Ich hebe meine Wasserflasche an die Lippen, lasse sie aber wieder sinken. Der Schmerz hält mich.

»Das heißt, Sie kannten sich gut.«

»Wir sind Freunde.« Wieder verfängt sich mein Blick in der Weite der Landschaft. Würde man den Weg von der Bank, auf der ich mit der Kommissarin sitze, aus, hundert Meter weiter nach rechts gehen, stieße man auf ein Schild, das diese Ebene als Imgenbroicher Venn benennt. Ginge man ein paar Meter weiter nach links, wartete neben einem Hinweisschild der Beginn eines der Wanderstege durch das Moorgebiet. Ich frage mich, warum mir dieses Schild gerade jetzt einfällt, und kenne die Antwort. Es lenkt mich ab, hindert mich daran, an das zu denken, was gerade geschehen ist. Ich senke den Kopf. »Wir waren Freunde, muss ich ja jetzt wohl sagen.«

»Und Ihnen ist im Vorfeld nichts aufgefallen?«

»Was hätte mir auffallen sollen?« Ich sehe der Kommissarin zum ersten Mal direkt in die Augen. Aus ihrer Sicht ist die Frage nachvollziehbar. Sie versucht dieses Knäuel aus Grauen und Unfassbarem zu entwirren. Sie will es verstehen. Das ist ihr Job. Sie weiß, wenn ein Mensch so etwas tut, gibt es vorherige Anzeichen. Signale, Hinweise, irgendetwas. Manchmal deutlich, manchmal nur still und schwer erkennbar. Vielleicht weiß sie es aber auch nicht, und ich irre mich.

»Gab es ein ungewöhnliches Verhalten? Hat er irgendetwas gesagt? War sie anders als sonst?«

»Nein.«

Die Kommissarin legt ihre Hände in den Schoß und wartet darauf, dass ich weiterspreche. Es fällt mir schwer.

Beinahe fünfundzwanzig Jahre kannten wir uns, Marcus und Andrea, Claudia und ich. Nicht aus Kindertagen, und es war auch keine Jugendfreundschaft. Die hätte wahrscheinlich nicht so lange gehalten. Denn zu keinem meiner Freunde aus der Schulzeit habe ich noch Kontakt. Wir haben uns alle aus den Augen verloren. Ich weiß nicht, ob es heute noch so ist, aber zu meiner Zeit ist kaum jemand hiergeblieben. Die Kindheiten wild und frei, zwischen Bäumen, auf Wiesen, an Bächen, mit Banden, deren Koalitionen ständig wechselten, die sich bekriegten mit Schlachten aus Schlamm und Schneebällen, die sich befriedeten an Martins- oder Kartoffelfeuern. Mit vierzehn begannen wir die Enge der Dörfer zu merken, mit fünfzehn zogen uns die Städte in den Bann, die erst mit bestandenen Fahrprüfungen und alten Autos zu erreichbaren Zielen wurden. Wer Abitur machte, ging fort. Weg aus der Enge der Dörfer, der Höfe und der kleinen Städtchen. Hinaus in die Welt, die für einige schon in der nächsten Großstadt ihre Grenzen fand, für wenige andere über Kontinente hinweg führte. Heute, vierzig Jahre später, kehren sie nur noch zu Familienfesten heim. Erben die Elternhäuser, entdecken mit dem Blick der Lebenserfahrenen auf einmal in der alten Landschaft ihre Wurzeln wieder. Einige kappen diese Bindung endgültig und machen nur kurz Station. Andere bleiben. Ich war immer im Dazwischen. Hatte die Grenzen meiner Welt nie weit genug gedehnt, um das Band zu zerreißen. Hatte mich nie befreit. Nie entwurzelt. Lebte in zwei Welten. In der Stadt, in der ich nach dem Studium geblieben war, wo ich wohnte und arbeitete, wo meine Frau und meine Kinder lebten, war ich erfolgreich, mit der Karriere beschäftigt, immer auf dem Sprung, Haus, Kinder, Hund, Wochenmarkt am Samstag, Theater am Sonntag. In der anderen Welt, meiner alten Welt, der Heimat, wie ich sie auch nach all den Jahren des Weggangs noch nannte, atmete ich tiefer, griffen meine Schritte mehr Raum, fanden meine Tritte mehr Halt. Für den letzten Schritt, die Heimkehr, fehlte mir der Mut.

Die alten Freunde, die in der Eifel geblieben sind, haben sich verändert. Sehen andere Landschaften, gehen andere Wege, leben andere Leben. Keine Anknüpfungspunkte mehr als die immer blasser werdenden Erinnerungen. Also bringt man das Neue mit in das Alte. Die neuen Freunde mit ihren eigenen Erinnerungen an andere Heimaten im Norden oder Süden oder Osten. Für die die Eifel nichts anderes ist als eine schöne Landschaft. Ein Naturerlebnis. Ein Naherholungsgebiet.

Marcus war so ein neuer Freund, trotz der Jahre, die wir gemeinsam verbracht haben. Wir haben uns in der Stadt über die Kinder kennengelernt. Als sie klein waren. Als aus den Zweckgemeinschaften auf den Spielplätzen der Vorstädte Freundschaften erwuchsen. Über die Kinder und die Frauen bis hin zu uns.

»Sie sind doch in einem Wagen hierhergefahren.« Die Stimme der Kommissarin ist lauter als vorhin. Eindringlicher. Vielleicht kommt es mir aber auch nur so vor.

»Das machen wir in der Regel so.« Nun trinke ich doch einen Schluck Wasser. Sonst könnte ich nicht weitersprechen. »Oft kommen wir mit zwei Autos. Wenn die anderen auch mitkommen.«

»Die anderen?«

»Wir sind oft zu acht. Vier Paare.«

»Und diesmal?«

»Diesmal nicht. Wir waren nur zu dritt.«

»Weshalb?«

»Ohne Grund. Es kommt vor. Wir alle haben Termine. Brauchen Tage ganz für uns allein. Die anderen Pärchen hatten keine Zeit. Oder keine Lust. Oder beides.«

»Was ist mir Ihrer Frau?«

»Claudia liegt zuhause im Bett.«

»Wollte sie nicht mit?«

Ich kneife die Augen zusammen, bevor ich wieder auf die weißroten Flatterbänder und den rasch errichteten Sichtschutz schaue, hinter denen Marcus nun auf der Erde liegt. Ich denke darüber nach, wie der Gerichtsmediziner ihn jetzt untersucht. Wie er die Beweise sichert. Wie der Fleck auf seiner Brust jetzt aussieht. Sein Blut. Aber ich will mir das alles nicht vorstellen. Auch nicht, wo Andrea jetzt ist. Sie haben sie festgenommen und fortgebracht.

»Worüber haben Sie gesprochen während der Anreise?«

Ich betrachte den Käfer, der über meinen Schuh krabbeln will und immer wieder abrutscht.

»Nichts. Alles. Über die bevorstehende Wanderung. Scherze. Über andere Ausflüge, die wir gemacht haben. Über unseren Proviant. Belangloses.«

»Gab es Anzeichen?« Wieder diese Frage. Diesmal nur in anderen Worten.

»Nein.« Ich sage es schnell. Hastig. Aber einem einzelnen Wort kann man nicht anhören, was es alles bedeutet. Vor allem, wenn man das Gegenüber nicht kennt, nicht weiß, wie es klingt, wenn es anders ist. Weniger schuldbewusst.

Hätte ich es verhindern können? Andrea vor ihrer Tat bewahren? Hätte ich aus einem ihrer Worte, einer ihrer Gesten, dem unvermittelten Schweigen das Bevorstehende herauslesen können? Hätte ich Marcus' Tod durch die Hand seiner Frau aufhalten können? Man muss einen Menschen gut kennen, um das zu können. Lange die Facetten des anderen studiert haben.

Hätte man mich nach dem genauen Datum gefragt, seit dem wir befreundet waren, hätte ich eine Antwort darauf gehabt: Unsere Freundschaft begann am Nachmittag des elften September Zweitausendeins. Die Frauen hörten auf der Heimfahrt vom Turnen unserer Töchter im Autoradio von den Ereignissen, schickten die Kinder zum Spielen hinauf und klebten am Bildschirm, bis auch wir, in atemlosen Telefonaten informiert, unsere Schreibtischsessel verließen und nach Hause kamen. Es war dieses Gefühl des zu diesem Punkt noch namenlosen Schreckens, das uns zusammenbrachte. Die Fassungslosigkeit. Die Ahnung des entstandenen und drohenden Verlustes der über Menschenleben weit hinausging. Bricht die Welt zusammen, zieht der Mensch sich in seine innersten Kreise zurück. Sucht Vertrauen, Halt und Sicherheit. Wir blieben an diesem Tag lange zusammen. Saßen um den Tisch, aßen, tranken, redeten, schwiegen. Aus dem Nachmittag wurde Abend, wurde Nacht. Wir schauten immer wieder auf die Bilder auf dem flackernden Schirm und dann uns an. An diesem Tag wurde aus der losen Bekanntschaft Freundschaft.

Hätte ich Andreas Tat verhindern können? Immer wieder bohrt es in mir. Frisst. Wie nah muss man einem Menschen sein, um zu spüren, wann die Grenze überschritten ist? Das Erträgliche ins Unerträgliche gewachsen ist. Der Schmerz des Soweitermachens, den der einer unauslöschbaren Schuld um ein Hundertfaches übertrifft.

Wenn wir uns trafen, saßen meist die Männer an einem Ende des Tisches zusammen und die Frauen am anderen. Es hatte Versuche gegeben, eine bunte Runde, eine abwechselnde Sitzordnung zu etablieren, aber die war regelmäßig an Überkreuzgesprächen gescheitert, bei denen wir immer lauter wurden, ohne uns richtig zu verstehen. Wir alle gingen auf die Silberhochzeiten zu. Hatten es geschafft, der Statistik zu trotzen, nach der mindestens eine Ehe unseres Freundeskreises schon auseinander gegangen sein müsste. Natürlich hatte es Krisen gegeben. Bei uns allen. Immer wieder. Wegen der Kinder, wegen der Eltern, wegen der Arbeit, dem Leben, der Welt. Meine Ehe mit Claudia hatte mehr als einmal auf der Kippe gestanden. Nach einem unserer gemeinsamen Urlaube blieben ihre Koffer unausgepackt. Bereit, direkt weiterzuziehen in ein anderes Leben. Ein Leben ohne mich, das ihr in diesem Moment als einzige Lösung schien. Wir redeten, schrien, schwiegen. Und dabei wurde das Schweigen zu meiner, zu unserer Rettung. Wie viel kann missverstanden werden, wenn es ausgesprochen wird? Wie viele Verletzungen verursachen Worte? Wir schlossen unseren Streit ein. Hüllten ihn in Schichten weicher Zeit, wie ein Körper ein Krebsgeschwür abkapselt.

Marcus und Andrea hatten ihre Krisen hinter den Türen ihres großen Hauses verschlossen. Sie hatten kein Geheimnis daraus gemacht, aber auch keinen

Gesprächsgegenstand. Die Frauen redeten ab und an, schlossen uns Männer aus.

Wenn wir Männer darüber sprachen, dann immer nur im Tonfall des nicht ganz Ernsten mit einem Hauch von Ironie und Schlüpfrigkeit, als könnten Probleme die Bilder von uns, die wir den anderen vermitteln wollten, zerstören.

Für Marcus galt es immer oben auf der Leiter zu stehen. Karriere, Status, Geld. Er war ein Getriebener. Das beginnende Alter traf ihn am härtesten von uns allen. Er kämpfte dagegen an. Mit ungezählten Stunden Sport, Diäten, mit Radiosendern, die eigentlich unsere Kinder hörten. Er sah sich als Konkurrent der jungen Männer, die unsere fast erwachsenen Töchter mit nach Hause brachten. Hielt sich für stärker, schneller, fitter als die Mittzwanziger.

Vielleicht war das, was passierte, unausweichlich. Ein Klischee ist deswegen ein Klischee, weil es schmerzhaft oft der Wahrheit entspricht. Der Mann in der Mitte seines Lebens sucht sich eine andere Frau. Eine, die ihn anders ansieht, die ihn bewundert, die ihn sich jung fühlen lässt, damit er sich selbst nicht sehen, nicht verachten, nicht fühlen muss.

Es dauerte, bis ich die Veränderung an Marcus bemerkte. Wir trafen uns nur in unregelmäßigen Abständen, seit wir alle aus der Spielstraße, deren Reihenhäuser wir als junge Familien bezogen hatten, fortgezogen waren. Freistehend als nächste Stufe des Erfolges. Von Treffen zu Treffen wirkte er für Momente beschwingter, fröhlicher, bevor er die verräterische neu erwachte Lebenslust verbergen konnte und die Verfehlung durch seine bewusste Zurückhaltung deutlicher wurde, als es jedes Lachen hätte sein können[redacted]

Ja. Ich hatte es bemerkt. Ich bin selbst ein Mann und kenne die Versuchung. In meinem Beruf bin ich viel unterwegs. Auf Messen, Kongressen, Tagungen. Über mein Aussehen mache ich mir nichts vor. Ganz passabel gehalten ist freundlich beschrieben, gutaussehend wäre Selbstbetrug. Die Zeit für Sport nehme ich mir nicht, hoffe, meine gute Konstitution verzeiht mir diese Ignoranz noch einige Jahre. Den Bauchansatz halte ich im Zaum und verdecke ihn durch Maßanzüge. Claudia handhabt es anders. Sie achtet auf sich. Ernährung, Training, Auszeiten. Es bekommt ihr gut. Sie hat abgenommen, wirkt jünger, beschwingter.

Ihr Bemühen, mich zu motivieren, Sport zu treiben, zeigte keinen Erfolg. Es liegt nicht an ihr. Ebenso wenig kann sie etwas dafür, dass ich nach einem gesunden Essen oft aufstehe und mir Süßigkeiten in den Mund schiebe.

Trotzdem hindert das die Frauen auf den Messen, Kongressen und Tagungen nicht daran, mir Avancen zu machen. Manche sehr diskret, manche sehr direkt. Warum sie mich auswählen? Ich weiß es nicht. Weil ich greifbar bin? Weil sie es können? Oder sich etwas beweisen wollen? Aber es ist mir noch nie in den Sinn gekommen, diesen Verlockungen nachzugeben. Nein, halt. Das stimmt nicht. Ich habe darüber nachgedacht. Es schmeichelt mir, es lässt für Momente Bilder aufblitzen. Verschwitzte Haut, Ekstase, Freiheit. Aber ich weiß, es würde nicht so sein, wenn ich es zuließe. Der Preis wäre mir zu hoch. Ich habe mich eingerichtet in der Ehe mit Claudia. Bin treu und solidarisch. Verrat und Vertrauensbruch passen nicht in mein Leben.

Marcus hatte diese Bedenken nicht. Er hat es getan. Tat es immer noch. Ohne etwas zu erwähnen. Kein Wort, weder ironisch, noch schlüpfrig, nichts. Und ich habe nicht gefragt. Weil ich es nicht wissen wollte. Weil ich nichts an unserem Status quo verändert sehen wollte. Es war gut so wie es war. An der Oberfläche. Auch wenn es nicht gut war, genügte es mir. Es würde genau so wieder gehen, wie es gekommen war. So wie viele Krisen gekommen und gegangen waren. Ich nahm es hin als sein Freund, akzeptierte es, weil man einen Freund mit allen seinen Facetten annehmen muss. Je länger dieser Zustand anhielt, je steter aus dem Besonderen Alltägliches wurde, wich die Erleichterung darüber, dass er sich mir gegenüber nicht offenbarte, dem Gefühl des Enttäuschtseins. War ich es nicht wert, ins Vertrauen gezogen zu werden? War ich nicht derjenige, zu dem er gehen, sich alles von der Seele reden und seine Geheimnisse offenbaren konnte? War nicht ich es, vom dem er einen freundschaftlichen Rat erwarten durfte? Als ich schließlich die Wahrheit begriff, kam die Wut.

All das wollte ich ihn fragen. Wollte mit ihm sprechen. Ihn zur Rede stellen. Ahnte er etwas? Hatte er Andrea heute als eine Art Schutzschild mitgenommen? Ein Wall gegen meine Fragen?

Ich habe die Kommissarin belogen. Ich war ein Stückchen hinter den beiden gewesen, weil ich mich zwischen den Bäumen hatte erleichtern wollen. Es waren nur wenige Meter. Ich war nicht überrascht und geschockt gewesen, als ich schließlich wieder dazustieß, weil ich es von Anfang an gesehen habe.

Wie sie hinter ihm ging. Wie sie etwas sagte. Erst leise, dann immer lauter, bis sie ihn schließlich anschrie. Wie er nicht anhielt, sich nicht zu ihr umdrehte, sie einfach ignorierte und wegging. Wie sie das Messer zog. Ich hatte das Messer oft in der Hand gehalten, wenn wir gemeinsam kochten. Ich habe es heute in der Hand gehalten, um ein Stück des mitgebrachten Schinkens abzuschneiden, den wir gemeinsam gegessen haben. Ein langes, scharfes Kochmesser, das Fleisch und Sehnen wie Butter durchtrennte.

Ich begriff. Wusste was geschehen würde in der Sekunde bevor es geschah. Ich sah, wie sie die Hand mit dem Messer hob, wie sie von hinten auf Marcus einstach, unterhalb seiner Rippen, sie schlug ihn, und als er sich endlich umdrehte – mehr verwundert als in Panik – riss sie es heraus und stach in seinen Bauch, neben seinem Brustbein auf Herzhöhe, und schrie. Er hob die Hände, versuchte Andrea abzuwehren, stieß sie fort.

Ich wollte nicht, dass sie ihn tötet. Aber ich tat nichts.

Ich verharrte. Nur wenige Meter entfernt. Ich stand nah, konnte die Angst in seinen Augen sehen. Hörte sein gegurgeltes Flehen um Hilfe. Aber ich rührte mich nicht. Schloss nur für einen Moment die Lider, als der wahre Schrecken mich erreichte.

Die Erinnerung lässt mich zittern. Ich bin selbst wie tot. Höre nichts, wenn ich in mich hineinhorche. Keine Emotionen.

»Brauchen Sie Hilfe? Wir können dafür sorgen, dass Sie schnell mit einer Psychologin sprechen können.«

Die Kommissarin wirkt gleichzeitig zugewandt und auf dem Sprung. Ich schüttle den Kopf. Ich werde mit dem, was folgt, allein zurechtkommen müssen.

»Danke. Es geht schon.« Ich stehe von der Bank auf. Meine Knie fühlen sich weich an, als wären wir nicht nur ein paar Kilometer gewandert, sondern viele Stunden. Die Kommissarin erhebt sich gemeinsam mit mir. Sie greift in ihre Jackentasche, zieht eine Visitenkarte hervor und reicht sie mir.

»Wenn Ihnen noch etwas einfällt, oder wenn Sie doch noch Hilfe brauchen sollten, melden Sie sich bitte.« Sie zögert, bevor sie weiterspricht. »Ich werde mich auf jeden Fall noch einmal bei Ihnen melden.«

Sie drückt mir ihre Visitenkarte in die Hand. Wieder mache ich eine stumme Geste des Einverständnisses. Das Papier der Karte ist glatt und kühl.

Dann gehe ich. Verlasse diesen Ort.

In den nächsten Tagen, vielleicht sogar schon in den nächsten Stunden wird die Kommissarin meine Nummer wählen, weil sie noch eine Frage hat, oder zwei. Ich werde das Gespräch nicht annehmen. Werde ihr auch nicht die Tür öffnen, wenn sie an der Haustür klingelt. Es wird niemand öffnen. Die Kommissarin wird am nächsten Tag wiederkommen und erneut vor verschlossener Tür stehen. Wahrscheinlich wird unsere Zugehfrau sie anrufen. Voller Entsetzen über das, was sie vorgefunden hat. Claudia liegt bei uns zuhause im Bett. Ganz wie ich es der Kommissarin gesagt habe. Sie ist tot. Ich habe sie erschossen. Verrat und Vertrauensbruch passen nicht in mein Leben.

Ich hätte Andrea zuvorkommen sollen. So, wie ich es von dem Moment des Verstehens an geplant hatte. Der

Moment, in dem ich begriff, mit wem Marcus ein Verhältnis hatte. Und warum Claudia sich so veränderte.

Ich habe es geplant. Lange überlegt. In meinen Gedanken die Worte gehört, die gesagt werden könnten. So lange, bis ich sie nicht mehr hören wollte. Die Erklärungen und Entschuldigungen. Die Vorhaltungen und Vorwürfe. Die Pläne. Seine Pläne. Nein. Wir beide auf der Wanderung im Moor. Allein. Erst die Aussprache, dann die Konsequenz. Dass Andrea unbedingt mit uns gehen wollte, hätte ich verhindern müssen. Hätte sie schützen müssen, als Freund wäre das meine Pflicht gewesen. Irgendetwas sagen von Aussprache und Männergesprächen. Aber ich habe es nicht getan. Warum nicht? War sie mein Schutzschild statt seiner? Ich weiß es nicht. Jetzt ist es zu spät. Eine Schuld mehr. Eine große Schuld. Meine Finger berühren das Metall der Waffe in meiner Jackentasche. Ich werde jetzt aufbrechen und meinen Weg beenden, den ich heute früh noch in der Morgendämmerung begonnen habe.

Es wird Zeit.

Hinke-Thorsten

Marcus Recktenwald

Nico Kollmann drehte den Zündschlüssel und der Motor erstarb. Nach kurzer Stille begannen die Vögel im umliegenden Wald wieder zu zwitschern, nur unterbrochen vom leisen Knacken des abkühlenden Motors. Hier würde man die Karre so schnell nicht finden, zumindest nicht, so lange ihr Besitzer im Kofferraum nicht anfangen würde zu stinken. Nico hatte ein Auto gebraucht, der Typ hatte eins gehabt – so einfach war das. So war es immer gewesen.

Für Nico Kollmann hatten Menschen nur so lange einen Wert, wie sie von Nutzen waren. So wie Thorsten Schellenberg, Hinke-Thorsten, der Idiot aus der Nachbarzelle. Hinke-Thorsten fehlte der rechte Unterschenkel. Verdammter Krüppel.

Die Jungs erzählten sich, er hätte einen Juwelier ausgenommen. Aber die Beute war nie wieder aufgetaucht. Und eines Tages erzählte Hinke-Thorsten Nico dann, wo er sie versteckt hatte. Ausgerechnet ihm! Obwohl Nico ihm täglich das Leben zur Hölle machte. Vollidiot. Nico hatte gelächelt, ihm brüderlich den Arm um die Schulter gelegt und ihm anschließend mit einer abgebrochenen Zahnbürste sein armseliges Leben aus dem Körper gehackt.

»Tu bitte meiner Mutter nicht weh«, hatte der Jammerlappen noch gewimmert und war dann mit einem seltsam verzerrten Lächeln auf den Lippen krepiert. Was für ein Muttersöhnchen. Nico lachte trocken auf. Als ob ihn irgendeine alte Schabracke interessieren würde. Zwei Wochen später war er geflohen und direkt hierhergekommen. Sämtliche Bullen des Landes waren ihm inzwischen auf den Fersen. ›Bewaffnet und gefährlich‹, hieß es. Darauf kannst Du einen lassen, dachte Nico. Aber wenn alles nach Plan lief, wäre er in ein paar Tagen mit neuen Papieren irgendwo in Thailand und hätte genug Kohle, um bis ans Ende seiner Tage durchzusaufen und zu -vögeln.

Er trat aus dem Wald und blickte einen Hügel hinab in das kleine Eifeldorf. Zeit, der alten Dame einen Besuch abzustatten.

Nico betrachtete das Haus. Armseliger Bau. Kein Wunder, dass Thorsten so ein Versager geworden war. Kollmann hob den Finger und drückte den Klingelknopf. Er lauschte auf die Glockentöne hinter der Haustür und wartete. Sollte die Alte Ärger machen, würde er ihr das schnell austreiben. Schlurfende Schritte näherten sich von innen.

Die Haustür öffnete sich einen Spalt und ein von grauen Haaren umrahmtes, runzliges Gesicht erschien. Hellblaue Augen musterten ihn abschätzend. Nico Kollmann setzte das auf, was er für sein strahlendes Lächeln hielt, glich dabei aber eher einem zähnefletschenden Wolf.

»Hallo Frau Schellenberg ...« Er kam nicht weit.

»Thorsten!« Glücklich lächelnd riss Anneliese Schellenberg die Haustür auf. »Das ist aber schön, dass Du mich besuchen kommst!« Sie breitete die Arme aus, ging auf ihn zu und umarmte ihn herzlich. Ebenso gut hätte sie einen toten Baum in die Arme schließen können, aber das schien sie nicht weiter zu stören. »Komm rein«, sagte sie. »Ich mache uns erst mal eine schöne Tasse Kaffee und dann koche ich Dir Dein Lieblingsessen.« Sie marschierte ins Haus. »Es ist so schön, Dich zu sehen«, rief sie dabei fröhlich über die Schulter.

Nico gab ein paar brabbelnde Laute von sich. Dann verstand er: Die Alte war vollkommen dement! Gaga in der Birne. Nur noch Schaum im Hirn. Das könnte die Sache extrem vereinfachen. Abgesehen davon hatte er lange nichts Vernünftiges mehr gegessen und mächtig Kohldampf.

Grinsend ging er ins Haus und schloss die Haustür. Mal sehen, was das Lieblingsessen vom lieben Thorsten gewesen war …

Nico Kollmann schob den Teller von sich und schmatzte zufrieden. Die alte Schachtel war vielleicht weich in der Birne, aber kochen konnte sie noch.

»Komm, nimm doch noch ein Stück Braten, Thorsten.« Anneliese Schellenberg griff zum Messer und begann, eine weitere Scheibe abzuschneiden, aber Nico wedelte abwehrend mit den Händen.

»Ich kann wirklich nicht mehr, Mama«, sagte er. Anfangs hatte er sich damit etwas schwergetan, aber inzwischen ging ihm das recht leicht über die Lippen. Irgendwie fand er die ganze Sache mittlerweile sogar ziemlich witzig.

[redacted]

»Na gut«, sagte sie und fing an abzuräumen. »Ich spüle dann mal ab. Schau doch so lange etwas fern.«

Warum eigentlich nicht? Nico setzte sich aufs Sofa und Mama brachte ihm sogar noch ein Bier. Beinahe hätte er laut aufgelacht. Er schaltete den Fernseher ein und zappte durch die Programme. Warum nicht die Nacht hier verbringen? Das war so ziemlich der letzte Ort, an dem man ihn vermuten würde. Und den Termin mit seinem Hehler hatte er eh erst morgen Nachmittag. Dann wäre die alte Wachtel schon lange kalt und er reich. Zufrieden nahm er einen tiefen Schluck Bier.

»Der Mann ist überaus gefährlich. Bitte wenden Sie sich für den Fall sofort an die Polizei und …«

Nico Kollmann starrte auf den Fernseher. Sein Gesicht, in all seiner Pracht, groß in den Nachrichten.

»Was ist nur aus dieser Welt geworden?«, fragte Anneliese Schellenberg plötzlich direkt hinter ihm. Nico verschluckte sich. Verdammt. Die Alte bewegte sich trotz ihres Alters leise wie ein Puma. Nico wirbelte herum, bereit, der irren Wachtel den Hals umzudrehen. Aber sie stand nur da und schaute traurig auf den Fernseher.

»Hoffentlich schnappen sie diesen Verbrecher!« Dann lächelte sie auf ihn herab. »Wie gut, dass Du nicht so geworden bist, Thorsten«

»Ja, Mama«, sagte er grinsend. »Da hast du Recht.«

»Und jetzt: Ab ins Bett, junger Mann! Sonst kriege ich Dich morgen früh wieder nicht wach und du kommst zu spät zur Schule.« Anneliese drückte ihm einen zweiteiligen, blauen Frotteeschlafanzug in die Hände. »Keine Widerrede und vergiss nicht, dir die Zähne zu putzen.«

Sie gab einem perplexen Nico Kollmann einen Kuss auf den Scheitel.

Nico Kollmann schlug die Augen auf, an der Decke fixierten ihn die Mädels von TLC. Mein Gott, Thorsten. Du warst echt ein kompletter Loser.

Er erhob sich aus dem Jugendbett und lockerte seinen Nacken. Kurz nach drei. Zeit, an die Arbeit zu gehen.

Er schlich in Anneliese Schellenbergs Schlafzimmer, glitt ans Bett und holte mit einer geübten Bewegung ein Rasiermesser aus der Tasche. Kollmann empfand keinerlei Bedauern. Die Ironie, ausgerechnet von Thorstens Mutter umsorgt zu werden, hatte ihn köstlich amüsiert. Aber jetzt war der Spaß vorbei. Er beugte sich vor und riss die Bettdecke zurück. Das Bett war leer.

Wo war die alte Hexe? Wahrscheinlich tappte das debile Reptil irgendwo verwirrt durchs Haus. Er lauschte, konnte aber kein Geräusch wahrnehmen. Egal, darum würde er sich später kümmern. Jetzt wollte er endlich die Klunker in Händen halten.

Er ging in den Keller und fand die Waschküche mit dem Heißwasserboiler. Nico quetschte sich hinter den Boiler, fand die Wartungsklappe für den Abwasserkanal und nahm die Abdeckung ab. Dann griff er in die dunkle Öffnung und strich mit seinen Fingern suchend über die glitschigen Innenwände. Wo war das Zeug? Hatte Hinke-Thorsten ihn etwa verarscht? Dann ertastete er den Draht. Nico zog daran und spürte das leichte Gewicht am anderen Ende. Die Spannung fiel von ihm ab und er begann, euphorisch zu kichern. Zentimeter für Zentimeter zog er den Draht vorsichtig aus der

Öffnung, bis er eine metallische Hülse mit Schraubverschluss in Händen hielt. Hektisch drehte er den Deckel ab, warf ihn achtlos zur Seite und griff in den Behälter.

Leer! Das verdammte Ding war leer. Panisch schaute er hinein. Doch, da war etwas. Ein Stück Papier. Hastig zog er es heraus.

Schäm Dich! stand in krakeliger Handschrift darauf. Nico stieß einen erstickten Laut aus und ließ entgeistert die Hülse fallen. Gedanken rasten durch seinen Kopf, keiner davon klar.

»Ja, schäm Dich!«, erklang plötzlich Annelieses Stimme vorwurfsvoll direkt hinter ihm. »Ich dachte wirklich, Du hättest Dich geändert, Thorsten, und nichts mehr mit diesen dreckigen Drogen zu tun.« Bedauern lag in den letzten Worten.

Nico fuhr herum, schaute in Annelieses traurige, aber entschlossene Augen und bemerkte erstaunt ihre seltsame Haltung. Wie Babe Ruth, der Baseballspieler, vor einem Homerun, dachte er noch verwundert, dann kam das Schaufelblatt auf ihn zugerast, und für einen Moment kam er nicht umhin, Annelieses brillante Haltung zu bewundern.

Der Waschkeller explodierte in einem orangenen Blitz, gefolgt von gnädiger Dunkelheit.

Nico Kollmann erwachte. Sein Schädel fühlte sich an, als ob jemand mit einem Lötkolben darin rührte. Der metallische Geschmack von Blut füllte seinen Mund und mit der Zunge überzeugte er sich davon, dass seine Schneidezähne nicht mehr an ihrem Platz waren. Er versuchte sich aufzurichten, aber irgendwas hielt ihn zurück. Über seine seltsam schiefe Nasenspitze erkannte er, dass er auf einer Liege fixiert war. Aber es war der blaue Frotteeschlafanzug, den er trug, der etwas längst vergessen Geglaubtes durch seinen Körper strömen ließ: nackte, kalte Angst.

Außerhalb seines Blickfeldes öffnete sich eine schwere Tür, dann stand Anneliese Schellenberg vor ihm.

»Bind mich sofort los, du alte Hexe!«, rief er. Zumindest wollte er das. Aber nach der Begegnung mit Annelieses Schaufel klang es eher, als kaute er auf einer kochend heißen Kartoffel.

»Ach, Thorsten ...«, begann Anneliese traurig und schaute ihn bekümmert an. »Ich bin sehr enttäuscht. Die dreckigen Drogen, die du im Rohr versteckt hast, habe ich schon lange im Klo runtergespült.«

Drogen? Was für Drogen? Was faselte die Alte? Diamanten! Darum ging es doch. Di-a-man-ten!

»Natürlich weißt du, was jetzt kommt«, fuhr Anneliese fort und stellte heißes Wasser und Verbandszeug auf einen Tisch neben seiner Liege. Dann begann sie, sein rechtes Hosenbein hochzukrempeln. »Ich tue das nicht gerne, aber es muss sein. Damit du nicht wieder wegläufst und Dummheiten machst.« Sie schob die Ärmel ihrer Bluse hoch und lächelte ihn milde an. »Ich mache das ja nur, weil ich dich so liebhabe. Das verstehst du doch?«

Sie beugte sich nach unten und hantierte stöhnend herum. Ein singendes Geräusch erfüllte mit einem Mal den Raum und Anneliese richtete sich wieder auf, eine Handkreissäge in der Hand. Sie schaute auf Nicos beide Beine und runzelte die Stirn.

»Komisch. Ich war sicher, wir hätten das schon mal gemacht«, sagte sie nachdenklich. Dann straffte sie die Schultern, schaute ihn aufmunternd an und sagte: »Was soll's. Legen wir los.« Sie schob sich eine Schutzbrille über die Augen. »Und nachher koche ich uns was Schönes«, rief sie noch, dann senkte sie die Säge.

Nico Kollmann nässte sich ein und schrie sich anschließend in eine barmherzige Ohnmacht.

Eine halbe Stunde später verließ eine mit Blut bespritzte und gut gelaunte Anneliese Schellenberg den schalldichten Raum hinter einem Vorratsregal im Keller und machte sich auf den Weg in die Küche, um etwas Leckeres zu kochen.

Die zwei Beamten der JVA Köln betrachten gelangweilt die Überwachungsmonitore.

»Den Kollmann haben die immer noch nicht. Schon vier Wochen weg, der Drecksack. Lässt sich sicher irgendwo die Sonne auf den Pelz scheinen«, sagt der eine und kaut auf einem Bleistift.

»Und Hinke-Thorsten, die arme Sau, liegt massakriert unter der Erde. War kein schlechter Kerl«, erwidert der andere. »Aber vielleicht war es ja besser so.«

»Was meinst du?«

»Wussteste nicht? Thorsten Schellenberg hatte Krebs im Endstadium. War komplett auf Morphium. Besser schnell und hart, als elendig lange krepieren.«

»Da ist was dran«, sagt der erste Wachmann und kaut wieder auf seinem Bleistift.

Marens Eifelabenteuer

Andrea Neven

»Silke, du glaubst nicht, was vorgestern passiert ist«, platzte es aus Maren heraus. Sie hielt sich entsetzt eine Hand vor ihre Augen. »Es ist einfach furchtbar!«

Silke warf ihrer besten Freundin einen besorgten Blick zu. »Was Schlimmes?«

Maren seufzte: »Jetzt hat auch Richards Mutter den Löffel abgegeben.«

Als Silke ansetzte, ihr Beileid zum Tod der Schwiegermutter auszusprechen, schnitt Maren ihr das Wort ab: »Dass sie tot ist, ist nicht tragisch für mich. Die Frau war zum Schluss todkrank, so ist es bestimmt besser für sie.«

»Ähm …« Silke dachte angestrengt nach. »Was ist dann furchtbar?«

»Mein Richard will sein Erbe antreten.« Maren strich mit den Zehen durch den feinen Sand unter ihren Füßen und lehnte sich schlecht gelaunt im Strandkorb zurück. »Ich muss aufs Land ziehen!«

Silke orderte wild winkend zwei neue Cocktails bei der Bedienung. »Dieses Mal noch hochprozentiger, bitte. Und größer!«

Wellenrauschen und Möwengeschrei kamen vom Band, der Strand war künstlich angelegt, der 2 Meter 80 hohe, rot-weiß gestreifte Leuchtturm bestand aus Holz. Ein langes, modernes Wasserbecken direkt vor ihrem Lieblingsrestaurant *Tolle Scholle*, mitten in der Stadt – ihre ganz persönliche Wohlfühloase, nur drei U-Bahn-Stationen von ihrer Wohnung entfernt. Maren konnte sich beim besten Willen nicht vorstellen, dass sie sich in Richards winzigem Heimatdorf genauso wohlfühlen konnte wie hier.

Silke trank einen großen Schluck und meinte nachdenklich: »Stimmt, hast du mir vor langer Zeit mal erzählt. Richard hat für dich alle Zelte abgebrochen und ist frisch verliebt hierher zu dir gezogen. Aber sobald er sein Elternhaus erbt, ziehst du mit ihm dorthin. Das war eure Abmachung, oder irre ich mich?«

Mit mürrischem Gesicht bestätigte Maren: »Richard hat seinen Eltern immer Geld in die Heimat geschickt. Das hat er in weiser Voraussicht getan, denn wenn irgendwas am Haus anstand, sollte alles von Fachleuten erledigt werden. Dass wir nach deren Tod da einziehen werden, haben wir zwei vor sechzehn Jahren beschlossen. Seine Eltern waren immer froh darüber, dass ihr einziges Kind das Haus übernehmen möchte. Damals war ich noch begeistert von dem Plan.«

»Mach dich nicht verrückt und freu dich auf die Veränderung, das wird bestimmt toll. Wir kommen euch besuchen.«

»Na ja, die Landschaft ist schön. An Weihnachten oder wenn meine Schwiegereltern irgendwas zu feiern hatten, hab ich Richard begleitet. Aber Kurztrips und irgendwo dauerhaft leben sind zwei paar Schuh. Ich bin nun mal ein Stadtkind!«

»Leben, wo andere Urlaub machen, ist doch traumhaft.«

Während Marens Mundwinkel nur ein winziges Stück nach oben wanderten, gab Silke dem attraktiven Kellner ein Zeichen. Auch als die beiden ihre reichlich gefüllten Cocktailgläser erhoben und anstießen, überwog die Skepsis.

* * *

Wenige Wochen später war es so weit. Richards Mutter ruhte längst neben ihrem verunfallten Gatten, dessen Ableben bereits drei Jahre zurücklag. Die Koffer, Umzugskartons und ein paar lieb gewonnene Kleinmöbel steckten in einem großen Anhänger und befanden sich gemeinsam mit ihren Besitzern auf dem Weg in die Vulkaneifel. Es lief alles wie geplant. Maren saß neben Richard auf dem Beifahrersitz und fieberte beim Ortsausgangsschild Gerolstein der Ankunft entgegen. Keine dreißig Kilometer mehr, dann würde sie endlich erfahren, ob ihre Sorgen berechtigt waren. Richard hatte angedeutet, dass seine Heimkehr nur wenige Dorfbewohner erfreute. Er war lange weggewesen und es hatte im Ort einige Kaufinteressenten für sein Elternhaus gegeben. Der Neid darauf, dass er sich nun ins gemachte Nest setzte, kam noch hinzu. All das hatte er beim letzten Telefonat von seinem ältesten Dorfkumpel Arno erfahren.

Während Richard damit beschäftigt war, möglichst vielen Schlaglöchern auszuweichen, streckte Maren die Nase der warmen Maisonne entgegen und genoss den weiten Blick über die Wiesen und Felder. Das nächste Waldstück ließ jedoch nicht lange auf sich warten. Es roch nach Landluft, die Straßen wurden beängstigend schmal, das Navi verlor die Orientierung – weit konnte das Ziel nicht mehr entfernt sein.

Als die beiden das Dörfchen erreichten, fuhr Richard noch langsamer und vorausschauender als sonst. Auch bei dieser Ortskontrollfahrt war ihm kaum etwas fremd. Sogar der alte Kaugummiautomat hing immer noch neben der Bushaltestelle. Beim Anblick des ersten Dorfbewohners, der draußen vor der Haustür kehrte, nahm er eine aufrechtere Sitzhaltung ein. »Sonnens Pitter«, sagte er und winkte auffällig. Sein freundliches Lächeln wurde nicht erwidert. Ganz im Gegenteil, der Alte hielt den Strohbesen drohend in die Höhe. Maren hatte auf der anderen Straßenseite mehr Glück. Die Herrschaften des entgegenkommenden Rollator-Konvois nickten zum Gruß. Mit einem Mal trat Richard aufs Bremspedal und brachte das Auto unsanft zum Stillstand. Als Maren den Grund erblickte, traute sie ihren Augen kaum. Richard ließ gerade einen alten Kutschwagen passieren, der von zwei stattlichen Pferden gezogen wurde. So etwas kannte sie nur aus Filmen, die in vergangenen Jahrhunderten spielten.

»Wenn der dir mal begegnet, halt lieber Abstand. Bohnen Jupp hat seine Gäule nicht immer im Griff. Wahrscheinlich sind die mittlerweile genauso kurzsichtig und schwerhörig wie er selbst. Mein Kumpel Arno hat schlimme Geschichten auf Lager. Vor ein paar Jahren ist Jupp mit unserem prächtig geschmückten Maibaum kollidiert. Die sechsundzwanzig Meter hohe, geschälte Fichte ist daraufhin auf die Kneipe gekracht. Bis die wiedereröffnen konnte, hing unsere Dorfwappenfahne auf halbmast.«

Maren sah ihren Mann ungläubig an. Als der den ersten Gang einlegte und um die nächste Ecke bog, sagte sie mit einem ironischen Unterton: »Ach, guck, den kleinen Tante-Emma-Laden mit den grottenhässlichen Häkelgardinen gibt's immer noch. Und da! Donnerwetter! Aus der Telefonzelle hat man tatsächlich einen öffentlichen Bücherschrank gemacht, wie fortschrittlich.«

Richard reagierte nicht. Er starrte stattdessen dem Mann in die Augen, der ihm zu Schulzeiten das Leben besonders erschwert hatte. Dass dieser nicht hasserfüllt dreinblickte, überraschte Richard sehr. Er erwiderte den netten Gruß zwar, blieb aber misstrauisch.

Wenig später trafen die beiden bei ihrem neuen Zuhause ein. Es lag am Dorfrand in Waldnähe. Das große Grundstück war hübsch begrünt, das alte Bruchsteinhaus sah einladend aus, und man hörte Vöglein zwitschern. Sogar ein Gartenhaus und ein kleiner Fischweiher gehörten dazu. Idylle pur!

Maren hatte das Haus bis jetzt bei keinem ihrer seltenen Besuche so wahrgenommen. Sie war fast ein bisschen besänftigt. Während Richard die Haustür aufschloss, öffnete sie den Anhänger und machte sich an die Arbeit. »Richard, ich fang schon mal an. Wenn wir uns beeilen, können wir nachher noch was Sonne auf der Terrasse genießen.«

»Alles klar, Chefin«, entgegnete Richard mit einem Schmunzeln.

Das gute Gefühl hielt bei Maren nur so lange an, bis sie von zwei knurrigen Männern überrascht wurde, die hinter dem Gartenhaus hervorkamen.

»Haben Sie sich verirrt?«

»Is bald Ruhe hier? Geschwätzt un ausgeräumt wird, wenn wir weg sin. Sonst beißen beim Ferdi un mir die Forellen net an. Die Forellen haben Pior… Prioritä… ach, Dunnerkeil!«

»Vorrang han die!«, blaffte der andere Petrijünger, wobei er Maren einen leeren Fischeimer zeigte.

»Richard, komm mal schnell, wir haben Besuch.« Von den grimmigen Blicken der beiden Alten ließ sie sich nicht einschüchtern.

»Tach ihr zwei, lang is et her«, sagte Richard zur Begrüßung.

»So, Freundchen, nur weil deng Mutter die Radieschen jetz von unten zillt, heißt dat net, dat wir hier net mehr angeln. Da gibt et nix dran zu rütteln!«, stellte Ferdi klar.

Richard versuchte, die Angler zu besänftigen: »Bitte klingelt vorher oder ruft besser an, dann kommen wir klar. Wenn es bei uns mal nicht passen sollte, dann müsst ihr halt …«

»Nix müssen wir! Für heut is sowieso Feierabend, mir wird dat nämlich zu blöd. Schorsch, komm wir gehn in die Kneipe un spachteln da wat Leckeres nach Müllerin-Art.«

Nachdem die Männer das quietschende Gartentörchen hinter sich geschlossen und die Straße überquert hatten, warnte Maren: »Wenn die hier noch mal ohne zu fragen aufschlagen, rufe ich die Polizei! Das ist unser Zuhause.«

»Deren Väter und Großväter haben hier schon die Angelruten ausgeworfen«, erklärte Richard.

»Dann will ich schwer hoffen, dass du mir nicht noch andere alte Traditionen vorenthalten hast.«

* * *

Drei Tage später wagte Maren sich das erste Mal in den Dorfladen, um ein paar Lebensmittel einzukaufen. Von den stechenden Blicken der größtenteils Kittelschürze tragenden Kundschaft ließ sie sich nicht irritieren. An der Kasse legte sie alle Gegenstände neben die großen Bonbongläser auf die Ladentheke. Ein Warentransportband gab es nicht.

Die greise Kassiererin schaute sie argwöhnisch an und sagte: »Dat macht fuffzehn Euro. Also so grob.«

Maren bezahlte ohne Widerworte. Bloß keine Feindinnen machen.

Als sie freundlich nach einer Plastiktüte fragte, wurde sie trotzdem angekeift: »Dafür gibt et Flechtkörbe! Die macht Margit aus dem Dorf. Sie schneidert und häkelt auch. Schürzen, Gardinen, Topflappen und alles andere, was man als Frau braucht.«

Als Maren sich umsah, entdeckte sie in den Händen sämtlicher Kundinnen geflochtene Kunstwerke in allen Formen und Größen. Sie ließ sich mit einem aufgesetzten Lächeln den Weg zu Margits Haus erklären. Die Kassiererin machte eine Ausnahme und stopfte die Einkäufe in einen Jutesack. Nachdem Maren das Geschäft verlassen hatte, atmete sie erleichtert auf.

Zur selben Zeit hatte Richard Schwierigkeiten bei seinen ehemaligen Kollegen aus dem Schützenverein. Obwohl er all die Jahre als zahlendes Mitglied die Treue gehalten hatte, wollte man ihm nun den aktiven Wiedereintritt verwehren. Am Schießstand wurde er mit erhobenen Langwaffen verjagt.

Nachdem auch er zu Hause angekommen war, schimpfte Maren: »Hättest du mich nicht vorwarnen können? Woher soll ich wissen, dass man hier nicht ohne Flechtkorb zum Einkaufen geht?«

Richard zuckte nur mit den Schultern und berichtete geknickt von seinem eigenen Desaster.

»Ich hab auch total nett ›Moin‹ zur Begrüßung gesagt. Da haben die mich angeblafft und mir erklärt, dass es schon fast Mittag ist! So, als ob ich keine Uhr lesen könnte.«

Maren holte kurz Luft und maulte: »Der Flechtkorb kostet mich fünfzig Euro, hat die gesagt. Also so grob.«

»Mein Schatz, das wird schon. Morgen Abend geben wir in der Kneipe eine Lokalrunde, oder auch zwei. Das gibt massenhaft Pluspunkte. Danach sieht die Welt ganz anders aus«, versprach Richard.

Maren nickte verhalten und stellte sich gedanklich auf den nächsten Reinfall ein.

* * *

»Gitta, zapf uns noch flott drei Pils an, beim Siwweschräm jeht et um die Wuuscht!«, schallte es vom Stammtisch herüber, als Maren und Richard die urige Kneipe betraten.

Es roch nach Zigarettenqualm und Alkohol. Endlich etwas, das Maren aus ihrem geliebten Stadtleben kannte. Sie fühlte sich direkt wohl und freute sich schon auf einen hochprozentigen Drink. Während sie bei der Dame hinter der Theke bestellte, lachte diese laut auf und erwiderte: »Cocktails und andere Schickimicki-Sachen hamwa net. Unseren Hausschnaps aus dem Eichenfässchen kann ich dir einschenken, der hat ordentlich Wumms.«

»Ist der stark?«

»Fuffzich Prozent, also so grob. Wie viel genau, weiß keiner.«

Maren ließ sich einen Kurzen an einen der wenigen freien Tische bringen. Richards frisch gezapftes Bitburger Pils folgte auf dem Fuße.

»Schatz, weißt du überhaupt, was die spielen?« Richard bemerkte Marens neugierige Blicke.

»Klar, ein Kartenspiel für bestenfalls vier Personen, Französisches Blatt. Wenn der Mann mit dem albernen Cordhut eben geklopft hätte, würde er mit seiner Stricheanzahl nicht kurz vorm Aus stehen«, antwortete Maren prompt.

Richard sah sie beeindruckt an.

Nach weiteren drei Kräuterschnäpschen stand Maren auf und stellte sich an den Stammtisch. Die angeheiterten Herren staunten nicht schlecht.

»Wie wäre es statt eurem Eifelpoker mit einer Runde Black Jack?«, fragte sie mutig.

Die Männer starrten sie verdattert an.

»Dat Fraumensch meint Siebzehn und Vier«, erkannte der Angelfreund Ferdi, den Maren bereits kennengelernt hatte.

»Ich hab in einem Spielcasino an der Bar gearbeitet. Moment, ich zeig euch was.« Sie setzte sich auf den freien Stuhl und krempelte die Ärmel ihrer Bluse hoch. Kurz darauf nahm sie den Stapel an sich und mischte ihn wie eine Profikartengeberin.

»Sakratjiss!«, tönte es aus allen Ecken.

Schorsch stand der Mund so weit offen, dass man sämtliche Brücken und Kronen bewundern konnte.

Die Männer fingen Feuer. Und Maren begann, sich zu amüsieren.

Während sie den Kneipenabend samt deftiger Mahlzeit genoss und nach und nach Kontakte knüpfte, fühlte Richard sich zusehends von den Schützenbrüdern, die an einem anderen Tisch die Köpfe zusammensteckten, bedroht. Ihre Kommentare ließen ihn nichts Gutes erahnen. Auch seine ehemaligen Schulkameraden stierten ihn grimmig an. Die Lokalrunde, die er lautstark in Auftrag gab, machte alles noch schlimmer.

»Pah! Jetz, wo net mehr viel los is, hat Richie auf einmal die Spendierhosen an«, knurrte der erste Vorsitzende. »Du dreckiger Hund! Bist noch genauso ein Knaschtsack wie früher!«

»Wat is jetz mit der Runde? Ja oder nee?« Die Frau am Zapfhahn sah ihn entnervt an.

»Von dem wollen wir gar nix haben!«

Richard verließ seinen Platz ohne ein Wort und ging zu dem Tisch, an dem rund um seine Frau die Stimmung mittlerweile auf dem Höhepunkt angekommen war. Wenn die alte Standuhr richtig ging, war es mittlerweile kurz nach zwei.

Richard fühlte sich von den mehr oder weniger aufrecht sitzenden Thekenhockern beobachtet. Leise fragte er: »Schatz, können wir bitte gehen?«

Maren hatte sich mittlerweile zu den Kegelfrauen gesellt und auch Gefallen am Eifelbier gefunden. »Gleich, Richard, gleich. Margit erklärt mir gerade, was man bei ihr alles kaufen kann. Einen Flechtkorb brauche ich ja auf jeden Fall.«

Richard musste einiges an Überredungskunst aufbringen, um seine Frau loszueisen.

Als sie sich eine Dreiviertelstunde später erschöpft aufs heimische Bett fallen ließ, durchwühlte Richard unterdessen hektisch den Schrank seines Vaters und murmelte: »Die muss hier irgendwo sein, so was schmeißt man doch nicht weg.«

Maren bekam davon nichts mit. Erst als Richard den gesuchten Gegenstand gefunden hatte, legte er sich neben seine Frau, die schon engelsgleich schlief. Leider Gottes wie ein Engel mit Atemwegsproblemen. Richard machte nicht nur wegen des Geräuschpegels kein Auge zu, ihn beschäftigte etwas. Eine Sache, die für ihn um einiges beunruhigender war als Marens Gesäge.

* * *

Mittlerweile lagen sechs eifelige Wochen hinter den beiden, die für Richard überraschend ruhig verlaufen waren. Das Arbeiten aus dem heimischen Büro funktionierte hervorragend, und es hatte auch keine nennenswerten Anfeindungen auf der Straße gegeben. Entweder hatten sich die Dorfbewohner inzwischen mit seiner Heimkehr angefreundet, oder er war ihnen mittlerweile gleichgültig.

Auch Maren hatte sich gut eingelebt. Sie brachte ihre Einkäufe flechtkörbeweise nach Hause und spielte sogar mit dem Gedanken, dem Frauenkegelklub beizutreten.

Als Richard eines frühen Abends nach Hause kam, gab es einen Dämpfer. Auf Marens Frage, wie es diesmal beim Schützenverein gelaufen war, antwortete er: »Die wollen mich immer noch nicht dabeihaben.«

»Dass du da immer wieder aufs Neue aufschlägst, versteh ich nicht. Ich an deiner Stelle hätte gar keine Lust mehr, denen hinterherzulaufen. Allmählich wird es peinlich. Auch für mich.«

»Sportschießen ist meine Leidenschaft. Was schlägst du stattdessen vor? Soll ich mir eine Angel kaufen und mich damit neben Ferdi und Schorsch an unseren Fischweiher setzen?«

»Super Idee! Die letzten Male waren die nicht besonders motiviert und haben sich früh in Richtung Kneipe aufgemacht. Dabei hatte Schorsch mir versprochen, dass die mindestens zwei Forellen für mich fangen. Du isst die ja auch gerne. Die Männ haben sogar Schnittchen und einen Obstler von mir bekommen. Hat aber auch nicht geholfen.«

Richard schüttelte den Kopf. »Ich lass mich nicht beirren. Irgendwann werden die mich mitschießen lassen. Vielleicht stell ich denen noch mal ein paar Kästen Stubbi vors Schützenhaus.«

»Ach, noch was anderes«, sagte Maren und drückte ihm einen Umschlag in die Hand. »Der lag heute Nachmittag im Briefkasten. Steht nur dein Vorname in krakeligen Druckbuchstaben drauf.«

Richard öffnete ihn mit einem Finger. Nachdem er den Inhalt gelesen hatte, ließ er sich auf einen Küchenstuhl sinken. Ihm stand die Furcht ins Gesicht geschrieben. Maren nahm das Schriftstück an sich und betrachtete den Text, den man aus aufgeklebten Zeitungsausschnitten zusammengefügt hatte. Richards Reaktion wunderte sie nicht.

* * *

Richard hatte sich in den Wochen darauf etwas angewöhnt, das Maren tierisch nervte. Er hatte ihr gestanden, dass er nach dem ersten gemeinsamen Kneipenbesuch das halbe Haus auf den Kopf gestellt und nach der beschusshemmenden Weste seines Vaters gesucht hatte, ohne die er sich nun nicht mehr aus dem Haus traute. Was er sowieso nur noch selten tat. Er hatte ihr auch erzählt, dass sein Vater die Weste trug, wenn er im Wald zur Treibjagd ging.

»Wie oft denn noch, Schatz?«, jammerte er. »Du hast den Drohbrief doch selbst gelesen. Wenn ich noch mal was mache, was die Schützenbrüder verärgert, muss ich mit dem Gebrauch von scharfen Waffen rechnen. Aber ich weiß doch nicht, was die alles stört.«

»Na, dann musst du eben zur Polizei gehen«, entgegnete Maren.

»Was soll ich denn da ohne Beweise? Wenn die Schützenbrüder das spitzkriegen, kann ich mich direkt einmauern oder im Fischweiher versenken. Dieser Brief muss unter uns bleiben, davon darf niemand erfahren.«

»Aber du kannst dich doch nicht hier einmotten. Du wolltest unbedingt in die Eifel, nicht ich!« Maren verschränkte die Arme vor der Brust und schnaufte. »Mach, was du willst, ich geh jetzt rüber zu Margit. Es kann spät werden, mein Flechtkorb muss zur Inspektion.«

Als Maren das Haus verlassen hatte, hörte sie, wie Richard blitzschnell die Tür abschloss und die Rollläden herunterließ. Nachmittags um halb fünf.

Bei Margit angekommen, klagte sie ihr Leid. Den Drohbrief erwähnte sie dabei mit keiner Silbe. Dass Richard Knies mit dem Schützenverein hatte, war dagegen allgemein bekannt.

Margit versuchte, sie mit Worten und Aufgesetztem aufzuheitern. Nach einem großen Schluck verriet sie: »Ich fürchte, ich weiß etwas mehr über Richard und das, was vor vielen Jahren im Verein vorgefallen ist.«

Maren riss erstaunt die Augen auf und sah ihre Trösterin erwartungsvoll an.

Nach kurzer Überlegung klärte Margit sie auf: »Also gut, die Männer waren damals gemeinsam in Steffeln in der Kneipe und haben ordentlich gebechert. Niemand hat Richard davon abhalten können, selbst mit dem Auto nach Hause zu fahren. Er hat eine Abkürzung durch den Wald genommen. Hinter einer Kurve ist Richard mit hoher Geschwindigkeit gegen den neuen Hochsitz von seinem Schützenbruder Schmitten Paul gedonnert. An dem Ding war nichts zu retten.«

»Dafür hat Richard sich bestimmt entschuldigt und die Kosten übernommen«, vermutete Maren.

Margit lachte laut auf. »Gar nix hat er getan! Richard hat das immer abgestritten. So lange, bis man ihm verraten hat, dass in der Nähe eine Wildkamera hing. Die hat alles aufgezeichnet. Diese dreiste Lüge haben die ihm bis heute nicht verziehen.«

Maren atmete schwer. »Kein Wunder, das ist ein starkes Stück. Unglaublich … das hätte ich nie von Richard gedacht.« Nach einer kurzen Pause fügte sie an: »Danke, dass du mir die Geschichte erzählt hast. Der muss sich unbedingt vom Schützenverein fernhalten.«

Margit lächelte. »Auf dem Dorf hilft man sich. Noch ein Johannisbeerschnäpschen?«

* * *

Zehn Tage später lief Richard von Panik getrieben durchs Haus. Treppauf, treppab. Er konnte seine schusssichere Weste nicht finden. »Schatz! Hast du die gesehen?«

»Bleib locker, die hängt in der Waschküche. Ich hab einen Fleck entfernt«, beruhigte Maren mit genervtem Unterton. »Zieh das Ding jetzt an oder lass es bleiben. Hauptsache, wir fahren gleich los. Du hast mir versprochen, dass wir heute einen Spaziergang an den Dauner Maaren machen.«

»Aber nicht am Totenmaar! Das wäre ein böses Omen!«, rief Richard angsterfüllt.

»Du machst mich wahnsinnig! Du wolltest mir so viel von deiner Heimat zeigen, worauf ich mich wirklich gefreut hab. Am Rursee waren wir immer noch nicht, und von der versprochenen Führung durch die Burg Eltz kann ich nur träumen!«, entgegnete Maren. »Wenn das so weitergeht mit dir, trete ich jedem Verein bei! Landfrauen, Kegelklub, Margits Bastelbienchen. Ich gehe Sterne im Nationalpark Eifel gucken, Pilze sammeln … Ich muss unter Leute!«

»Solange du nicht dem Schützenverein beitrittst, hast du meinen Segen«, unterbrach Richard sie.

Margit zog die Augenbrauen zusammen und schnappte sich den Autoschlüssel, während Richard seine Weste anzog und ein Stoßgebet zum Himmel schickte.

* * *

»Silke, du glaubst nicht, was vorgestern passiert ist«, platzte es am Telefon aus Maren heraus. Sie hielt sich entsetzt eine Hand vor ihre Augen. »Es ist einfach furchtbar!«

Silke kannte den Tonfall. Sie hakte behutsam nach. »Was Schlimmes?«

Maren seufzte: »Jetzt hat Richard endgültig den Verstand verloren!«

Als Silke mit einfühlsamen Worten begann, sie zu beruhigen, berichtete Maren vom Aufenthalt am Gemündener Maar. »Er fühlt sich von allen Leuten verfolgt, sieht überall Gewehre und zuckt bei den leisesten Geräuschen zusammen. Das Maar hab ich nur kurz gesehen. Wir sind direkt wieder nach Hause gefahren.«

»Oje, das tut mir leid. Hast du eine Ahnung, warum Richard so ängstlich ist?«

»Ja, also … ähm …« Maren geriet ins Stocken. »Das darfst du niemandem sagen.«

Ihre Freundin forderte vorsichtig zum Weiterreden auf.

»Richard hat einen Drohbrief erhalten. Er soll nur die Schützenbrüder in Ruhe lassen. Nichts weiter.«

»Und jetzt bangt er um sein Leben?«

»Er hat früher mal Mist gebaut und alle angelogen. Und deshalb hat er jetzt richtig Angst.« Maren machte eine Pause, bevor sie fortfuhr: »Aber es gibt einen klitzekleinen Haken an dem Brief. Den habe nämlich ich gebastelt. Die Schützenbrüder haben keinen blassen Schimmer. Ich dachte, Richard gibt dann einfach auf und sucht sich ein anderes Hobby.«

»Ich weiß nicht, was ich sagen soll. Das ist …«

»Dass Richard damit auf keinen Fall zur Polizei geht, war mir vorher klar, sonst hätte ich das nicht gewagt. Ich hab ihm das sogar gebeichtet, aber er glaubt mir kein Wort. Er ist der festen Überzeugung, dass die ihn umbringen wollen.«

Silkes Stimme kam sehr entschlossen aus dem Hörer: »Ich packe ein paar Sachen zusammen und komme zu euch in die Eifel. Du brauchst Unterstützung, und vielleicht hilft es, wenn ich mit Richard rede. Einverstanden?«

Maren fiel ein Stein vom Herzen. Sie bedankte sich und schickte tausend Küsschen zum anderen Ende der Telefonleitung. Die Ankunft ihrer besten Freundin konnte sie kaum erwarten.

* * *

Da Silke im Büro nicht so kurzfristig Urlaub machen konnte, wie erhofft, waren ein paar Tage ins Land gegangen. Tage, in denen sich Marens Leben grundlegend verändert hatte.

Ganz unerwartet war alles anders geworden: Richard jammerte nicht mehr, die Weste seines Vaters hing die ganze Zeit über unangetastet im Schrank, sie hatte ihre Ruhe. Ohne ihren Mann war es ungewohnt still im Haus.

Noch weilte Richard in der hiesigen Leichenhalle, aber schon bald würde er neben seinen Eltern auf dem Friedhof liegen. Sein Grab war bereits ausgehoben.

Erschossen hatte man ihn nicht. Richard hatte eine beachtliche Menge Gift zu sich genommen. Die Flasche mit dem längst verbotenen Pflanzenschutzmittel E 605 stammte aus dem elterlichen Gartenhaus. Er musste wohl gewusst haben, dass sich dort immer noch etwas davon befand. Dazu passte auch der Computerausdruck, den man neben Richards Leiche auf dem heimischen Küchentisch gefunden hatte. Ein Abschiedsbrief eines verzweifelten Mannes. So machte sein Ableben im Dorf die Runde.

Maren saß im Haus auf der Eckbank und blätterte in einem alten Fotoalbum. Richard und sie hatten früher eine Traumehe geführt. Nur die vergangenen Wochen waren eine Qual gewesen. Nun ging es Richard bestimmt besser.

Als es an der Haustür klingelte, wischte sie sich eine Träne von der Wange. Schon im Flur fiel sie Silke in die Arme. Nach einem langen, wohltuenden Gespräch präsentierte Maren ihr neues Zuhause. Den Lieblingsplatz bewahrte sie sich für den Schluss auf, ihre ganz persönliche Wohnfühloase.

Silke traute ihren Augen kaum, als sie den Strandkorb an dem kleinen Fischweiher erblickte. Ich werd verrückt! Wo hast du den denn her?«

»Den hab ich bestellt und liefern lassen. Fünfhundert Euro. Also so grob. Beim Aufbau hatte ich Unterstützung von den Dorfbewohnern.«

Während Silke verblüfft Platz nahm, gab Maren den beiden Männern, die hinter dem Gartenhaus warteten, das verabredete Zeichen. Ferdi und Schorsch kamen nicht mit leeren Händen bei den Damen an. Jeder hielt einen hochprozentigen Cocktail in der Hand, den sie selbst gemixt hatten. Nach Marens Rezept und Anleitung. »Mit Kräuterschnaps aus dem Eichenfässchen verfeinert«, sagte sie grinsend. »Die Männ sind für heute Nachmittag unsere Kellner. Wenn wir Nachschub haben möchten, zaubern sie im Haus neue. Ferdi und Schorsch wollten von mir wissen, wie sie mir nach Richards Tod helfen können.«

»Dat arme Fraumensch hat ja schwer jelitten«, warf Schorsch ein. »Weil der Richard am Ende so panaro… paronaid…«

»Weil der zum Schluss völlig bekloppt war«, verbesserte ihn Ferdi.

»Da hab ich gesagt, am besten wäre es, wenn wir meine beste Freundin überraschen. Das lenkt mich ein bisschen ab.«

»Dat is unser Dankeschön dafür, dat wir immer noch hier angeln dürfen«, sagte Schorsch mit einem breiten Lächeln. »Wenn wir dich mal stören, sach Bescheid. Sobald ihr Frauleut für euch sein wollt, gehn wir in die Kneipe.«

Die beiden überreichten die Gläser und blieben in Rufweite. Maren und Silke stießen an und ließen den Blick übers Wasser schweifen.

»Uns hier so zu sehen, hätte Richard gefallen.« Maren lehnte sich im Strandkorb zurück. »Und stell dir vor, im Dorf werde ich seit kurzem mit ›Moin Moin‹ begrüßt. Vorletzte Woche hab ich einen Frauen-Skatclub gegründet! Ich hab mich gut eingelebt und fühle mich wohl. Richards Selbstmord ist tragisch, aber ich möchte trotzdem in der Eifel bleiben.«

Nach einer halben Stunde orderte Maren wild winkend zwei neue Cocktails bei der Bedienung. »Noch mal genauso, bitte. Der war perfekt!«

Silke streckte die Nase der strahlenden Sonne entgegen und lauschte entspannt den zwitschernden Vögeln. Währenddessen strich Maren mit den Zehen über den Kies unter ihren Füßen und schloss die Augen. Ein heimliches Grinsen huschte über ihr Gesicht. Sie dachte an die Details, die sie nicht einmal Silke anvertrauen würde. Daran, dass sie gerade noch rechtzeitig begriffen hatte, dass ihre Taktik beinahe nach hinten losgegangen wäre, als Richard ihr irgendwann angstvoll seinen Entschluss verkündete, dass er nur noch den Ausweg sah, aus der Eifel wegzuziehen. Das hatte ihr gar nicht mehr gefallen. Hier kriegte sie keiner mehr weg.

Dass die Giftmenge, die sie Richard daraufhin in seinen sonntäglichen Morgenkaffee gemischt hatte, ideal gewesen war, machte sie immer noch ein bisschen stolz. Auch ihr selbst getippter Abschiedsbrief kam bislang niemandem komisch vor.

Sobald Gras über die Sache gewachsen war, würde Marens Eifelabenteuer erst so richtig beginnen. Das hatte sie sich fest vorgenommen.

Schwarz, Rot, Blond

KLAUS STICKELBROECK

Wenn man einen Fehler macht, muss man dazu stehen. Und ihn nötigenfalls korrigieren. Richtig? Richtig! Dann sind wir uns an dieser Stelle ja schon mal einig.

* * *

Männer müssen spielen, sie brauchen ein Hobby. Ihren Spieltrieb legen sie nie ab, Männer nennen es später nur anders. Und da bin ich mit dem Hobby meines Gatten echt gut dran: er spielt Fußball. Bei den Alten Herren vom SV Strotzbüsch.

Strotzbüsch. Da wohnen wir, der Gerd und ich. Der Ort sagt Ihnen nichts? Och. Strotzbüsch ist eine kleine, idyllische Ortsgemeinde in der südlichen Vulkaneifel. Hengasch, also aus *Mord mit Aussicht*, diesen Ort gibt es ja gar nicht. Aber gäbe es Hengasch, dann wäre Strotzbüsch die sympathische, beschauliche Ortschaft genau daneben. Das Siebenbachtal, die Strotzbüscher Mühle, die beeindruckende Pfarrkirche St. Vincentius … Sehr schön, müssen Sie sich unbedingt mal angucken.

Wir haben hier sogar eine Oma mit Rollator.

Alte Herren SV Strotzbüsch, das klingt harmlos. Ist es meistens auch, es gibt wirklich Schlimmeres. Mit jemandem, der in seiner Freizeit als passionierter Jäger unterwegs ist und auf Wildschweine ballert, hätte ich mehr Schwierigkeiten.

Und ich hab ja auch was davon. Mein Gerd bewegt sich, er ist fit. Seinen Körper hält er in Schuss, da will ich nicht meckern. Ein gut gebauter Mann mit Muskeln an den richtigen Stellen ist mir allemal lieber als ein schlapper Sesselpupser, der seine Abende mit Videospielen vor dem PC verbringt, fettige Kartoffelchips in sich rein stopft und sich anschließend ächzend mit weißwabbeliger Wampe zu mir in Bett fallen lässt. Sie wissen, was ich meine! Nö, dann lieber einen Fußballer.

Das einzig wirklich Unangenehme sind die schmutzigen, verschwitzten Sportklamotten, die Gerd Woche für Woche nach den Spielen mit nach Hause bringt. Insbesondere diese dicken, knielangen Socken. Richtig übel. Denn es kommt hinzu, dass mein Göttergatte ein ganz unangenehmes Schweißproblem hat. Das matschig-feuchte Drüsenmassaker untenrum raubt dir den Atem. Mein lieber Scholli, da fallen im Waschraum die Fliegen ohnmächtig von der Decke.

Aber ich sag mir: Immer noch besser, als wenn in unserem Wohnzimmer auf Holz gezogene Keilerköpfe an den Wänden hängen würden.

Dass der Gerd für sein Alter ein properes Kerlchen geblieben ist – wir sind beide auf halbem Weg zwischen 30 und 40, aber das muss unter uns bleiben – haben die anderen, weiblichen Geschöpfe unserer kleinen Dorfgemeinde natürlich auch mitgekriegt. Aber ich setze da ganz selbstbewusst auf meinen vorzeigbaren, tageslichttauglichen Allgemeinzustand und die offensive, konstruktive Art, mit meinem Körper umzugehen.

Damit das so ist und so bleibt, muss ich allerdings was tun. Die Konkurrenz hängt weit hinten dran, aber sie schläft nicht. Ich war ein paar Wochen lang montags beim Badminton in Daun. Aber ehrlich, da war ich so was von fehl am Platz. Nachdem ich ein paar der braven Dorfmütter einige Male wild in die Ecken gescheucht hatte, guckten die mich schon böse an, wenn ich nur mit dem Schläger ausgeholt habe. Nach drei Trainingseinheiten hatte ich Schwierigkeiten, Spielpartnerinnen zu finden.

Wie gesagt: wenn man einen Fehler macht, muss man ihn korrigieren. Ich bin dann nicht mehr da hingegangen.

Ich habe mich mit meiner Freundin Monika zusammengetan. Wir kommen beide aus derselben Baureihe, Premium, sind gemeinsam in Strotzbüsch aufgewachsen und viel mehr als 500 Meter historischer Ortskern und die B 421 sind nie wirklich zwischen uns gekommen. Monika und ich haben letzten Herbst eine Schwimm- und Saunagruppe gegründet.

Das war schon eher das Richtige. Nicht nur für die Haut. Klar, die wurde mit jedem Saunaaufguss butterweicher, herrlich. Nö, auch fürs Selbstbewusstsein war das klasse. Denn, das kann ich mit aller Bescheidenheit sagen – die uns Eifelerinnen bekanntermaßen ja schon von der Genetik her innewohnt – die Monika und ich, wir sind zwei ganz flotte Schneckchen. Wenn wir in die

Sauna trippeln, dann schnappen die Kerle auf den oberen Bänken aber hörbar nach Luft. Dann beschlagen denen die Brillengläser.

In den meisten Saunaparks ist Frauensauna immer dienstags. Wir gehen mittwochs. Wenn die rabenschwarzhaarige Monika und ich mit meinen frechen, kurzen, knallroten Haaren, wenn wir zwei beide in der Vulkaneifeltherme in Bad Bertrich auftauchen, steigt die Temperatur in der Finnischen noch mal um mindestens zehn Grad. Wir sind besser als ein Kräuteraufguss. Auch beim Schwimmen.

Im Sommer geht es ans Pulvermaar nach Gillenfeld, im Winter ins Familienfreibad nach Manderscheid. Das macht noch mehr Spaß, wenn uns die geschiedenen Männer mit den ihnen für wenige Stunden überlassenen Kindern heimlich aus den Augenwinkeln lüstern und sehnsüchtig mustern. Das motiviert.

Monika hat einen ganz knappen, fast transparenten Bikini und ein paar richtig fiese Bewegungen drauf. Hart, ganz hart an der Grenze. Die Monika kann ganz schön dreist sein.

Seit anderthalb Monaten sind wir sogar zu dritt in unserer Schwimm- und Saunagruppe. Nach teils turbulenten Irrungen und Wirrungen, die in Zusammenhang mit ihrer inzwischen aufgelösten Ehe standen, ist die weizenblonde Silke aus Mechernich nach Strotzbüsch gezogen. Sie wohnt jetzt ganz am Ende vom Gartenweg in dem kleinen Bauernhaus, das der Oma Eisenschmitt gehört hat. Ein süßes, dunkelgrün bemoostes Häuschen ohne Schuppen oder Garage mit unverbautem Blick über die Felder Richtung Trautzberg. Bisschen klein, aber für eine Person reicht es allemal. Ein gewisses technisches Verständnis ist für den Umgang mit der Gasheizung aus den Sechzigern hilfreich, und das war auch der Grund, warum ich mich zuletzt ein wenig um Oma Eisenschmitt gekümmert hatte. Sie kam gegen Ende mit den ganzen Schiebern und Reglern der Anlage nicht mehr so richtig zurecht.

Gestorben ist sie Pfingsten plötzlich nach der Messe. Einfach umgekippt. Auf dem Friedhof. Irgendwie ja doch schön. So schnell, für einen unerwartet und dabei örtlich irgendwie im Thema.

Aber ich schweife ab.

Silke passte optisch großartig zu uns beiden, tolle Frau. Aparte Figur, klasse Humor und immer ein kesses Augenzwinkern am Start. Silke hätte eine Schwester von mir sein können. Ihre schulterlangen blonden Haare waren auch farblich die optimale Ergänzung. Ich weiß noch, wie ich mit meinen roten Haaren zur schwarzhaarigen Monika gesagt habe, dass farblich jetzt aber auch für jeden Mann was dabei ist.

Aber um das mal ganz klar zu sagen, wir sind am Ende dann doch ganz harmlos. Dreist, verwegen, ein bisschen am Limit. Wir sind quasi da, um den Männern Appetit zu machen, jedoch gegessen werden wir zu Hause.

Na ja, das gilt für mich natürlich im Besonderen, denn Monika und Silke haben zurzeit keinen Partner.

* * *

So weit ging alles seinen angenehmen Gang. Dann aber kam die vergangene Woche. Mittwochnachmittag im

Freibad guckte Monika mich schon so skeptisch an. Wie gesagt, wir beide kannten uns ewig und mehr als sehr gut.

»Was ist los mit dir, Tina?«

Ich warf einen schnellen Seitenblick auf Silke und schüttelte kaum merklich den Kopf. Für das, was anlag, kannte ich meine neue Gefährtin noch nicht gut genug.

»Okay, Schatz«, verstand Monika gleich.

Die Gelegenheit zur Erklärung meiner diffusen Gemütslage ergab sich gleich nach dem Schwimmen in der Umkleide. Silke ist von uns die einzige Raucherin und beim Anziehen immer besonders schnell, um sich draußen endlich eine Kippe zwischen die hübschen Lippen schieben zu können. Ich reichte Monika wortlos den mit feinen, gleichmäßigen Druckbuchstaben beschriebenen Zettel.

»Dein Mann geht fremd«, las Monika vor.

»Der lag heute Morgen im Briefkasten«, erklärte ich.

»Im Umschlag mit der Post gekommen?«, fragte Monika mit ihrem Sinn fürs Faktische.

»Nein, den hat einer einfach in den Kasten gesteckt.«

Sie schüttelte den Kopf. »Gerd soll fremdgehen? Mit wem denn?«

»Was weiß ich.«

»Und wann?«

Ich zuckte mit den Schultern. »Ich grüble schon den ganzen Tag. Ich tippe auf samstags.«

Sie zog die Augenbrauen zusammen. »Da spielt der doch Fußball.«

»Na ja, er ist außer Haus, und ich gucke mir keins von den Spielen an. Und niemals würde ich ihm hinterher fahren, um zu kontrollieren, ob er auch tatsächlich Fußball spielt.«

»Seine Klamotten, sein Sportzeug? Das müsste doch gebraucht, verschwitzt und dreckig sein?«

Monika liest gerne Kriminalromane und hat einen feinen Sinn für die wesentlichen Details.

Ich nickte heftig. »Verschwitzt sind die. Und dreckig. Immer.«

»Na also!«

»Na also? Was heißt das? Nichts. Möglicherweise ist es dann doch nicht der Samstag. Vielleicht hat er eine bei sich in der Firma. Oder was weiß ich wo.«

Monika schüttelte den Kopf. »Lass dir keinen Floh ins Ohr setzen, Tina! Ich würde auf so einen anonymen Hinweis überhaupt nicht reagieren. Da will nur jemand Misstrauen säen. Lass dir das gesagt sein: da ist nichts dran!«

»Was macht dich da so sicher?«

Sie lachte. »Guck doch mal in den Spiegel, Süße! Dein Mann müsste ja blöd sein, wenn er sich irgendwas Anderes suchen würde. Du siehst spitze aus! Bei euch ist doch auch sonst alles in Ordnung?«

»Ja.«

Sie ließ nicht locker: »Du weißt, was ich meine …«

»Regelmäßig.«

»Da siehste! Lass dich nicht verunsichern! Der hat doch gar keine Zeit für eine Andere.«

»Wenn er Fußball spielt. Dritte Halbzeit und so…«

»Tina, da ist nichts dran, vergiss es!«

Sie nahm mich in den Arm, drückte mich, und mir ging es schon gleich ein bisschen besser.

* * *

Nun ja, zumindest eine Zeit lang. Genauer gesagt, bis zum kommenden Samstag, als Gerd schwungvoll seine frisch gepackte Sporttasche schulterte und mir zurief, dass er jetzt weg sei.

»Wie lange bleibst du?«

Am Zeigefinger seiner rechten Hand baumelte der Schlüssel des BMW. »Keine Ahnung. Wir spielen gegen die Bitburger, Heimspiel. Die bringen immer ein paar Kästen Bier mit, die nach dem Spiel geleert werden müssen, aber viel später als sonst wird es nicht werden.«

»Lass den Wagen doch stehen.«

»Ich sag doch: mehrere Kästen Bitburger, Schatz. Vielleicht kann ich nachher nicht mehr laufen«, lachte Gerd, hauchte mir zum Abschied einen Kuss auf die Wange und verschwand durch die Hintertür.

Ich sah ihm nachdenklich hinterher.

Hm. Für manche Dinge habe ich ein Näschen. Eine Ahnung. Kennen Sie das? Da bin ich sensibel. Da steigere ich mich rein. Da kann ich nicht anders. Hatte ich gesagt, dass ich meinem Gerd niemals hinterherspionieren und beim Fußballspielen kontrollieren würde?

Vergessen Sie es! Ich musste ihm nach!

Aber wie? Unser Sportplatz liegt ein bisschen außerhalb des Ortes auf dem Steinrausch. Zu erreichen war die Anlage nur über eine schmale, einspurige Straße. Wenn ich mit meinem flotten weißen Peugeot Cabrio um diese Zeit da gesehen würde, zählte doch jeder gleich eins und eins zusammen. Die Alte interessiert sich doch sonst nicht für Fußball, die kontrolliert sicher ihren Macker!

Insbesondere wäre es ein gefundenes Fressen für die Person, die mir den verfluchten Zettel in den Briefkasten geschmuggelt hatte. Sollte an der Behauptung was dran sein, wäre das für sich genommen ja schon furchtbar genug, aber ich würde mich doch dazu noch geradezu hassen, wenn ich einem perversen Denunzianten auf den Leim gegangen wäre. Das wäre noch schlimmer.

Einfach doch hinfahren und mir das Spiel ansehen? Ausnahmsweise? Kann man doch mal machen. Nein, das ging nicht! Auf keinen Fall.

Ich schnalzte mit der Zunge. Aber so würde es gehen: Ich würde mir Silkes kleinen VW leihen. Den grauen Kleinwagen kannte hier im Ort noch kaum einer. Die perfekte Tarnung.

»So geht's!«

Die Strecke bis zu ihrem kleinen Häuschen war schnell zurückgelegt, aber Silkes Auto stand nicht in der schmalen Auffahrt neben dem Haus. Da es keine Garage gab, war sie also unterwegs.

»Mist.«

Ich warf einen Blick auf meine Armbanduhr. Die Zeit raste dahin. Plan B. Mit dem Fahrrad würde ich es bis zum Ende des Fußballspiels vielleicht noch schaffen. Und wenn ich mir aus Gerds Schrank eines von seinen Kapuzenshirts überzöge, würde mich auf dem Drahtesel keiner erkennen. Ich fuhr so gut wie nie mit dem Rad.

»Gute Idee.«

Ich hastete zurück, schnappte mir einen von Gerds Hoodies, zog das Fahrrad aus unserer Garage, schwang mich in den Sattel und trat in die Pedale. Die Kirchstraße runter, über die Hontheimer Straße, Hofgarten und nach rechts in die Gartenstraße.

Ob ich nicht *einmal* mein Tun kritisch hinterfragt habe? Vertrauen und so? Nach all den Ehejahren? Oh nein, nicht eine Sekunde lang

Ein paar Minuten später traf ich ein. Das Spiel war offensichtlich schon seit einiger Zeit aus, aber alle Fahrzeuge standen auf dem Parkstreifen vorm Platz. Klar, denn die Bitburger hatten ja Bier mitgebracht. Der blaue Kombi von Frank, der grüne von Bernhard, der Wagen von Henne und der alte Toyota von Willi. Was fehlte, war Gerds BMW.

Ich hätte heulen können.

Hätte ich? Nein, ich kochte vor Wut. Vor Zorn brüllen hätte ich können! Ich brauchte für die Strecke zurück nur halb so lang. Ich war auf Touren.

Nur einmal hielt ich entsetzt inne. Plötzlich. Unvermittelt. Nämlich genau in dem Moment als ich schlagartig begriff, was hier gespielt wurde. Auf jeden Fall kein Fußball! Mir wurde plötzlich klar, wer mit wem spielte …

Silke!

Silke! Silke! Silke!

Monika hatte es mir doch praktisch gesagt. Schau in den Spiegel! Wer könnte denn da in Frage kommen? Es gab doch nur einen Grund, warum Gerd auf einmal, nach all den Ehejahren plötzlich fremdging? Nach all den Jahren und just in dem Moment, in dem die getrennt lebende Silke aus ihrem verschissenen Mechernich zu uns in den Ort gezogen war.

Die Silke: quasi mein Ebenbild. Nur in weizenblond!

Eine kurze Sekunde lang überlegte ich, ob ich bei Monika reinspringen sollte, um mir Rat holen, um mir mein Vorhaben absegnen zu lassen. Aber nein, dieses Ding galt es jetzt allein und ohne meine beste Freundin durchzuziehen!

Cool, konsequent, eiskalt und abgebrüht!

Ich schwang mich aufs Fahrrad, hämmerte in die Treter und fuhr direkt bis an Silkes dunkelgrün bemoostes Häuschen heran. Nach wie vor stand kein grauer VW in der Auffahrt.

Ich spürte, wie mir das Blut im Kopf mit Hochdruck durch die Adern pochte.

Oma Eisenschmitt ... Wie günstig, dass ich mich um die Gute gekümmert hatte. Wie überaus günstig, dass ich wusste, wo sie ihren Ersatzschlüssel für die Terrassentür versteckt hatte. Und wie mehr als überaus günstig, dass ich bisher vergessen hatte, Silke vom Schlüssel zu erzählen.

Ich huschte um die Ecke, kletterte über den hüfthohen Jägerzaun und ertastete mit zittrigen Fingern den Ersatzschlüssel am Haken hinter dem Regenrohr. Hastig drückte ich ihn ins Türschloss und versuchte ihn rumzudrehen. Er klemmte.

»Verdammt!«

Ich versuchte es erneut, zog ihn heraus, schob ihn vorsichtig wieder in den Schlitz. Ich lugte nach links und rechts. Niemand zu sehen. Der Schlüssel ließ sich nicht drehen. Musste ich mein Vorhaben auf einen anderen Tag verschieben? Ich versuchte es ein letztes Mal.

»Herr, hilf mir«, flehte ich.

Im Lichte meines Ansinnens betrachtet, erschien die Bitte ein wenig unangebracht, aber knirschend ließ sich der verrostete Metallschlüssel plötzlich drehen und sich die Verandatür öffnen. Eilig glitt ich über die alten, braunen Holzdielen und erreicht den kleinen Raum hinter der Essküche. Ich öffnete die Spanholztür. Mein Blick fiel auf das wilde Gewirr von Rohren, Knöpfen, Dichtungen und Muffen. Und ich entdeckte die kleinen Schieber, die die Gaszufuhr regelten und mit denen Oma Eisenschmitt am Ende nicht mehr zurechtgekommen war. Aber ich, ja, ich kannte mich mit der komplizierten Technik aus und wusste genau, welche Schieber nun zu schieben und welche Hebel zu hebeln waren, damit sich mit boshafter, farblos-zischender Fröhlichkeit ganz schnell ein gefährliches Gasgemisch bildete. Eins, das man nicht riecht, wie teuflisch!

Dann verließ ich das Häuschen so, wie ich es betreten hatte und malte mir aus, was passieren würde, wenn Silke sich – tiefenentspannt zu Hause angekommen – eine Zigarette anzünden würde.

Jetzt, jetzt war endlich Zeit, meine Lage mit Monika zu besprechen. Ich raste wie von Sinnen ans andere Ende des Ortes und kippte das Fahrrad gegen den Zaun. Ich rannte direkt ums Haus meiner besten Freundin herum, die Tür hinten war immer unverschlossen. So auch heute. Sie führte in einen Arbeitsraum, der in jedes Haus der Vulkaneifel gehörte. Ich drückte mich eilig rechts an der dicken Miele vorbei, stieg über ein Paar verdreckter Gartenstiefel, touchierte einen Turm Leergutkästen zur Linken, legte eine Hand auf die Klinke der Tür, die in den Flur führte und …

Ich stockte.

Ich hatte nichts gehört, ich hatte nichts gesehen. Und dennoch …

Sie kennen dieses Gefühl, wenn Ihnen schlagartig bewusst wird, dass Sie einen Fehler gemacht haben? Dieses plötzliche Kribbeln im Magen, dem dann eine dumpfe Übelkeit folgt?

Mein Körper reagierte sofort. Sofort ... nachdem ich diesen Geruch wahrgenommen hatte und diesem beißenden Duft unverzüglich die fatale Bedeutung zuordnete. Diesen Gestank, der tatsächlich in Silkes kleinem Häuschen gefehlt hatte. Wie hatte mir das nur entgehen können? Diesen ätzenden Geruch von Schweiß in schwammig-nassen, vollgeschwitzten Sportsocken. Den Mief mit dieser ganz besonders intensiven Note, wie sie nur Gerds Drüsen auf unnachahmliche, fast höhnische Weise zu produzieren wussten.

Dann donnerte es irgendwo in der Ferne krachend, so wie früher, als in der Lavagrube am Wartgesberg noch gesprengt wurde. Ich bildete mir ein, eine Druckwelle in meinem Rücken zu spüren. Aber vielleicht war es nur ein Anflug von Schwindel. Es gab keinen Zweifel: Silke war nach Hause gekommen und hatte sich ihre letzte Zigarette angezündet.

Offenbar hatte auch irgendwo in der ersten Etage jemand die ohrenbetäubende Explosion gehört. Es waren mehr als zwei nackte Füße, die jetzt eilig die Holztreppe herunterhasteten. Im gleichen Moment entdeckte ich zu meinen Füßen Gerds achtlos zu Boden geworfene Sporttasche.

Ich ergriff einen Spaten, der bei den Gummistiefeln angelehnt an der Wand stand.

Ich hatte einen Fehler gemacht und war bereit, ihn zu korrigieren. Das war nötig, das muss man dann auch machen, den Fehler korrigieren. An genau dieser Stelle waren wir uns eingangs ja einig.

Die Korrektur würde nicht besonders filigran ausfallen, aber der Spaten lag gut in der Hand.

Fly Robin Fly

Günther Thömmes

1976 »*Fly Robin Fly, up, up to the sky …*« Der bescheuerte Text wehte ihm bereits auf der Straße entgegen.

Der Schriftzug *Lamplight Discothek* erstrahlte in grellbunten Farben an der Fassade. Neben der Türe saß ein Junge, das Hawaiihemd mit Erbrochenem verdreckt. Es roch nach Orangensaft.

»Na Beppi, wieder zu viel Wodka-Orange gehabt?«

Nachdem er an der langen, verchromten Türstange gezogen hatte, gesellten sich die wummernden Bässe zum Disco-Gesang der Silver Convention.

Er passierte den dicken Vorhang, der mehr ein Sichtschutz als eine echte Sperre war. Drinnen herrschte schummrige Atmosphäre, aber die Spots verbreiteten als Kontrast punktuell grellbuntes Licht. Es war laut. Dicker Flokati-Teppich vor der Theke, die kleine Tanzfläche quadratisch, mit Linoleum-Boden ausgelegt. Eine schlüpfrige Sache, wenn jemand einen Drink verschüttete.

Auf den Barhockern die üblichen Gäste, auf der halbvollen Tanzfläche ebenso. Ein paar Halbstarke, ein paar Mädchen, einige davon sicher unter sechzehn, aber so aufgedonnert, teilweise blondiert, dass sie jederzeit als erheblich älter durchgingen. So wie er selbst, er war ja eigentlich erst vierzehn. Aber sein Machogehabe, das halboffene Hemd, körpernah geschnitten und mit hohem Kragen, die weiten Schlaghosen-Jeans, die seine Cowboy-Boots beinahe komplett verdeckten, sein schulterlanges, gewelltes Haar und ein erster Bartwuchs ließen ihn trotz seiner nur knapp 170 Zentimeter Körpergröße deutlich älter erscheinen. Er sah sich weiter um, suchend. Ein paar Amerikaner, alles GIs. Einfache Dienstgrade. Die Offiziere blieben unter sich, im Offiziersclub auf der Bitburg Air Base. Die jungen Amis hingegen – die Frischlinge – hatten zwar auch ihre Basis, den *NCO-Club*, machten aber aus Neugierde und Entdeckerlust auch gerne mal den deutschen Teil der Bierstadt in der Südeifel unsicher. Er hatte ein wenig gebraucht, um sich da auszukennen in der Hierarchie der *Besatzer*, wie sie die Amis nannten. Den Unterschied zwischen den Offizieren – bloß keinen Streit anfangen! – und den *Non-commissioned Officers*, den einfachen Soldaten, mit denen auch ein 14-Jähriger mal ein, zwei Biere trinken konnte. Die NCOs hörten auch die bessere Musik, die Stones oder Led Zeppelin zum Beispiel, so wie er. Dieses nervige Disco-Gedudel konnte er nur ertragen, wenn er was zu erledigen hatte. So wie heute.

Abwechselnd Stroboskop und Blacklight, so als wollte der DJ eindrucksvoll zeigen, dass die Errungenschaften moderner Diskotheken-Technik auch den Weg nach Bitburg gefunden hatten.

Endlich sah er ihn, an einem kleinen Tisch in einer Nische.

Das Geschäft dauerte keine zwei Minuten.

Dann setzte sich Jürgen cool an die Bar und orderte einen Orangensaft mit Blue Curaçao. Flirtete kurz mit einer der künstlichen Blondinen, starrte ihr in den Ausschnitt, wägte ab, ob es der Mühe wert war, die Finger da reinzubekommen und beschloss, lieber den neuen Stoff zu probieren.

Dann legte er drei Mark auf den Tresen.

»Der Rest ist für dich«, sagte er großspurig zur Bedienung und verließ die Disco. Er ging in den kleinen Park am Maximiner Wäldchen. Er flog wie Robin … und landete wie Ikarus.

Der Anruf kam um 7 Uhr am Morgen. Kriminalhauptkommissar Franz Erhard griff nach dem Hörer und ließ ihn kurz darauf entgeistert fallen.

»Scheiße, verdammte.«

Bereits der dritte Drogentote für dieses Jahr, aber der hier war echt zu jung. Viel zu jung.

»Jürgen Bach. Aus Bitburg. Schüler hier am Gymnasium. Tot. Mit vierzehn Jahren hat er sich den Goldenen Schuss gesetzt. Das gibt Ärger. Da ist jetzt eindeutig eine Grenze überschritten worden.«

Sein kleines Team – er plus zwei Mitarbeiter, der Größe der Stadt angemessen – saß am Tisch in Besprechungsraum 3. Kekse, Kaffee und Mineralwasser standen auf dem Tisch.

Erhard legte nach: »Irgendwas läuft hier mächtig schief. Ich habe keine Lust auf die Schlagzeilen, dass Bitburg in einem Atemzug mit Frankfurt als Drogenhauptstadt genannt wird.«

Er nahm einen Schluck Kaffee und stand auf.

»Ich will wissen, woher das Heroin stammt, mit dem sich der Bach weggeschossen hat. Schickt ihn nach Mainz zur Untersuchung. Und dann suchen wir den Scheißkerl, der ihm das verkauft hat.«

Wenige Tage später kam das Ergebnis. Erhard erklärte seinem Team: »Das ist was Neues. Die anderen beiden Toten zu Beginn des Jahres – stadtbekannte Süchtige mit Namen Bertrand und Nickels, die hatten ihre Drogen aus Berlin. Verschnittener Standard-Stoff für langjährige Junkies. Die hatten einfach nur überdosiert. Aus Blödheit wahrscheinlich. Aber Bach, der hatte ganz, ganz reines Heroin. Da genügt bei einer normalen Dosis bereits der erste Schuss. In Mainz haben sie gesagt, so was haben sie in Deutschland noch nicht gesehen. Das wird noch heikel, Leute. An die Arbeit!«

Bevor die Ermittlungsarbeit richtig losgehen konnte, gab es bereits das nächste Todesopfer. Eine junge Frau war am Wochenende vom Dach eines fünfstöckigen Hauses gesprungen. Während einer Party. Im Drogenrausch hatte sie fliegen wollen. Erhard wurde nervös. Die Zeitungen bekamen so langsam Wind von der Sache. Mit dem *Trierischen Volksfreund* kam er klar. Die parierten, wenn es sein musste. Aber die großen Blätter würden sich von einem Polizisten aus der Provinz nicht einschüchtern lassen. Und so erschien nur einige Tage später die *BILD* mit dem Aufmacher »Der Engel von Bitburg«. Der Artikel las sich wie eine Reportage aus der Drogenhölle.

Und auch hier ergab die Autopsie, dass die Qualität der Drogen in Bitburg ein neues Level erreicht hatte.

»Reines LSD als Ticket verkauft. In sehr hoher Dosierung. Verwandelt einen Menschen schnell in einen wahnsinnigen Paranoiker«, erklärte Erhard seiner kleinen Truppe und fühlte sich mittlerweile wie ein Drogenberater. »Was wir sonst haben, ist flüssiges LSD, das sich die Junkies selber auf die Zuckerwürfel träufeln, damit sie die Dosis selbst bestimmen können«, führte er weiter aus. »Aber LSD auf Pappe geträufelt und getrocknet ist als Droge nicht erkennbar und somit einfacher und unauffälliger unter die Leute zu bringen. Und es ist sauschwer, die Dosierung abzuschätzen. Aber wer macht das? Woher kommt das verdammte Zeug?«

Kriminalhauptmeister Ernst Kockelmann, nach Erhard der ranghöchste Beamte am Standort, meldete sich zu Wort: »Sollen wir die Amis mal kontaktieren? Seit der Vietnamkrieg vorbei ist, kommen doch viele GIs gleich von dort zu uns. Vielleicht hat da einer sein Geschäft in die Eifel mitgebracht.«

»Vergiss es«, knurrte Erhard. »Die Amis reden nicht mit uns. Allein eine Anfrage würden die schon als Majestätsbeleidigung ansehen. Die machen ihr eigenes Ding. Eigene Polizei, eigene Justiz. Ich habe noch nie erlebt, dass ein Ami von uns verhaftet werden konnte. Geschweige denn verurteilt. Wir suchen selber.«

Kockelmann bezog Position vor dem Gymnasium, das praktischerweise gleich neben dem *Lamplight* gelegen war. Eine Woche lang, von 7 Uhr morgens bis zum

Schulschluss um 14 Uhr, wollte er den Eingang der Schule von seinem Zivilauto aus observieren.

Ralf Stommer, der beste Freund des verstorbenen Jürgen Bach, war jeden Morgen einer der Ersten. Ging gegenüber zum Metzger, kaufte sich dort eine Bulette zum Frühstück und verzog sich bei gutem Wetter auf eine Bank im Pausenhof. Bei Schlechtwetter verschwand er im Gebäude. Ende der Observation. Gleiches Gehabe wie Bach, gleiche Klamotten, nur kürzere Haare und etwas größer und vielleicht ein Jahr älter. War der auch auf Drogen?

Vier Tage lang passierte nichts. Dann ging Stommer zur Telefonzelle und telefonierte. Dreißig Minuten später fuhr auf der rechten Seite ein protziger grüner Cadillac vor und hielt vor der Metzgerei. Stommer schlenderte hinüber, tat so, als bewundere er den ungewöhnlichen Schlitten mit offenem Verdeck. Sprach den Fahrer an, einen Schwarzen mit dicker Afromatte auf dem Kopf und einer riesigen Sonnenbrille mit Goldrand. Dann schaute er sich kurz um und sprang in den Wagen, der sofort losfuhr. Kockelmann sah nur noch, dass das Nummernschild ein amerikanisches war. Jetzt bereits die Verfolgung aufzunehmen, wäre zu auffällig. Er konnte, nein, er *musste* warten. Geduldig sein.

»Amerikanisches Auto, aber kein Militärschild«, ergänzte er später beim nächsten Treffen. »Ein Zivilist.«

»Wo müssen sich amerikanische Zivilisten anmelden, wenn sie nach Deutschland einreisen?«, fragte er dann auch gleich bei Erhard nach.

»Nirgendwo, soweit ich weiß«, sagte der. Und fügte sarkastisch an: »Siegerjustiz. Die machen doch, was sie wollen. Sogar, wenn jemand aus dem Militär ausscheidet und beschließt, in der schönen Eifel zu bleiben, heißt das längst nicht, dass unsere Einwohnermeldeämter davon erfahren. Nur zufällig, wenn so ein Zivil-Ami vielleicht eine Wohnung mietet, können wir das erfahren.«

Kockelmann ergänzte: »Da aber viele Vermieter das am Finanzamt vorbei machen, melden die natürlich auch nicht. Die riskieren lieber, dass die Amis ihnen die Wohnung völlig verwahrlost hinterlassen, als ihre überhöhten Mieten auch noch zu versteuern.«

»Also, wie machen wir weiter?«, fragte Erhard. »Ich schlage vor, du observierst den Typen mit dem Cadillac weiter. Wenn du kannst, fahr ihm das nächste Mal hinterher, schön unauffällig. Bleib so lange auf seinen Fersen, bis wir hundertpro sicher sind, dass er Drogen dabeihat. Dann schlagen wir zu und verhaften ihn. Dabei können wir danach testen, inwieweit die Amis kooperativ sind.«

Kockelmann nickte. »Machen wir.«

Beim nächsten Treffen waren es schon zwei Schüler. Der Junge, der sich zu Stommer und dem Ami mit dem Afrolook gesellte, ließ sich schnell als Markus Schweitzer ermitteln. Als sich dann noch ein dritter Junge, Peter Rommels, dazugesellte, war Erhard kurz davor, in Panik zu geraten.

»Wir müssen handeln, bevor was Schlimmes passiert! Am Ende haben wir noch drei weitere jugendliche Drogentote, dann ist hier echt die Kacke am Dampfen.«

»Aber wir haben nichts«, versuchte Kockelmann zu beschwichtigen. »Rein gar nichts. Außer den Kontakten zwischen den vieren, und dass sie gelegentlich gemeinsam wegfahren. Und wenn wir jetzt eine Razzia machen und haben keinen Erfolg, verprellen wir den Dealer.« Er schüttelte den Kopf. »Was ich mit Sicherheit glaube: Der Typ ist kein Dummkopf.«

Sie beschlossen, statt des Gymnasiums tagsüber nun die Diskothek am Abend zu überwachen. Mehr gaben ihre personellen Ressourcen nicht her.

Und, wie bestellt trafen Ralf Stommer, Markus Schweitzer und Peter Rommels nacheinander zwischen neun und zehn Uhr ein. Allerdings ging immer erst einer wieder hinaus, bevor der Nächste reinging, sodass sie nie alle drei zusammen waren.

Und die Afromatte ließ sich gar nicht blicken.

Was ging da vor sich?

Eine Razzia ohne handfesten Grund wäre auch hier zwecklos. Die Bude war rappelvoll, und alle Gäste auf Drogen zu filzen – keine Chance!

»Wir brauchen einen Durchbruch. Unbedingt.«

Der Zufall half ihnen weiter.

Zwei Tage später, es war Samstag, sah Erhard den protzigen grünen Cadillac durch die Trierer Straße kreuzen. Das Dach offen, laute Rockmusik aus dem Radio, auffälliger ging es kaum. Erhard machte sich allein an die Verfolgung. Der Cadillac fuhr in die Denkmalstraße und hielt gegenüber dem Gymnasium.

»Die Schule ist doch schon lange aus«, dachte Erhard.

Zur Sicherheit funkte er Kockelmann an.

»Komm vorbei, mit Zivilstreife, und halt dich bereit, falls etwas passiert. Ich hab so ein Gefühl.«

Er musste nicht lange warten. Er sah Kockelmann, der unauffällig Position bezog. Aus verschiedenen Richtungen trudelten dann kurz nacheinander Schweitzer, Stommer und Rommel sein. Lachend begrüßten sie einander und sprangen in den geräumigen Cadillac.

Der Afrolook fuhr los. In Richtung der *Housing*, der eigenen kleinen, amerikanischen Stadt für die etwa 10.000 amerikanischen Soldaten, die hier, teilweise mit Familien, stationiert waren. Die *Housing* war eine Stadt in der Stadt, mit eigenen Verkehrsregeln, eigenen Geschäften, Schulen und Einrichtungen, alles nur für die Amerikaner. Und, im Gegensatz zum dahinter liegenden Flughafen, nicht regelmäßig militärisch gesichert, hier konnte theoretisch jeder rein- und rausfahren.

Der Cadillac passierte die offene Schranke und das unbesetzte Wachhaus und fuhr sehr gemächlich an den großen Wohnblocks vorbei. Die Zivilstreife der Bitburger Polizei folgte ihm unauffällig. Dann bog der Cadillac nach links ab, und die ortskundigen Polizisten wussten sofort, wo es hinging: Das war eine Sackgasse, und am Ende wartete an einer stets geschlossenen Schranke die amerikanische Militärpolizei, um diesen Eingang zum großen Militärflughafen zu bewachen. Einfahrt nur mit ausdrücklicher Genehmigung.

»Will der echt zum Flughafen? Mit unseren Bitburger Jungen?«

Kockelmann nickte. »Sieht so aus.«

»Los, den schnappen wir uns!«

Kockelmann schaltete das Blaulicht ein und gab Gas, erheblich schneller als die erlaubten 30 Stundenkilometer, überholte den Cadillac auf der schmalen Straße und zwang ihn mit quietschenden Reifen zum Anhalten.

Überraschte Gesichter bei den drei Schülern, weniger bei Mr. Afrolook, der die beiden Polizisten sehr entspannt grüßte.

»Wie kann ich Ihnen behilflich sein, Officer?«, sagte er mit maliziösem Lächeln in fast akzentfreiem Deutsch und schob seine Sonnenbrille die Nase hinunter. »Sind Sie sicher, dass Sie das tun dürfen, was Sie hier machen?«

»Ihre Papiere bitte«, schnauzte Erhard. »Die Kompetenzfrage klären wir später mit unseren Kollegen von der Militärpolizei.«

»Das trifft sich gut, dann können wir das gleich hier klären.«

Der Mann stieg aus und reichte Erhard einen Ausweis. Erschrocken blickten die beiden Polizisten hoch. So einen Riesenkerl hatten sie noch nie gesehen. Der war weit über zwei Meter groß! Sogar ohne die Absätze seiner Cowboystiefel und die Afrokugel auf dem Kopf. Und was sie beide an Bauchansatz bereits zu viel hatten, hatte der Riese in üppige Muskelpakete an Schultern und Armen investiert.

»Colonel Bob Harvey?«, las Erhard erstaunt, »*Military Police, Special Forces*, Frankfurt«, und seine Gesichtszüge entgleisten. »*What the hell?*«

»Oh, Sie sprechen sogar Englisch«, sagte Harvey amüsiert und versuchte erst gar nicht, den ironischen Unterton zu verbergen.

»Was machen Sie hier, mit drei deutschen Schülern im Wagen?«

»Wir sind auf dem Weg zu einem Konzert im NCO-Club. Die drei Burschen« – hier blickte er anerkennend einmal rundum, »haben mir bei den Ermittlungen gegen einen Drogendealer geholfen.« Nun schaute er hinunter auf Erhard und Kockelmann. »Vermutlich der gleiche Dealer, den Sie auch jagen. Wir wollen doch alle erfahren, wer ihren Freund Jürgen auf dem Gewissen hat. Leider haben Sie mit meinem schönen Dienstwagen die ganze Zeit das falsche Auto beschattet. Aber ich konnte und durfte Sie nicht drauf hinweisen.«

Erhard und Kockelmann stieg die Schamesröte ins Gesicht. Wie hatten sie sich so vorführen lassen können! Doch Colonel Harvey war noch nicht am Ende mit seinen Ausführungen.

»Und zum Dank für ihre gute Mitarbeit als Köder lade ich Ralf, Markus und Peter heute Abend auf ein Konzert ein. Der legendäre Bill Haley mit seinen *Comets* spielt heute Abend, der Erfinder des Rock'n Roll«, fügte er erläuternd hinzu. »Und als Vorgruppe gibt es *Point Cash.* Bei denen ich, nebenbei gesagt, den Bass spiele.«

Wie von Zauberhand erschien aus der hellbraunen Wildleder-Fransenjacke eine Visitenkarte in Harveys Hand, mit aufgedruckten Noten und Instrumenten und dem Schriftzug: *Point Cash – Finest Blues & Rock'n Roll – Back to the roots!* Darunter Harveys Name, eine Frankfurter Adresse und eine Telefonnummer. Kockelmann nahm die Karte.

»Und vorher wollten wir zur Einstimmung noch ein wenig Musik im Auto hören.«

»Warum sind Sie in Zivil, Colonel Harvey?«

»Ich bin in Frankfurt stationiert, und von dort aus ermittle ich undercover in der Drogenfahndung bei unseren Streitkräften.«

»Haben Sie den Dealer denn gefasst?«

»Nein, noch nicht. Aber ich kenne seinen Namen. Beweise liefern die Aussagen der drei hier. Den überlasse ich euch, er ist nämlich kein Amerikaner und letzten Endes nur ein kleiner Fisch. Allerdings ein kleiner Fisch mit bösen Drogen. Eine Unsitte, die unsere *Trooper* aus Vietnam mitgebracht haben. Und diesen hier, unseren eigenen bösen Buben, werde ich weiter jagen. Diesen Stein im Mosaik finde ich auch noch. Morgen übergebe ich euch jedoch schon einmal euren Schülerschreck.«

»Eher ein gewissenloser Mörder als ein Schülerschreck.« Erhards Replik fiel pampiger aus, als Harvey das wohl erwartet hatte.

»*Anyway*, ob Mörder oder Dealer, das überlassen wir besser den Gerichten. Einsitzen wird er in jedem Fall. Und dann kann er froh sein, wenn er in einem deutschen Knast sitzen darf und nicht in einem amerikanischen Militärgefängnis.«

Kriminalhauptkommissar Franz Erhard und Kriminalhauptmeister Ernst Kockelmann fuhren zurück zu ihrer Wache in der Erdorfer Straße und erwarteten ungeduldig den nächsten Morgen. Colonel Bob Harvey tauchte wie versprochen pünktlich auf, ein breites Grinsen im Gesicht, eine Akte unterm Arm.

»Bitte sehr, Gentlemen. Fotos, Aussagen der Schüler. Alles da. Nur kein Hinweis, woher er den Stoff hatte. Das ist dann mein Job für die nächste Zeit.«

Er drehte sich um und machte Anstalten zu gehen, noch bevor Erhard und Kockelmann sich bedanken konnten.

»Und, *by the way*«, merkte er aber noch an, »wenn Sie mal Lust auf ein richtig gutes Rock'n Roll-Konzert haben, lassen Sie es mich wissen.« Er zwinkerte ihnen zu. »Ich habe Beziehungen.«

Der Referendar-Lehrer Reinhard Wacker kam wie jeden Morgen um halb acht zur Schule, öffnete die Tür zum Lehrerzimmer und schaute überrascht in die Gesichter von Kriminalhauptkommissar Erhard, Kriminalhauptmeister Kockelmann und seinen Schülern Ralf Stommer, Markus Schweitzer und Peter Rommels.

Nur wenige Augenblicke später klickten die Handschellen.

Saugen, Blasen, Hand anlegen

Carsten Sebastian Henn

Es war ein BR 7000 XL.

Das Top-Modell von Drexler. Mit einer Blaskraft von achtundachtzig Metern pro Sekunde.

Am Montag, den 19. Oktober, zog er in unserer Siedlung ein. Den Tag werde ich sicher nie vergessen.

Ich trug gerade das typische Muster aus flüssiger dunkler Schokolade auf dem weißen Fondant einer köstlichen Esterházytorte auf. Es war Teil der Arbeit für mein Buch über die berühmten Kuchen Wiens. Später wollte ich das Prachtstück in meinem kleinen Fotostudio fotografieren.

Aber dazu kam es dann ja nicht.

Denn Wolfgang Spenge warf seinen 7000 XL erstmals an.

Neben meinem Küchenfenster.

Das einen Spalt offen stand.

Es kam mir vor, als starte ein Düsenjet im Vorgarten.

Schon für normale Menschen ist der Lärm eines 7000 XL eine erschreckende Erfahrung. Da ich sehr geräuschempfindlich bin, brannten meine Ohren regelrecht vor Schmerz. Gelernt habe ich Bratschist und war als solcher auch erfolgreich, aber ich wurde immer geräuschempfindlicher und musste meine Profession daher aufgeben. Ich erlernte die Kunst der Patisserie und zog mit Anja raus aus der Stadt und aufs Land, in die schöne Vulkaneifel, der himmlischen Ruhe wegen. Weit weg von allem, in ein kleines Dorf, dessen Namen Sie auf der Landkarte gar nicht erst zu suchen brauchen.

Ja, hier gab es die sprichwörtliche himmlische Ruhe!

Die an diesem Montag endete.

Wissen Sie, die Esterházytorte wurde im *Fin de siècle* der Donaumonarchie von Budapester Konditoren entwickelt. Hätten diese gesehen, wie mein kleines Kunstwerk nach dem akustischen Angriff des Laubbläsers aussah, hätten sie geheult. Statt des elegant geschwungenen Gittermusters fand sich nun eine breite braune Autobahn darauf.

Ich öffnete das Fenster und rief Herrn Spenge zu, er solle den Laubbläser leiser stellen. Doch er hörte mich nicht, war völlig konzentriert auf seine Arbeit, blies kraftvoll die Blätter des Herbstes fort.

Erst als ich lauter wurde und winkte, stellte er den 7000 XL aus, nahm seine Ohrenschützer ab und blickte mich fragend an.

»Geht das vielleicht auch ein wenig leiser?«, fragte ich höflich.

»Nö!«

»Ich bin leider sehr geräuschempfindlich.«

»Und ich bin empfindlich, was dumme Sprüche betrifft!«

Und dann machte er einfach weiter.

Ich schloss das Fenster rasch wieder. Spenge würde die Blätter fortblasen, und dann hätte ich Ruhe. Nach einer halben Stunde hörte er zwar auf, aber gerade als ich begonnen hatte, ein neues Gittermuster auf die abgeschabte und dann wieder mit Fondant versehene Torte aufzubringen, röhrte das metallische Ungetüm abermals.

Diesmal spritzte ich die flüssige Schokolade vor Schreck auf meine Schuhe, den Boden und in einer panischen Drehung auch gegen die Wand, den Lichtschalter und an die Decke.

Von der es in großen Flatschen auf die Torte tropfte.

Das war der Moment, als meine Anja in die Küche trat, das große Glück meines Lebens, und ihre engelsgleiche Stimme erklang.

»Sag mal, sitzt du auf deinen Ohren?« Dann sah sie die Bescherung. »Scheiße, was ist denn hier explodiert?«

»Hase, ich ...«, begann ich, aber Anja weiß immer sehr genau, was sie will, und dann muss das auch direkt gesagt werden.

»Geh sofort zu dem Spenge und mach ihm eine Ansage, so geht das doch nicht!«

»Ja, Schatz.«

»Warum guckst du mich jetzt an wie eine Kuh beim Kalben? Sofort, Dietmar! Das muss aufhören!«

Also bin ich raus zu Herrn Spenge. Er ist ein drahtig-sehniger Witwer, der jahrelang eine Autowerkstatt hatte. Wir haben nicht viel gemeinsam, was wir beide wissen und akzeptieren.

Als ich ihm von hinten auf die Schulter tippte, zuckte er zusammen. Nachdem er sich zu mir gedreht hatte, blickte ich ihn ein hochrotes, wütendes Gesicht.

»Willst du, dass ich vor Schreck tot umfalle?«

»Nein, ich ...«

»Du siehst doch, dass ich arbeite!«

»Ja, aber es ist so …«

»Mach das noch einmal, und ich latz dir eine, versprochen!«

Ich senkte die Stimme. »Könnten Sie Ihr Laubblasen vielleicht auf eine bestimmte Uhrzeit und eine kurze Zeitperiode beschränken? Dann könnten wir uns nämlich darauf einstellen.«

Spenge lachte. »Beschränken sich die Bäume denn auf eine kurze Zeitperiode?« Er stieß mir mit dem Finger hart gegen die Brust. »Nö!« Er stieß noch mal. »Die Blätter müssen weg, je schneller desto besser. Und jetzt verzieh dich, sonst blase ich dich weg!« Er lachte erneut und richtete das Monstrum auf mich.

Schnell ging ich nach Hause.

Mein Hase erwartete mich schon an der Tür. »Und, alles geklärt?«, fragte sie.

»Ich habe ihm gesagt, dass er die Zeitperiode beschränken soll.«

»Gut gemacht! Also hört er gleich auf?«

»Er … arbeitet mit Hochdruck.«

Sie gab mir einen Klapps auf die Wange. »Bist ja doch zu was zu gebrauchen, Dietmar.«

Zu meinem großen Glück hörte Herr Spenge nach einer halben Stunde auf.

Am nächsten Tag stand eine Russische Punschtorte auf dem Plan, die Baiser, helles Biskuit, Rum-Aroma und Vanillecreme auf köstliche Art vereint. Ich bereitete sie genau wie bei »Demel« zu. Die Schwierigkeit bestand darin, den Baiser überall gleichermaßen braun zu bekommen, wofür ich einen Küchen-Bunsenbrenner verwendete.

Obwohl ich alle Fenster im Haus geschlossen hatte, röhrte plötzlich wieder der 7000 XL wie ein urzeitliches Ungeheuer, das sich genau vor dem Haus aufgebaut hatte und drohte, es zu zerstören.

Was ihm bei der Russischen Punschtorte gelungen war, durch die sich der Strahl des Bunsenbrenners gebohrt hatte. Gott sei Dank war kein Zar anwesend, der mich sicher umgehend hätte köpfen lassen.

Plötzlich stand mein Hase neben mir und blickte mich so wütend an, als wäre sie Teil der Familie Romanow.

»Der Spenge ist schon wieder dran!«

»Ja«, bestätigte ich wahrheitsgemäß.

»Will er das jetzt etwa jeden Tag machen?«

Sie war sehr schön, wenn sie wütend war. Und sie war sehr oft wütend. Vorzugsweise auf mich.

»Nun ja«, sagte ich leise. »Die Bäume werfen halt jeden Tag ihre …«

»Papperlapapp! Deswegen muss man doch nicht jeden Tag blasen. Das ist doch sowieso nur so ein lächerliches Männerding. Frag den Spenge, ob er es wirklich nötig hat, mit so einer lächerlichen phallischen Phantasie herumzuspielen!« Sie lachte trocken auf. »Saugen, Blasen, Hand anlegen. Muss ich mehr sagen?«

»Nein, Hase. Es ist kein Wort mehr nötig. Dieser Laubbläser ist wirklich albern. Ein erwachsener Mann und solch ein Gerät.«

»Eben! Dann beende diese Kleinbürgerposse sofort.« Sie ging die Treppe hoch zu ihrem Büro, wo sie gerade eine Arbeit über Dschingis Khans Gründung der Stadt

Karakorum schrieb. Sie hatte schon immer ein Faible für starke, durchsetzungsfähige Männer.

Ich wartete, bis sie die Tür geschlossen hatte, dann öffnete ich das Fenster, um Spenge etwas zuzurufen.

Diesmal bemerkte er mich direkt, da er in meine Richtung blies. Also die Blätter in meinen Vorgarten.

»Herr Spenge, haben Sie das wirklich nötig? In unseren Vorgarten?«

Er stellte den Laubbläser aus. »Hast du was gesagt? Willst du dich etwa beschweren?« Er trat näher zu mir, das mächtige Rohr des 7000 XL auf mich gerichtet, und ließ ihn kurz aufheulen. »Irgendwo müssen die Blätter halt hin, und die sind super Kompost. Ich tu dir also einen Gefallen. Also beschwer dich bloß nicht!«

»Steckt da nicht vielleicht … mehr dahinter?«

»Hä?«, fragte Spenge. »Was soll denn da bitte hinterstecken?«

»Haben Sie vielleicht Probleme mit Ihrer … nun also Ihrem …?« Es war schwer, die richtigen Worte zu finden, die ihm unmissverständlich klarmachten, was ich meinte. »Der dicke Schlauch … das animalische Geräusch … der Gestank … die Beherrschung roher Kraft zwischen den Beinen …«

Bei manchen Sätzen merkt man, wie dumm sie sind, bevor man sie ausspricht. Das war bei diesem leider nicht der Fall.

»Wie bitte?« Spenge kam noch näher, streckte das harte Rohr des Laubbläsers durchs Fenster.

»Ich meine ja nur …«

»Sag mal, spinnst du? Womit soll ich denn Probleme haben? Ich hab mit nix Probleme! Nur mit dir, du Pfeife!«

Dann stellte er den 7000 XL wieder an, und die Russische Punschtorte befand sich im Bruchteil einer Sekunde kopfüber auf dem Boden.

»Das haste jetzt davon! Sprich mich noch einmal blöd an, und du Hanswurst kriegst richtig Ärger.«

Er blies mir mit dem 7000 XL ins Gesicht. Der Strahl war hart und brutal.

Dann wandte Spenge sich lachend ab und laubblies weiter.

Ich schloss das Fenster.

Anja musste das gehört haben, denn kurz danach stand sie neben mir und zeigte kopfschüttelnd auf die Punschtorte. »Dietmar, du musst mit den Kuchen echt besser aufpassen, das ist so eine Verschwendung von dir!«

»Ja, Hase.«

»Was hat der Spenge gesagt?«

»Nach meiner Frage wurde er sehr erregt.«

»Das dachte ich mir! Erregung ist ja sowieso das Thema.« Sie grinste breit. »Das wird ihn getroffen haben!«

»Er will keine Gespräche mehr mit mir.«

»Braucht es ja auch nicht. Wenn ihm die Sache peinlich ist, hört er sicher bald damit auf.«

Vergessen Sie bitte alle romantischen Vorstellungen von dem, was man gerne als *Dorfmusik* bezeichnet: Trecker, Muhen, Hahnenschreie …

Spenge laubblies weiter jeden Tag. Morgens, mittags und abends erzitterte die friedliche Vulkaneifel unter seinem Lärm. Er kaufte sich sogar eine Lederschürze für das Laubblasen. Nach einer Woche hatte er auch

Dobostorte, Sachertorte, Fächertorte und Annatorte auf dem Gewissen.

Und mein Eheglück.

Als wir abends am Esstisch saßen, war Anja plötzlich ganz still, so kannte ich sie gar nicht. Anja redete ausgesprochen gern.

»So geht es nicht weiter«, sagte sie schließlich. »Ich kann nicht mehr arbeiten bei dem Lärm.«

»Aber ich habe doch schon mit Herrn Spenge geredet«, erwiderte ich. »Was soll ich denn noch tun?«

»Ich weiß es nicht, Dietmar. Aber tu etwas, sonst bin ich weg. Aus reinem Selbstschutz.«

»Vielleicht solltest du mit ihm reden. Du kannst sehr überzeugend sein, Hase!«

Sie lachte trocken auf. »Bin ich der Mann im Haus oder du? Also wenn du nicht einmal das geregelt bekommst, dann sehe ich echt keine Zukunft für uns. Du etwa?«

»Nein«, gab ich kleinlaut zu.

»Ich gebe dir noch eine Woche«, sagte Anja. »Danach ist entweder der Laubbläser weg oder ich.« Damit stand sie auf und ging in ihr Büro.

Als ich abends zu ihr ins Schlafzimmer wollte, fand ich mein Bettzeug vor der Tür.

Es fällt mir manchmal schwer, meine Argumente in einem Gespräch geschliffen vorzutragen, deshalb schrieb ich Spenge einen höflichen, aber nachdrücklichen Brief, den ich einen Tag später zerknüllt in meinem Briefkasten fand. Nach dem Auseinanderfalten sah ich, dass er »Wir leben in einem freien Land, Arschloch!« geschrieben hatte und sich braune Streifen auf dem Bogen fanden, die eine unhygienische Nutzung vermuten ließen.

Ich versuchte es mit Geld. Aber Spenge lachte mich aus.

Ich versuchte es mit der Androhung von Gewalt. Aber Spenge lachte mich aus.

Ich versuchte es mit der Polizei. Aber diese lachte mich aus.

Und die Tage vergingen.

Ich traute mich in dieser Zeit nur noch, optisch unproblematische Kuchen wie Guglhupf oder Dörytorte zu backen, bei denen das Aufröhren des Laubbläsers nicht zur sofortigen Zerstörung führte. Aber irgendwann war ich zum Backen nicht mehr fähig, konnte mich nicht mehr konzentrieren, nicht einmal einen einfachen Altwiener Milchrahmstrudel bekam ich noch hin.

Am sechsten Tag packte Anja demonstrativ ihre Sachen und stellte sie in den Flur – begleitet vom Lärm des 7000 XL.

Das machte mir sehr deutlich, dass ich handeln musste.

Wir Patissiers gelten als Eigenbrötler, auf die andere Köche, an brodelnden Töpfen und zischenden Pfannen stehend, hinabblicken. Der Grund ist, dass die Patisserie eine exakte Kunst der genauen Grammangaben ist, die mit intuitivem Kochen und testosterondampfender Männlichkeit, mit Brüllen, Alphamännchen-Sprüchen und scharfen Messern wenig zu tun hat.

Aber wir haben Tortensägen und Tortendraht.

Und wir können damit umgehen.

Meist braucht es nicht viel Kraft, um den Draht durch einen fluffigen Tortenboden zu ziehen, aber der Druck muss exakt eingesetzt werden. Im richtigen Moment heißt es dann entschlossen und gleichmäßig ziehen.

Nicht dass Sie denken, ich wäre ein gewalttätiger Charakter, ganz im Gegenteil. Aber fast zwei Wochen Laubbläser verändern einen Menschen fundamental. Vierzehn Tage, in denen man nicht ausschlafen kann, weil einen der 7000 XL frühmorgens weckt, vierzehn Tage, in denen der Laubbläser aufdröhnt, egal ob man unter der Dusche steht, vor dem Fernseher sitzt oder versucht, seine Ehe mit Petit Fours zu retten – Spenge schien immer genau zu wissen, wann er einen mit dem Lärm unvorbereitet traf. Vierzehn Tage mit einer Frau, die viel von ihrer bezaubernden Art verlor.

Auch ich verlor mich, vielleicht lag es am fehlenden Schlaf, an den schweißnassen Albträumen. Mir kam nämlich die absurde Idee, dass Spenge den akustischen Angriff jahrelang vorbereitet hatte, indem er Laubbäume nahe unserem Grundstück pflanzte, um uns jetzt mit dem 7000 XL terrorisieren zu können, letztendlich aus dem Dorf zu vertreiben und das Haus für einen lächerlichen Preis abzukaufen, damit sein Sohn hier einziehen konnte. So weit war es schon gekommen, dass ich einem Menschen solch eine Niedertracht unterstellte!

Ich war nicht mehr ich.

Es war alles in allem also pure Notwehr, dass ich mich entschied, Spenge umzubringen.

Von Vorteil war, dass wir in einem wirklich kleinen Dorf lebten, in einem dünn besiedelten Sträßchen, sodass eine Tat auf offener Straße also möglich war, wenn das Opfer sich an der richtigen, von weiter weg wohnenden Nachbarn uneinsehbaren Stelle befand.

Die zweite glückliche Fügung war, dass er mich nicht von hinten kommen hören würde wegen des Lärms seiner phallischen Höllenmaschine.

Ich trank mir etwas Mut aus der Rum-Flasche an, die bei den Backzutaten stand. Ja, ich trank sie sogar leer!

Dann zog ich mir zur Tarnung herbstbraune Kleidung an und trat vors Haus und über die einspurige Straße in Spenges Garten, immer darauf achtend, dass er gerade in die andere Richtung blies.

Es war ein kalter Tag, meine Hände froren, und ich knetete sie, damit genug Kraft in ihnen war, um Spenges Kopf vom Rumpf zu trennen. Es galt dabei schnell zu sein, um einen Hilfeschrei zu verhindern.

Obwohl dieser bei laufendem 7000 XL wohl ohnehin nicht zu hören wäre.

Noch ein Vorteil.

So würde sich das Folterwerkzeug gegen den Folterknecht wenden!

Ich gebe zu, ich war vom Rum-Fläschchen ein wenig aufgeputscht.

Schritt für Schritt und sehr vorsichtig näherte ich mich Spenge. Erst als ich genau hinter ihm stand, holte ich den Tortendraht hervor. Tief holte ich Luft, hob die Arme, zog den Draht straff – und spürte eine Schneeflocke auf meinen Handknöcheln landen. Dann rasch eine zweite.

Es schneite, und zwar so, als hätte Frau Holle alle Daunenwäsche ihres Hauses auf einmal ausgeschüttelt.

Der Herbst war vorbei!

Die Zeit des Laubblasens ebenso!

Schnell packte ich den Tortendraht ein und musste dabei wohl Spenges Rücken gestreift haben.

Er drehte sich um.

»Was willst du Vogel denn hier?«

»Ich wollte nur ... fragen, ob Sie mir vielleicht einmal Ihren Laubbläser ausleihen könnten, aber das hat sich nun ja erledigt.«

»Ob ich dir was? Und das soll ich dir glauben, nachdem du in den letzten Tagen alles versucht hast, um mich am Blasen zu hindern?« Er packte meinen Kragen.

»Menschen ändern sich.«

»Ich nicht! Ich kann dich immer noch nicht leiden. Mir wäre am liebsten, ihr würdet wegziehen, je eher desto besser. Denn hier werdet ihr eures Lebens nicht mehr froh, das kann ich euch garantieren! Hier wird es nie wieder idyllisch leise sein, du geräuschempfindliches Weichei. Im Frühjahr werde ich meinen neuen Industrie-Häcksler anwerfen. Der wartet schon einsatzbereit in der Garage darauf, ganze Wälder lautstark zu zerkleinern!«

»Wir werden niemals ...«, begann ich.

»Und wenn ich euch selbst das Dreckshaus abkaufen muss, um euch endlich los zu sein! Selbst das wäre mir egal! Haben wir uns verstanden?«

Ich nickte. Es war Winter, der Spuk war vorerst vorbei. So ein Eifelwinter dauert lange, das Frühjahr war noch weit entfernt, meine Ehe gerettet.

Nie hatte ich die kalte Jahreszeit so geliebt wie in diesem Moment. Es konnte gar nicht genug schneien, selbst eine neue Eiszeit wäre mir recht gewesen. Das erste Mal seit Tagen konnte ich wieder lächeln, eine enorme Last war von meinen Schultern gerutscht.

Aber als ich wieder bei meinem jetzt in herrlicher Stille liegenden Haus angekommen war und gerade den Schlüssel ins Schloss stecken wollte, hörte ich es hinter mir aufröhren.

Ich drehte mich um und sah, wie Spenge den Schnee fortblies, mir dabei die Zunge herausstreckend.

Da brannte meine Sicherung durch. Zu diesem Zeitpunkt war allerdings nur noch eine letzte drin gewesen.

Ohne Zögern ging ich auf Spenge zu, und zwar im Eiltempo. Er lachte nur verächtlich. Ohne darauf zu achten, ob mich jemand sah, zog ich den Tortendraht aus der Tasche und spannte ihn auf.

Als Spenge das sah, lachte er sogar noch mehr.

Ich habe schon viele Tortenböden geschnitten, es ist Routine. Es gibt da kein Zögern meinerseits, es ist eine fließende Bewegung.

Natürlich kann ich verstehen, dass es auf Spenge lächerlich wirkte, mich wütend und mit einem dünnen Draht auf sich zustampfen zu sehen. Ich bin wahrlich kein muskulöser Mann, aber als Bratschist trainiert man täglich zwei Muskelpartien: die in den Armen und die in den Händen. Auch bei der Patisserie kommen sie regelmäßig zum Einsatz.

Spenge johlte, als ich bei ihm ankam, ja, er schüttete sich geradezu aus vor Freude, auch als ich hinter ihn trat, schnell den Tortendraht über seinen Kopf hob und vor den Hals spannte.

Man kann sagen, er hörte erst auf, als ich den Draht nach hinten durchzog.

Nicht der kleinste Schrei erklang, es blieb Spenge schlicht keine Zeit dafür.

Auch nicht dafür, den 7000 XL auszuschalten. Das erledigte ich.

Dann ging ich in die Garage und fütterte Spenges Industrie-Häcksler mit Spenge. Es war eine ziemliche Sauerei, klugerweise hatte ich vorher die Laubbläser-Schürze umgelegt.

Das, was aus Spenge geworden war, vergrub ich schnell bei ihm im Garten. Sofort legte sich Schnee darüber.

Auf dem Rückweg zu meinem Haus kam ich an dem Laubbläser vorbei, der achtlos auf dem schneebedeckten Boden lag.

Und ich dachte, in ziemlich überdrehter Laune, warum nicht?

Der 7000 XL schmiegte sich regelrecht an meinen Körper, als ich ihn anlegte.

Nachdem ich den Startknopf gedrückt hatte, spürte ich, wie mich eine mächtige Welle unbändiger Kraft durchströmte, und ich ergriff mit beiden Händen den dicken Schlauch. Das animalische Röhren in meinen Ohren, die rohe Kraft zwischen meinen Beinen, ich wollte nur noch blasen, meinen starken Strahl auf etwas richten und es meine ganze Kraft spüren lassen.

In diesem Moment war mir plötzlich alles egal, der Mord, die Kunst des Tortenbackens, meine Ehe, ja es gab nur noch den 7000 XL und mich.

Meine Haare flatterten in der Abluft. Ich hatte gar nicht gewusst, dass ich so viele Haare zum Flattern hatte.

Obwohl niemand in der Nähe war, hatte ich das Gefühl, alle schauten mich bewundernd an. Und ich genoss die Blicke, wollte allen mein unfassbares Rohr zeigen und was ich damit anstellen konnte. Es fühlte sich an, als ob ich größer wäre, mindestens einen halben Meter. Der 7000 XL vervollständigte mich.

Ich konnte gar nicht aufhören zu blasen, wollte es in allen Ecken meines Gartens tun und sogar im Haus selbst. Überall!

Deshalb ging ich hinein und blies frischen Wind hindurch.

Als Anja schreiend die Treppe herunterkam, blies ich sie mit meinem Schlauch um.

Und wusste in diesem Moment, dass sich meine Ehe, mein ganzes Leben grundlegend ändern würde.

Denn jetzt hatte ich endlich meinen eigenen 7000 XL.

Heinzi

Herbert Pelzer

Die monotone Melodie aus dem Geldspielautomat und das Rauschen des Wassers im kupfernen Spülbecken in der Theke sind die einzigen Geräusche, die den Schankraum erfüllen. Es ist Freitagabend kurz vor elf, nur noch zwei Gäste hängen an der Theke herum. Dieter Werres hat den Kopf auf seine verschränkten Arme gelegt und schläft. Das letzte Glas Bier steht neben ihm, es ist schal geworden, er hat es nicht mehr angerührt. Ums Eck hockt Christian Neulen vor dem Spielautomat, wie so oft malträtiert er die Tasten nach einem nur ihm bekannten System, das Gerät blinkt und dudelt in einem fort.

»Ich glaub, er steht kurz vor der nächsten Serie«, hat er seiner Vanessa gesagt, mit der er zuvor am Ecktisch gesessen und Jägerschnitzel mit Pommes gegessen hat. Vanessa hat sich neben ihn an die Theke gestellt, an einer Cola Light genippt und ihm zugeschaut, wie er ganz und gar eins zu werden schien mit dem kirmesbunten Ding an der Wand. Nach einer Weile hat sie gelangweilt gegähnt, »Ich geh schon mal vor, Schatz«, gegen dieses blöde Gerät hatte sie keine Chance, »du hast doch deinen Schlüssel dabei?«

»Ja, ja«, hat Dieter genuschelt, ohne den Blick von dem Gerät zu nehmen.

Hinter der Theke steht Anna, mit einem riesigen weißen Tuch poliert sie an einem gespülten Glas herum. Anna ist zwanzig Jahre alt, sie wohnt im Nachbardorf, unter der Woche macht sie den Kundinnen im Friseursalon »Sabrinas scharfe Schere« die Haare schön, am Wochenende verdient sie sich hier in der Gaststätte »Kierschenke«, etwas zu ihrem mickrigen Gehalt dazu. Ihre blonden Haare hat sie zu einem trendigen Dutt hochgesteckt, ihre schwarzen Lidstriche sind dramatisch weit und nadelspitz auslaufend nach außen gezogen. Sie ist eine Schönheit, zweifellos, dazu ist sie freundlich zu jedermann. Eine wie sie würde leicht einen besseren Job finden, aber Anna gefällt es so wie es ist. Nie hat sie daran gedacht, von hier wegzugehen, sie mag die Eifel, mag den Friseursalon und auch die Kierschenke, obwohl ihr manche Kerle hier ab und an ein wenig zu aufdringlich werden. Doch Anna ist nicht auf den Mund gefallen, kommt ihr einer allzu nahe, weist sie ihn mit klaren Worten und für alle vernehmlich in die Schranken. Diese Taktik funktioniert immer, auch hier in der Kierschenke.

In der kleinen Küche hinter dem Tresen hantiert Günter Hackmann mit dem schmutzigen Geschirr herum. Das Klappern reißt Anna aus ihren Gedanken, sie schaut durch die schmale, stets offene Verbindungstüre und sieht, wie Hacky die Spülmaschine belädt. Hacky ist hier Wirt und Koch und alles andere auch, er schaut kurz zu ihr auf und lächelt Anna an. Niemand im Ort nennt ihn beim Vornamen, seit jetzt schon fast sieben Jahren hat er die Kierschenke gepachtet, aber wenn Hacky nicht von

Dienstag bis Donnerstag einen Halbtagsjob im Getränkemarkt in Kall angenommen hätte, dann wäre er schon längst als Wirt gescheitert. Seinen Doppel-D-Job, nennt er seine Arbeit im Getränkemarkt. Dienstags bis donnerstags, immer bis 13 Uhr, und pünktlich um 17 Uhr öffnet er seine Gaststätte. An jedem Tag in der Woche, außer montags, dann ist Ruhetag. Am Sonntag öffnet er zusätzlich von 10 bis 14 Uhr, zum Frühschoppen, zu dem sich dann eine Handvoll Gäste in der Kierschenke verlieren.

Hacky ist 52 Jahre alt und ziemlich cool, wie er findet. Er hat immer alles im Griff, kann mit dem Gabelstapler im Getränkemarkt genauso gut umgehen wie mit den Pfannen und Töpfen in seiner Küche. Seine Sprüche sind beliebt und gefürchtet zugleich, und sein schwarzer Audi hinterm Haus hat 245 PS.

Wenn nur die Gäste zahlreicher in seine Kneipe kommen würden. Klar, seine Schnitzel sind erste Sahne, dafür kommen die Leute auch schon mal aus den Nachbardörfern zu ihm herüber, aber der Thekenbetrieb ist mau. Daran hat sich auch nichts geändert, nachdem er die Anna eingestellt hat. Zwar kommen jetzt die jungen Kerle häufiger als zuvor, aber im Grunde genommen kommen sie nur zum Vorglühen. Spätestens um 10 sind die wieder weg, nach Euskirchen oder sogar nach Köln fahren die dann, und zurück bleiben dann nur solche Gäste wie Didi Werres, der an der Theke schläft und Chris Neulen, der sein Geld lieber in den Spielautomaten wirft. Einige seiner ehemaligen Stammgäste kommen schon länger nicht mehr regelmäßig, und wie gesagt, hätte er nicht seinen Doppel-D-Job, dann sähe es schlecht aus für den coolen Hacky.

Auch Heinzi kommt nicht mehr. Seit dem Vorfall auf der letzten Weihnachtsfeier der freiwilligen Feuerwehr hat er sich nicht mehr blicken lassen. Dabei wohnt er nur schräg über die Straße, in dem alten Gehöft mit den dicken Wänden und den kleinen Fenstern darin. Damals war Heinzi auf einen Tisch gestiegen, voll wie er war, die anderen haben ihn angespornt, »Heinzi, Heinzi« haben sie gegrölt, und als Heinzi sich zur Musik von ZZ Top tanzend das Hemd vom Leib gerissen hat, da fingen sie sofort an, »Ausziehen, ausziehen!« zu skandieren.

»*'Cause every girl's crazy 'bout a sharp-dressed man …*« dröhnte es aus den Lautsprechern, und plötzlich stand Heinzi in der Unterhose da. Feinripp, nicht mehr ganz weiß. Wenn Hacky in dem Moment nicht eingegriffen hätte, wer weiß, Heinzi hätte wohl blankgezogen, verrückt wie der Kerl schon immer war. Mit einem Satz war Hacky bei ihm gewesen, hat ihn vom Tisch gerissen, beide sind sie auf die Holzbank geknallt, an der Heinzi sich den Kopf angeschlagen hat. Dann hat er verdattert in die Runde geschaut, hat gesehen, wie die anderen sich auf die Schenkel geschlagen haben vor Lachen. Jemand hat ihn mit Bier bespritzt, und Heinzi war aufgesprungen, hat seine Sachen zusammengerafft, und ist so wie er war aus der Wirtschaft gestürmt.

In der Küche brummt und gluckst jetzt die halbleere Spülmaschine, Anna steht, an den Vitrinenschrank gelehnt, da und tippt auf ihrem Smartphone herum, während Didi an der Theke nun ein vernehmliches Schnarchen von sich gibt.

Am nächsten Morgen lenkt Heinzi Herper seinen zwölf Jahre alten roten Opel Corsa vom Hof, seine Oma Odilie sitzt auf dem Beifahrersitz. Wie jeden Samstagvormittag sind sie auf dem Weg hinunter nach Kall, um ihren Wocheneinkauf zu tätigen. Der Wagen ist nicht nur einfach rot, es ist die ferrarirote Lackierung, die Heinzi vor fünf Jahren zum Kauf verführt hat. Er ist davon überzeugt, dass es exakt das Rot der *Scuderia Ferrari* ist. *Rosso Corsa* wie die Italiener sagen. Das klingt wahnsinnig exotisch, und Heinzi meint, der Begriff *Corsa* könnte vielleicht sogar etwas mit seinem Opel zu tun haben.

Als er ein kleiner Junge war, hat der Vater die Familie verlassen, die Mutter zog mit ihm zu den Großeltern in das Gehöft mit den dicken Mauern und den kleinen Fenstern. Irgendwann war auch die Mutter nicht mehr da, und der kleine Heinz blieb bei den Großeltern zurück. Etwa um die Zeit, als er eingeschult wurde, starb der Großvater, von da an lebte er alleine mit seiner Oma Odilie Wollenweber zusammen, die er, seit er sprechen kann, Oma Dili nennt. In seiner Klasse war er der Einzige mit Namen Heinz, zwischen vielen Marcels, Kevins oder Florians. Als ihn dann alle nur noch Heinzi nannten, da war ihm leichter ums Herz, das klang fröhlicher und auch viel weicher als dieses harte Heinz.

Der rote Opel passiert das Ortsschild bei der Bushaltestelle, und dann sehen sie es auch schon. Sie sehen das Blaulicht, noch bevor sie das Martinshorn hören. Durch das erste spärliche Grün der noch winzigen Blätter an den fast noch kahlen Bäumen sehen sie den Streifenwagen hinter der Kurve heranbrausen, dann ist er bei ihnen, und Heinzi sieht im Rückspiegel, wie er mit hoher Geschwindigkeit ins Dorf brettert.

»Owcia«, sagt Oma Odilie, »die habens aber eilig, ist sicher was passiert.«

»Aber echt.« Heinzi schaut dem Blaulicht nach. »Hat wohl irgendwo 'nen Unfall gegeben.« Einen Moment zögert er, dann gibt er wieder Gas, der Einkauf muss gemacht werden, nutzt ja alles nichts.

Im Dorf bremst der Streifenwagen vor der Kierschenke scharf ab, zwei Polizisten steigen aus, erste Neugierige erscheinen vor ihren Häusern. In der Eingangstür steht ein Mann in grauer Latzhose, aufgeregt winkt er die Uniformierten heran. »Hier«, ruft er, »schnell, hier drinnen, hinter der Theke.«

»Treten Sie zurück«, befiehlt der ältere der beiden Polizisten dem Mann, dessen Gesicht so grau wie seine graue Latzhose geworden ist, »und warten Sie hier draußen.« Nacheinander betreten die Polizisten den Schankraum und drängen sich um den leblosen Körper, der auf den Holzdielen hinter der Theke im Halbdunkel liegt. Einer findet einen Lichtschalter, im schummrigen Licht aus den kupfernen Hängeleuchten ist ein junge Frau auf dem Boden zu erkennen, ihr blondes Haar ist von Blut verklebt, ihre Bluse weit aufgerissen.

»Da ist wohl nix mehr zu machen«, entscheidet der Wortführer und geht hinüber zur Eingangstüre, um zu telefonieren. »Eine Leiche«, meldet er, »ja, eindeutig, hier in der Kierschenke in Keldenich.«

Eine gute halbe Stunde später ist der Leichenfundort weiträumig abgesperrt. »Polizeiabsperrung« steht auf dem rot weißen Plastikband, das die gut zwei Dutzend Schaulustigen zurückhält. Die recken ihre Hälse und diskutieren in gedämpftem Ton, wahrscheinlich ist irgendetwas mit Hacky geschehen, man befürchtet das Schlimmste. Ein dunkler Wagen fährt vor, zögernd treten die Schaulustigen zurück, der Wagen parkt dicht beim Eingang und alle beobachten, wie ein hoch gewachsener Mann und eine zierliche junge Frau aussteigen.

Kriminalhauptkommissar Tom Kaiser informiert sich, noch in der Eingangstüre stehend, bei dem älteren Streifenpolizisten über die Situation vor Ort. Seine Kollegin, Kommissaranwärterin Lisa Walporz, sieht zu den Schaulustigen hinüber, dann zückt sie einen Notizblock aus ihrer Jackentasche und folgt ihrem Chef in das Innere der Schenke.

»Anna Gerkens«, sagt der Streifenpolizist, »20 Jahre alt, ihre Handtasche lag scheinbar unberührt auf der Ablage im Vitrinenschrank. So wie es aussieht, fehlt auch nichts daraus.«

Kaiser und Walporz beugen sich über die Tote, sie liegt seitlich auf dem Boden, in einer ziemlich großen Blutlache. Ihr Haar ist zerzaust, die Augen stehen weit offen. Unter ihrer aufgerissenen Bluse trägt sie einen knallroten BH, Blutspritzer bedecken ihr schneeweißes Dekolleté.

»Warum hat dieser …«, Tom Kaiser überlegt, »… dieser Handwerker sie gefunden? Wer wohnt hier im Haus? Der Wirt? Seine Familie? Und wenn ja, wo sind diese Leute?«

Der Streifenpolizist wirft sich in die Brust, er ist in der Lage umfassend zu antworten: »Der Wirt heißt Günter

Hackmann«, berichtet er, »lebt alleine hier im Haus. Ist jedoch nicht anwesend, hat wohl auch die Nacht nicht hier verbracht, sein Bett ist unberührt. Der Handwerker heißt Pawel Dabrowski, Elektriker, war heute Morgen hier mit Hackmann verabredet, er sollte nach der Elektrik in der Küche schauen, weil die Sicherung ständig rausfliegt. Hackmann war jedoch nicht hier, die Türe zur Gaststätte war nicht verschlossen.«

Lisa Walporz schreibt mit, flinke Finger lassen den Kugelschreiber über das Papier gleiten. Sie ist angespannt, es ist ihr erster realer Mordfall. Und ein Mord ist hier geschehen, daran hat sie keinen Zweifel, und sie hat auch schon einen ersten Verdächtigen im Hinterkopf.

Während in der Kierschenke routinierte Polizeiarbeit beginnt, die Spurensicherung ist bereits vor Ort, der Tatort wird gesichert und erste Zeugenbefragungen werden durchgeführt, sitzt Dabrowski mit hängendem Kopf auf der Bank in der hintersten Ecke der Schenke. Zur gleichen Zeit fährt draußen auf dem gegenüberliegenden Grundstück ein roter Opel vor. Der Einkauf im Kofferraum kann warten, neugierig schauen Heinzi und Oma Dili zu dem Menschenauflauf hinüber. «Da ist sicher was Schlimmes passiert«, sagt sie wie zu sich selbst, dann geht sie über die Straße, hinüber zu den anderen, die sich hinter dem Absperrband drängen. Heinzi folgt ihr, Oma Dili zupft Vanessa Neulen am Ärmel und fragt: »Ist was mit Hacky?«

We are the Champions plärrt es aus dem Smartphone. Er geht ran, »Ja?«, dann erkennt Hacky auch schon Chris Neulens Stimme am anderen Ende der Leitung.

»Du musst kommen«, sagt der. »Anna ist tot.«

In seiner Kneipe herrscht ein ziemliches Gewusel. Leute in weißen Overalls, blitzende Kameras. Hacky gelingt ein kurzer Blick auf Anna. Wie eine Puppe liegt sie da, hinter dem Tresen, da wo sie fast immer stand, wenn es ruhiger geworden war in der Kierschenke. Er sieht das viele Blut, gerade will er sich abwenden, als ein hoch gewachsener Kerl neben ihn tritt.

»Sie sind Günter Hackmann, nicht wahr?«

Hacky nickt, »Ja, bin ich, aber was ist hier los? Die Anna …«

Der Kerl nennt irgendeinen Dienstgrad und einen Namen, dann deutet er hinüber zu dem Raum hinter der Küche, den Hacky als sein Büro nutzt. »Gehen wir dort hinüber, da ist es ruhiger.«

Mit gedämpfter Stimme berichtet Kaiser, was man am Morgen hier vorgefunden hat.

»Mit hoher Wahrscheinlichkeit ist Anna Gerkens durch einen Schlag mit einem harten Gegenstand gegen den Kopf getötet worden.« Dann richtet er Fragen an Hacky. Sie sind glasklar formuliert, die Antworten kommen zögernd.

Er habe die Kierschenke verlassen, nachdem nur noch die beiden letzten Gäste anwesend waren. Das war so gegen zehn nach elf, das machen sie öfter so, Anna wartet dann noch bis auch der Letzte gegangen ist, räumt dann noch schnell auf und fährt danach nach Hause. Sie hat ja einen Schlüssel, er kann sich immer auf sie verlassen.

Kaisers junge Kollegin ist dazugekommen, sie kritzelt in ihrem kleinen Notizblock herum, notiert die Namen der letzten Gäste.

Dann berichtet Hacky, dass er zu Ewa gefahren ist, seiner Lebensgefährtin. Ewa wohnt in Urft, und dort ist er die ganze Nacht gewesen. Heute Morgen hat er verschlafen, er hat den Pawel vergessen, einfach vergessen, sowas kommt ja vor, darum hat der auch die Anna gefunden.

Nachdem Kaiser keine weiteren Fragen hat, teilt er mit, dass die Gaststätte bis auf Weiteres geschlossen bleiben muss, dann erhebt er sich von seinem Stuhl und will das Büro verlassen.

»Herr Kommissar«, bricht es aus Hacky heraus, »Haben Sie schon einen Verdacht? Ich meine, wer macht so was? Irgendeiner schlägt hier die Anna tot, in meiner Kneipe.«

Stumm schüttelt Kaiser den Kopf.

»Also ich will ja keinem was anhängen«, fährt Hacky zögerlich fort, »verstehen Sie mich nicht falsch, aber schauen Sie sich mal den Heinzi an.«

Die Kollegin notiert den Namen, dann folgt sie Kaiser hinüber in den Schankraum.

Was für ein Tag! Niemand in Keldenich kann sich erinnern, jemals eine solche Aufregung im Dorf erlebt zu haben. Die Polizisten schicken die Schaulustigen nach Hause, man werde sie gegebenenfalls zur Befragung aufsuchen, wenn sie sich nur alle zu ihrer Verfügung halten wollen. Bei Chris Neulen und bei Didi Werres klingeln sie als erstes. Dann bei den Nachbarn rechts und links der Kierschenke, Pawel Dabrowski wird noch einmal im Streifenwagen verhört. Die Eingangstür zur Kneipe sei offen gewesen, das habe ihn gewundert, sagt er aus. Drinnen habe er laut nach Hacky gerufen, und dann auch schon die Beine auf dem Boden hinter der Theke liegen sehen. Mehr nicht, nur die Beine, aber trotzdem habe er gewusst, dass hier etwas Schlimmes passiert ist. Er könne ja noch nicht einmal zuschauen, wenn im Fernsehen jemand eine Spritze bekommt, darum habe er sich sofort abgewendet, um nach der Polizei zu telefonieren.

Unterdessen sind Kaiser und Walporz schon auf dem Weg zu Ewa Dudek. Für einen gewöhnlichen Samstagvormittag trägt sie reichlich viel Schmuck. Lange, üppig mit Strass besetzte Ohrhänger hängen schwer an Ewas Ohrläppchen, das wasserstoffblonde Haar wirkt wie frisch ausgekämmt.

»Ja, es stimmt« sagt Ewa ohne zu zögern, als sie auf der weißen Kunstledercouch im Wohnzimmer sitzen. »Hacky war bei mir, er ist kurz vor halb zwölf gekommen, und heute Morgen erst wieder gefahren, als der Anruf aus der Kneipe kam.«

»Und das wissen Sie ganz genau, dass es kurz vor halb zwölf war?« Kaiser hält seinen Blick fest auf Ewa gerichtet, doch die bleibt ruhig.

»Sicher, der kommt immer um diese Zeit, freitags, wenn nicht viel los ist.«

Der coole Hacky und die schöne Ewa, nach der sich die Männer umdrehen, wenn sie beide aus Hackys schwarzem Audi steigen oder im Urlaub auf Malle einen Caipi an der Beachbar schlürfen. Der Stenz und sein Püppchen, denkt Tom Kaiser, während er Ewa beobachtet, wie sie über ihre strassbesetzten Ohrhänger streicht.

Aber ist Hacky wirklich der Typ, der seine Kellnerin umbringt? Und warum sollte er das tun? Wollte er was von ihr, und sie hat ihn abgewiesen? Sie müssen ihn im Auge behalten.

Am späten Nachmittag sitzen sie in der Kierschenke in Hackys Büro zusammen. Nebenan im Schankraum wird Annas Leiche in den Zinksarg gelegt.

»Was haben wir?«, fragt Kaiser in die Runde seiner Kollegen. Die Antworten sind ernüchternd, realistisch betrachtet haben sie nichts. Keinen konkreten Hinweis, keine verdächtige Beobachtung. Werres und Neulen bestätigen Hackys Aussage, dass er kurz nach elf die Kierschenke verlassen hat, bald darauf hat Anna sie abkassiert. Beide Ehefrauen geben glaubhaft an, dass ihre Männer noch vor halb zwölf zu Hause waren. Die Nachbarn waren ein Totalausfall. Niemand hat etwas gehört, gesehen schon gar nicht, man lag schon im Bett, am Samstag wartet immer viel Arbeit auf sie. Nur die alte Frau Piel zeigte sich ein wenig redseliger. »Fragen Sie doch mal bei dem Heinzi nach«, hat sie gesagt, »der ist doch die halbe Nacht wach, kann der sich ja auch leisten, wo der doch keine Arbeit hat. Also ich wollt ja nichts gesagt haben, aber der ist auch sonst ein bisschen komisch. Aber sagen Sie keinem, dass Sie das von mir haben.«

Tom Kaiser runzelt die Stirn, will wissen, ob dieser Heinzi schon befragt worden ist. »Nein«, gibt der ältere Streifenpolizist etwas kleinlaut zu. »So weit sind wir bisher noch nicht gekommen.«

Am Klingelknopf an der Hauswand befindet sich kein Name, sie bleibt stumm, als Lisa Walporz sie betätigt, und doch öffnet sich schon nach wenigen Sekunden die Haustür.

»Heinziiii«, ruft die Alte über ihre Schulter die Treppe hinauf, nachdem Kaiser den Grund ihres Besuches genannt hat. Wieder dauert es nur wenige Sekunden, bis ein etwas pummeliger Mann die Treppe heruntergepoltert kommt.

»Die wollen zu dir«, grummelt die Alte. Es ist eng an dem winzigen Tisch, um den herum sie dann alle zusammen in der Küche sitzen. Kaiser schätzt Heinz Herper auf gut 30 Jahre, seine Antworten kommen stockend, und genauso, wie Kaiser es befürchtet hatte, kann Herper keinerlei brauchbare Angaben zur vergangenen Nacht machen. Gestern Abend war er zu Hause, hat Netflix geschaut. »Snowpiercer«, bis in die Nacht hinein, bei der vierten Folge ist er eingeschlafen. Anna Gerkens hat er gekannt, sagt er weiter aus. »Na klar, die kann man ja nicht übersehen«, und nein, in die Kierschenke ist er nicht mehr gegangen. »Ich trinke mein Bier jetzt hier zu Hause.« Kaiser sieht die stattliche Anzahl leerer Discounterbierflaschen auf dem Boden neben der Spüle stehen.

Schließlich lässt Kaiser es gut sein, hier ist nicht viel zu holen, bedeutet er Lisa Walporz mit einem vielsagenden Blick. Sie steckt Notizblock und Stift in ihre Tasche und noch ehe sie beide das Haus verlassen haben, poltert Heinz Herper wieder die Treppe im Flur hinauf.

Bevor sie zurück nach Euskirchen fahren, setzen sich Kaiser und Walporz noch einmal an einen der Tische in der Kierschenke. »Lassen Sie uns den Tag noch einmal zusammenfassen«, fordert er seine Kollegin auf, lehnt sich zurück und verschränkt die Hände hinter dem Kopf. Der Kreis der Verdächtigen ist überschaubar. Hacky Hackmann und Pawel Dabrowski kommen in Frage, Heinzi, vielleicht.

»Oder doch einer der letzten beiden Gäste«, sagt Lisa Walporz. Kaiser zuckt mit den Schultern, dann brechen sie auf, nehmen sich jedoch vor, gleich morgen früh noch einmal mit Hackmann zu sprechen.

Heinzis betagtes Smartphone schrillt um sieben Uhr früh. Die Nummer ist unterdrückt. »Du Schwein!« brüllt eine männliche Stimme. »Wenn ich rauskriege, dass du das warst, komm ich und stech dich ab!« Dann legt der Anrufer auf. Gegen 10 Uhr, zu der Zeit, zu der sonst die ersten Männer zum Frühschoppen gehen, schaut er zum Fenster hinaus. Wieder stehen einige Dorfbewohner vor der Kneipe. Sie reden miteinander, eine Frau erkennt ihn im Fenster, sie stößt ihren Nebenmann an, der schaut jetzt ebenfalls hinauf zu Heinzi, der sich hinter die Gardine zurückzieht. Und dann schauen sie alle. Ihre Blicke sind finster und einer winkt Heinzi zu. Komm nur her zu uns, sagt seine Handbewegung, wenn du dich traust. Aber Heinzi traut sich nicht, er zuckt vom Fenster zurück und geht hinüber zum Computer, wo er seine Lieblingsseite aufruft.

Am Montagmorgen ist ein Galgen auf ihre Hauswand gemalt. Direkt hinter dem roten Opel, der immer dicht beim Haus steht, da, wo früher der Misthaufen war.

Sofort macht Oma Dili sich daran, den Galgen abzuwaschen. Eine scharf riechende Flüssigkeit schwappt im

Putzeimer, während sie dem Geschmiere mit der Wurzelbürste zu Leibe rückt.

Das erneute Verhör von Hackmann am Sonntagmorgen ist mit einer faustdicken Überraschung verbunden. Sie treffen ihn in Ewas Wohnung an, sie ist von Anfang an nervös.

»Wissen Sie«, stammelt sie, als alle auf dem weißen Kunstledersofa Platz genommen haben, »ich habe bisschen geflunkert beim letzten Mal. Hacky ist erst kurz nach zwölf zu mir gekommen.«

Kaiser hebt erstaunt die Augenbrauen und schaut zu dem ziemlich zerknirscht dasitzenden Hacky hinüber. »Ja, das stimmt«, gibt der zu, »Sie kriegen es ja doch irgendwann raus. Also, ich bin noch bei Chico vorbeigefahren, hab ihn noch rasch beliefert.«

»Beliefert? Womit?« Hacky reibt seine Hände gegeneinander.

»Mit Gras. Ich deale ein bisschen mit Marihuana.« Kaiser und Walporz schauen sich an. »Na ja«, fährt Hacky fort, »nichts Großes, ein paar alte Kunden, alles ganz normale Leute halt. Was glauben Sie denn, was so eine Dorfkneipe abwirft? Dazu die paar Kröten vom Getränkemarkt, damit kommt man nicht über die Runden. Pawel kauft das Zeug in Holland für mich ein, und ich liefere es aus.«

»Pawel?«, staunt Lisa Walporz.

»Ist mein Bruder«, sagt Ewa, »Auf ihn kann man sich verlassen.«

Tom Kaiser atmet hörbar aus, was für eine feine Familie, denkt er, aber wenn das stimmt, dann ist Hackmann aus dem Schneider.

»Müssen Sie mich jetzt verhaften?«, will Hacky wissen, doch Kaiser winkt ab. »Da kümmern sich die Kollegen drum, ich will nur den richtigen Namen und die Adresse von diesem Chico haben, aber sofort.«

Chico heißt Rainer Blumberg und wohnt in Dottel. Ohne zu zögern gibt er alles zu, zeigt bereitwillig seinen Vorrat und sagt, dass Hacky nur allerbeste Ware liefert und dass er das alles nur wegen seinen Schmerzen braucht. In Hackys Schlafzimmerkommode finden sie einige Tütchen Gras und ein Bündel Geldscheine. »Verdammt«, knurrt Kaiser und schlägt mit der Faust auf die Kommode, »den können wir von unserer Liste streichen.«

Die Obduktion ergibt keinen Hinweis auf ein Sexualdelikt, fremde DNA-Spuren sind nicht vorhanden. Auch bei der Tatwaffe sind sie noch kein Stück weitergekommen.

«Ziemlich vertrackter Fall«, resümiert Kaiser, »und die Zahl der Verdächtigen wird nur immer noch geringer.« Erneute Befragungen von Didi Werres und Chris Neulen sowie ihren Ehefrauen bekräftigen ihre Vermutung, dass die beiden als Täter ausscheiden. »Wirklich ein verdammt vertrackter Fall.«

Der Galgen an der Hauswand ist nur noch als blasser Schatten zu erahnen, als Heinzi in der Nacht vom Klirren einer zersplitternden Fensterscheibe geweckt wird. Scherben prasseln auf den fleckigen Teppichboden, ein schwerer Kieselstein rumpelt bis vor sein Bett. Heinzi springt auf und hastet zum Fenster. »Was wollt ihr von mir, ihr Schweine?«, brüllt er in die Nacht hinaus, doch niemand ist zu sehen, totenstill, als wäre es im Dornröschenschlaf versunken, liegt das Dorf vor ihm.

Das Frühstück an nächsten Morgen nehmen sie schweigend zu sich, Oma Dili scheint nichts von dem nächtlichen Vorfall gehört zu haben, sie hat einen bewundernswert tiefen Schlaf.

Schon nach nur einer Tasse Kaffee steht Heinzi auf, »Ich muss los«, sagt er und Odilie Wollenweber stellt keine Fragen. Heinzi will nach Kall, wo er eine neue Scheibe für sein Fenster kaufen wird. Eine Dose Kitt steht noch irgendwo im Schuppen, Heinzi ist handwerklich geschickt, das hat auch der Schreiner gesagt, bei dem er damals ein Schülerpraktikum gemacht hat. Doch einstellen wollte er Heinzi dann doch nicht. Als er vom Grundstück fährt, sieht er Kriminalhauptkommissar Kaiser und seine Kollegin vorm Haus der alten Frau Piel stehen. Sie erscheint gerade in der Haustüre.

Auch für die beiden Ermittler hat der Tag schlecht begonnen. Kaisers Vorgesetzter hat ihn am Morgen angerufen, er wolle sich nach dem Stand der Dinge erkundigen. Nachdem Kaiser berichtet hatte, war er laut geworden. Woran es liege, dass man immer noch nichts in der Hand habe, hat er geblafft.

»Kann doch nicht so schwer sein, in diesem Kaff eine brauchbare Spur zu finden! Oder jagen Sie da etwa einem Phantom hinterher? Mensch, Kaiser, fangen Sie nochmal von vorne an, drehen Sie jeden Stein um, da muss doch irgendetwas zu finden sein!«

Der erste Stein an diesem Tag ist die alte Piel. Aber leider wiederholt sie nur das, was sie den Kollegen schon gesagt hat. Nein, sie hat tatsächlich rein gar nichts mitbekommen, aber der Heinzi, der ist ihr wirklich nicht ganz geheuer.

»Das haben Sie doch bestimmt auch schon gemerkt«, sagt sie. Draußen vor ihrem Haus stehen Kaiser und Walporz in der warmen Frühjahrssonne. »Heinzi hat keine Arbeit, keine Freunde, hockt fast den ganzen Tag nutzlos zu Haus herum, und das Schlimmste ist doch, dass er keine Freundin hat. Bei dem im Zimmer brennt die ganze Nacht Licht, und wenn er dann mal vor die Tür geht, dann stiert er den Frauen nach. Der hat ja auch schon mal nackt auf dem Tisch gestanden, nebenan in der Kneipe, und scharf auf die Anna war der auch.«

Die Worte der alten Piel klingen in ihren Ohren, Tom Kaiser blinzelt in die Sonne, dann gibt er sich einen Ruck. »Also gut«, seufzt er, »schauen wir uns diesen Vogel eben noch einmal genauer an.«

Wieder erscheint Odilie Wollenweber nach wenigen Sekunden in der Haustür.

»Tut mir leid, aber mein Enkel ist gerade nicht zu Hause.« Trotzdem dürfen die Beamte eintreten, wortlos schlurft sie voran bis in die Küche, auf dem Küchentisch steht noch das Geschirr vom Frühstück.

»Heinzi ist ein guter Junge«, sagt die Wollenweber, »der hilft mir, wo er kann, treibt sich nie rum, weder am Tag noch in der Nacht. Der sucht ja dringend eine Arbeit, hat bisher aber noch nicht geklappt. Doch das wird schon, ist halt alles nicht so einfach in diesen Zeiten.«

In der Nacht, in der die Anna umgebracht wurde, war er auch zu Hause, das kann sie bezeugen. Wenn Heinzi Fernsehen guckt, dann hört sie das bis unten in ihre Wohnung. Sie bietet Kaffee an, Kaiser nippt daran, er ist bitter wie Galle.

»Was glauben Sie, wann Heinzi zurückkommt?«, fragt er und schaut auf die Uhr. Doch statt einer Antwort hört er, wie vorne die Haustüre ins Schloss fällt, und dann steht er auch schon vor ihnen in der Küche: Heinz Herper, ein 32-jähriger Sonderling, dessen Rolle im vorliegenden Fall noch völlig ungeklärt ist.

Wieder sind Kaisers Fragen glasklar formuliert, das kann er, Lisa Walporz ist schwer beeindruckt. Wie Pfeile schießt er sie ab, während Heinzi an den Küchenschrank gelehnt dasteht und zusehends unsicherer wird.

Nein, er hat keine Freundin, zurzeit. Nein, er hat kaum noch Kontakte zu den Leuten im Dorf. Und nein, es gibt keine Zeugen dafür, dass er in dieser Nacht zu Hause war. Nein, nein und wieder nein. Aber ja, er hat die Anna gekannt, hat er doch schon gesagt, und ja, er fand sie attraktiv. Jetzt schwitzt Heinzi, und als der Kommissar fragt, ob er sich vorstellen könne, dass sich seine Situation durch diese Aussagen nicht wirklich verbessert habe, da schießen ihm Tränen in die Augen.

»Ich hab der Anna nichts getan«, stammelt er. Kaiser runzelt die Stirn, Lisa Walporz sieht ihn mitleidig an. Dann sagt Kaiser mit ruhiger Stimme: »Herr Herper, ich muss Sie bitten, mit uns zu kommen …«

Der Aufschrei unterbricht ihn jäh. »Schluss jetzt!«, brüllt Oma Dili. »Heinzi geht nirgendwo hin. Er war's nicht, das kann ich bezeugen, dazu wär er nie fähig.«

Sofort sind Kaisers Sinne geschärft, alle Muskeln angespannt, als die Wollenweber aufspringt und fortfährt:

»Suchen Sie Ihren Mörder woanders! Das könnte doch jeder aus dem Dorf gewesen sein! Waren doch alle hinter der her. Das Weibsstück hat sie alle verrückt gemacht, so wie die sich aufgeführt hat. Und dann dieser verdammte rote BH …«

Jetzt springt auch Tom Kaiser auf, steht direkt vor der Alten. »Woher wissen Sie davon?«

»Ach was«, winkt sie ab.

»Frau Wollenweber, ich frage Sie, woher Sie wissen, dass Anna Gerkens einen roten BH trug, als sie erschlagen wurde?« Kaisers Blick scheint die Alte zu durchbohren, sie ringt mit sich, schnappt nach Luft, dann werden ihre Züge weich. Sie muss sich setzen, starrt einen Moment lang auf die Wachsdecke auf ihrem Tisch, dann ist sie so weit.

»Ich wollt sie nicht umbringen«, beginnt sie zögernd. »Hab aus dem Fenster geschaut, hab gewartet bis Didi und Chris die Kierschenke verlassen hatten, dann bin ich rüber.« Heinzis tränennasses Gesicht ist wie erstarrt, »Oma …« stammelt er.

»Ich hab ihr gesagt, dass ihr doch ein schönes Paar wärt, du und die Anna. Hab sie gefragt, ob sie nicht mal zum Kaffee zu uns rüber kommen wolle, doch sie hat mich nur ausgelacht. Ich sei wohl verrückt geworden, hat sie gesagt und ist dann gleich auf mich los. Weggestoßen hat sie mich, ich solle verschwinden, hat sie gesagt. Dann haben wir uns geschlagen, ich hab ihr die Bluse zerrissen, und plötzlich hatte ich diesen gläsernen Bierkrug in der Hand. Sie ist sofort hingefallen, wie ein Mehlsack ist sie umgefallen, und sofort war alles voller Blut.«

Lisa Walporz hat vergessen sich Notizen zu machen, Tom Kaiser zückt sein Handy und telefoniert, während Odilie Wollenweber sagt: »Der Bierkrug steht da drüben, neben der Spüle zwischen den leeren Bierflaschen.«

Die Autorinnen und Autoren

Stefan Barz, geb. 1975 in Köln, wuchs in Kommern auf und lebt heute in Wuppertal. In Bonn studierte er Germanistik und Philosophie und arbeitete nebenbei als freier Journalist. Nach dem Studium wurde er Lehrer und begann mit dem Schreiben fiktionaler Texte. 2011 erschien seine erste Kurzgeschichte *Klassenzimmer,* 2014 sein erster Kurzkrimi *Erbsünde,* mit dem er gleich für den Agatha-Christie-Krimipreis nominiert wurde. Einen weiteren großen Erfolg feierte Stefan Barz im Jahr 2014 mit seinem Debütroman *Schandpfahl,* für den er den »Jacques-Berndorf-Förderpreis« verliehen bekam. *www.stefan-barz.de*

Guido M. Breuer wurde 1967 in Düren geboren. Er wuchs in Düren und in der Nordeifel auf. Nach einer Ausbildung zum Bankkaufmann und anschließendem Wirtschaftsstudium arbeitete er als selbstständiger Unternehmensberater und lebt heute als Autor in Bochum. Bei KBV veröffentlichte er die beliebte Reihe um ein Trüppchen von Senioren rund um Opa Bertold, der sich erstmals im Frühjahr 2009 bei KBV mit *All die alten Ka-*

meraden in das kriminalistische Geschehen der rauen Eifel einschaltete. Außerdem verfasste Guido M. Breuer mehrere Thriller. *www.guido-m-breuer.de*

Vera Buck, 1986 in NRW geboren, studierte Journalistik, Europäische Literaturwissenschaft und Scriptwriting in Hannover, Hawaii, Frankreich, Spanien, Italien und Zürich. Für ihr Schreiben erhielt sie Stipendien und Auszeichnungen im In- und Ausland. Ihr erster Roman *Runa* war für den Friedrich-Glauser-Preis 2016 nominiert. Es folgten *Das Buch der vergessenen Artisten* und *Der Algorithmus der Menschlichkeit.* Vera Buck lebt und arbeitet als freie Autorin in Zürich. 2023 erscheint ihr Thriller-Debüt *Wolfskinder* im Rowohlt-Verlag.

Carola Clasen, geb. 1950 in Köln, arbeitete einige Jahre als Fremdsprachenassistentin in Belgien und veröffentlichte 1998 ihren ersten Eifelkrimi *Atemnot.* Sie lebt und arbeitet heute in Köln. Mit ihren Kurzgeschichten deckt sie die mörderische Vielfalt des täglichen Lebens ab. Ihre Serien-Kommissarin Sonja Senger löst von ihrem »Forsthaus am Ende der Stromleitung« aus die Fälle auf höchst unkonventionelle und intuitive Art.

Kathrin Döbele, geboren 1975, wuchs im Ruhrgebiet auf und lebt heute in München. Das Schreiben von Geschichten hat sie schon als Kind fasziniert. Ihre erste Geschichtensammlung *Nina von nebenan* verfasste sie im Alter von 12 Jahren, warf sie allerdings mit 13 in den Müll. Nach dem BWL-Studium in Köln arbeitete sie in verschiedenen Positionen in der Kommunikation von Wirtschaftsunternehmen. Heute hat sie sich als Freiberuflerin auf das Storytelling für Finanzdienstleister spezialisiert

Henrietta Hartl wuchs in Erlangen auf, studierte dort Elektrotechnik und arbeitete als Technische Redakteurin. Nach ihrem Magister in Geisteswissenschaften war sie fünf Jahre Lektorin an der University of Cambridge. Danach arbeitete sie als Informationsmanagerin in der Industrie und später als Journalistin für das Main-Echo und die Ostsee-Zeitung. Nun konzentriert sie sich auf das Schreiben von Krimis an der Ostsee.

Neben Gedichten und Kurzgeschichten in Anthologien veröffentlichte sie unter verschiedenen Pseudonymen einige Kindle-Romane.

Carsten Sebastian Henn, geb. 1973 in Köln, ist einer der einflussreichsten Weinjournalisten Deutschlands und gilt als »König des kulinarischen Krimis« (WDR). Er studierte Weinbau in Australien und besitzt einen uralten Riesling-Weinberg an der Mosel. Seine Romane um den Ahrtaler Koch und Meisterdetektiv Julius Eichendorff (Emons) bilden die erfolgreichste Weinkrimiserie im deutschsprachigen Raum. Für KBV las er seine Romane *Der letzte Whisky* und *Der letzte Aufguss* als Hörbuch ein und gehört zum Trio Kramp/Henn/Voehl, die die »Mords«-Krimi-Komödien für KBV verfassten. Außerdem ist er einer der Autoren des Krimi-Camps, die in jeweils nur acht Tagen die Romane *8* und *Acht Leichen zum Dessert* schrieben.
www.carstensebastianhenn.de

Ralf Kramp, geb. 1963 in Euskirchen, lebt in einem alten Bauernhaus in der Eifel. Für sein Debüt *Tief unterm Laub* erhielt er 1996 den Förderpreis des Eifel-Literaturfestivals. Seither erschienen mehrere Kriminalromane und zahlreiche Kurzgeschichten. In Hillesheim in der Eifel unterhält er zusammen mit seiner Frau Monika das »Kriminalhaus« mit dem »Deutschen Krimi-Archiv« (30.000 Bände), dem »Café Sherlock«, einem Krimi-Antiquariat und der »Buchhandlung Lesezeichen«. Mit seinen schwarzhumorigen Kurzkrimis hat er sich nicht nur ein treues Lesepublikum erobert, sondern er tourt auch mit unterhaltsamen Leseabenden durch den deutschsprachigen Raum.
www.ralfkramp.de, www.kriminalhaus.de

Ralf Lano, geb. 1965 in Kyllburg. Hat nach der mittleren Reife eine Ausbildung zum Werkzeugmacher absolviert. Nach dem Grundwehrdienst im Fallschirmjäger Btl 262 und einigen Jahren Berufstätigkeit folgte eine Weiterbildung zum Staatlich geprüften Maschinenbautechniker. Im Anschluss arbeitete er einige Jahre als Designer/Konstrukteur von Kachelöfen. Seit 21 Jahren ist er als Maschinenbaukonstrukteur bei einem größeren Automobilzulieferer beschäftigt. Zum Schreiben kam er bereits sehr früh, bisher ist eine Kurzgeschichtensammlung *Geschichten aus Disselbach* im Helios Verlag erschienen sowie ca. 20 Kurzgeschichten in regionalen Publikationen (z. B. Eifeljahrbuch).

Ralf Lano lebt mit seiner Frau in einem kleinen Ort in der Nähe von Bitburg.

Marcus Metzner wurde 1969 im Ruhrgebiet geboren und lebt heute in Neuss und Gütersloh. Er studierte Filmwissenschaft, Germanistik und Anglistik und absolvierte ein Volontariat zum TV-Journalisten. Nach mehrjähriger Tätigkeit in TV-Agenturen arbeitet Metzner seit vielen Jahren im Bereich PR und Marketing. Als Mitglied des Neusser Künstlervereins beschäftigt er sich zudem freischaffend mit künstlerischer Fotografie und ist mit seinen Arbeiten regelmäßig in Ausstellungen vertreten.

Andrea Neven lebt seit ihrer Geburt im Jahr 1986 in der Vulkaneifel – und genau in dieser mörderisch-schönen Landschaft spielen auch ihre kriminellen Geschichten. Nach einer Ausbildung zur Bauzeichnerin arbeitet sie heute als Technische Produktdesignerin. Seit sie 2009 das Krimischreiben für sich entdeckt hat, vergeht kein Tag, an dem sie sich nicht voller Herzblut mit dem fiktiven Verbrechen befasst. Neben Beiträgen in Anthologien veröffentlicht sie ihre eifeligen Krimihäppchen in eigenen Bänden. Stets nach ihrem Motto: Fast immer tödlich, aber nur selten todernst. *www.andreaneven.de*

Herbert Pelzer, geb. 1956, lebt und schreibt auf dem platten Land vor den Toren Kölns. Zuletzt hat er bis zum Frühjahr 2020 in der Film- und Fernsehausstattung gearbeitet, daneben widmet er sich seit einigen Jahren dem Schreiben.

Seit 2008 verfasst er Beiträge zur Regionalgeschichte, 2017 erschien mit *Durch die Jahre* sein Debütroman. 2021 veröffentlichte er bei KBV *Es wird jemand sterben,* die erste Kriminalerzählung, die – wie viele seiner Texte – in die Nachkriegszeit seiner Heimat, der Voreifel, führt. 2022 folgte *Niemand.*

Elke Pistor, Gemünder Jahrgang 1967, studierte Pädagogik und Psychologie. Seit 2009 ist sie als Autorin, Publizistin und Medien-Dozentin tätig. 2014 wurde sie für ihre Arbeit mit dem Töwerland-Stipendium ausgezeichnet und 2015 für den Friedrich-Glauser-Preis in der Kategorie »Kurzkrimi« nominiert. Seit 2012 Mitglied der SoKo Nordeifel Mordeifel, 2014 bis 2016 Sprecherin des SYNDIKATs, der Autorenvereinigung deutschsprachiger KrimiautorInnen. 2018 gründete sie SKRIVA – das Autorentreffen. Elke Pistor lebt mit ihrer Familie in Köln. *www.elkepistor.de www.skriva.de*

Marcus Recktenwald, freier Autor, geboren in einer Kleinstadt, verbrachte einen großen Teil seiner Jugend in der Eifler Provinz. Er war 20 Jahre im privaten Hörfunk tätig, die letzten 10 Jahre als Chefredakteur eines Regionalsenders für NRW (100,5 DAS HITRADIO). Nach verschiedenen Drehbuchseminaren absolvierte er 2021 das Serien.LAB der Masterschool Drehbuch Berlin. Marcus Recktenwald ist 55 Jahre alt, verheiratet, hat eine erwachsene Tochter und lebt in Köln.

Moni Reinsch hat als Ehefrau und Mutter, aber auch als Bankkauffrau, Marketingkraft, Personalvermittlerin, Organisatorin eines großen Volksfestes, sozialpädagogische Familienhelferin, Praktikantin an der Polizeischule und mit einem Bachelor in Psychologie viel Lebenserfahrung gesammelt, die sie in Regionalkrimis, Sachbücher, Kurzgeschichten und einen Frauenroman einbringt. Sie macht Lesungen meist mit Menü, Weinprobe oder Kochkursen oder gemeinsam mit einem Musiker. Derzeit organisiert sie die GLAUSER-Roman-Jury im SYNDIKAT. Infos unter *www.reinschrift.eu*

Andrea Revers, geb. 1961, hat es um die Jahrtausendwende herum in die Eifel verschlagen. Hier wurde sie mit dem Krimivirus infiziert. Die Psychologin hat lange Jahre freiberuflich als Management-Trainerin und Coach gearbeitet, konzentriert sich aber in jüngster Zeit auf das Schreiben. 2020 erschien ihr Debütroman *Schlaf schön* im KBV-Verlag. Damit setzte sie den Startpunkt für die Krimireihe rund um die pensionierte Kriminalkommissarin Frederike Suttner, auch bekannt als die Eifeler Miss Marple. 2021 folgte *Komm gut heim* und 2022 *Hab keine Furcht. www.andrearevers.de*

Klaus Stickelbroeck, geb. 1963, lebt in Kerken am Niederrhein und arbeitet als Polizeibeamter in Düsseldorf. Seinen ersten Kurzkrimi veröffentlichte er im Jahr 2000. Der erste Kriminalroman »Fieses Foul« erschien 2007. »Fischfutter« (2010) wurde für den Friedrich-Glauser-Preis als bester Kriminalroman des Jahres nominiert. Sein Serienermittler ist der Ex-Profifußballer und Privatdetektiv Hartmann. Stickelbroeck ist zudem einer der fünf »Krimi-Cops«, deren sieben Kriminalromane, zuletzt »Böse Falle« 2021), ebenfalls bei KBV erschienen sind.
www.klausstickelbroeck.de

Günther Thömmes, Jahrgang 1963, stammt aus der Eifel, ist gelernter Brauer, Mälzer, studierter Diplom-Braumeister, Bierweltreisender, war einige Jahre Inhaber der Erlebnisbrauerei Bierzauberei in Brunn am Gebirge und war bis 2016 als Wanderbrauer unterwegs. Seine Spezialitäten sind obergärige sowie historische und ausgestorbene Biersorten. Der Autor und Herausgeber schreibt Fachbeiträge für renommierte Medien sowie Bildbände und Lexika rund ums Bier und seine Geschichte. Nicht im Rausch, sondern mit klarem Kopf und Plot, schrieb er auch seine bisher fünf historischen Bierzauberer- und anderen (bierlosen) Romane sowie zahlreiche Kurzkrimis, meist mit flüssigem Bezug. 2018 wurde er ZDF-Quiz-Champion.
www.bierzauberer.info

Thorsten Wirtz lebt in Nettersheim und berichtet seit knapp 30 Jahren als Lokaljournalist aus den schönsten Ecken der Eifel. Konnte wegen einer Tierhaarallergie aber nur eine einzige Rassekaninchenausstellung besuchen (1993, Mühlenpark Kommern). Zusammen mit Ehefrau, Autorin und Yogalehrerin Rosa Wirtz Preisträger des ersten Jacques-Berndorf-Preises (2012, für *Die Kunst der letzten Stunde,* KBV). Schreibt hin und wieder eine Kurzgeschichte und wartet auf Inspiration für den ersten Eifel-Noir-Roman.